VERLAG ANTJE
KUNSTMANN

Anne Chaplet

SAUBERER ABGANG

Roman

Verlag Antje Kunstmann

Umschlaggestaltung: Michel Keller, München,
unter Verwendung eines Fotos von H. u. D. Zielske
Satz: www.frese-werkstatt.de
Druck und Bindung: Clausen & Bosse, Leck
ISBN 3-88897-424-0
1 2 3 4 5 6 • 09 08 07 06

Heav'n has no rage, like love to hatred turn'd,
Nor Hell a fury, like a woman scorn'd.

William Congreve 1670–1729

DIE SEERÄUBER-JENNY

Meine Herren, heute sehen Sie mich Gläser abwaschen
Und ich mache das Bett für jeden.
Und Sie geben mir einen Penny und ich bedanke mich schnell
Und Sie sehen meine Lumpen und dies lumpige Hotel
Und Sie wissen nicht, mit wem Sie reden.
Aber eines Abends wird ein Geschrei sein am Hafen
Und man fragt: Was ist das für ein Geschrei?
Und man wird mich lächeln seh'n bei meinen Gläsern
Und man fragt: Was lächelt die dabei?
Und ein Schiff mit acht Segeln
Und mit fünfzig Kanonen
Wird liegen am Kai.

Und es werden kommen hundert gen Mittag an Land
Und werden in den Schatten treten
Und fangen einen jeglichen aus jeglicher Tür
Und legen ihn in Ketten und bringen ihn mir
Und mich fragen: Welchen sollen wir töten?
Und an diesem Mittag wird es still sein am Hafen
Wenn man fragt, wer wohl sterben muß...
Und da werden sie mich sagen hören: Alle!
Und wenn dann der Kopf fällt, sage ich: Hoppla!
Und das Schiff mit acht Segeln
Und mit fünfzig Kanonen
Wird entschwinden mit mir.

Bertolt Brecht, Dreigroschenoper

MEINE HERREN,
HEUTE SEHEN SIE MICH
GLÄSER ABWASCHEN

PROLOG

1981, im Winter

Sie sitzen da wie ein Häufchen Elend. Die Versager.

»Was ist, Alter?«

Leo hebt das Bierglas zum Mund, und alle sehen, daß seine Hände zittern. Der Held. Der große Mann. Unser Anführer.

»Hat alles geklappt?«

»Natürlich. Frag nicht so blöd.« Leo stellt das Glas neben den Bierfilz, fast wäre es umgefallen.

Er lügt. Und wie er lügt.

»Und morgen ...«

»Es gibt kein Morgen.« Leo bleich. »Das Projekt ist abgeblasen. Vergeßt es.«

Leo ohne Feuer in den Augen. Steht auf, schiebt den Stuhl zurück, stößt das Glas vom Tisch, geht.

Gestern ein Held. Heute ein Feigling.

Zum Kotzen.

1

Dalia Sonnenschein lag auf den Knien und sah zu, wie eine Träne auf das Parkett fiel und zerplatzte. Nicht weinen, verdammt. Sie wischte mit dem blauen Lappen über den winzigen feuchten Fleck, als ob sie nicht nur jeden Kratzer, sondern auch noch jedes Astloch wegpolieren könnte aus dem bernsteinbraunen Holz.

Nicht weinen.

Mutter hatte auch auf den Knien gelegen, damals, und gewischt und gewienert und geweint und gesagt: »Wir müssen diesmal ganz besonders gründlich sein, Schätzchen, hörst du?«

Alles sauber kriegen. Je-den-Fleck-weg-ma-chen. Über das Linoleum schrubben, bis es quietscht. Den Scheuerlappen in den Wassereimer stecken, auswringen, daß die dunkle Brühe rausläuft, schrubben reiben wischen. Und nicht daran denken, was auf dem Küchenboden liegt, direkt neben der Tür zum Flur. Was nach Schnaps stinkt und Kotze und Pisse und sich nicht rührt. Damals hatte Dalia nicht geweint, sondern der Mutter geholfen, so gut man kann, wenn man sieben Jahre alt ist.

Sie schob die Haarsträhne hinters Ohr, die sich aus dem strengen Pferdeschwanz gelöst hatte, den sie nur während der Arbeit trug. Die feuchten rosa Gummihandschuhe rochen nach Latex und Furol. Sie sehnte sich nach zu Hause, ihrem Bademantel und einem Tropfen Parfum.

Nicht weinen. Das alles ist ewig lange her, und dies hier ist nicht die dunkle Wohnung in Dietzenbach, sondern das gut ausgeleuchtete Zimmer des Geschäftsführers des vornehmen Bankhauses Löwe. Und nichts erinnert an damals – bis auf eines.

Ein aufgedunsener Mond war dem sanft geröteten Morgenhimmel entstiegen und bleckte durch die Fensterfront. Dalia hatte ganze Arbeit geleistet, wie immer: die benutzten Gläser in die Teeküche gebracht, gespült und poliert, den gläsernen Schreibtisch gewienert, bis davon kein Fingerabdruck mehr zu gewinnen war, die Telefonanlage gesäubert und sogar die Computertastatur gereinigt. Sie hatte den Papierkorb ausgeleert und das Leder der Sitzgarnitur in der Besucherecke abgerieben. Sie hatte alles so gemacht, wie es sich gehört im Zimmer des Geschäftsführers.

Dalia stützte sich mit der linken Hand ab und stand auf. Die Knie taten weh. Sie mußte ewig lange auf dem Parkettboden gehockt und mit dem Oberflächentuch auf ihm herumgewienert haben, völlig ohne Sinn und Verstand, wozu gab es für die Bodenreinigung den Mop?

»Das kriegt man nur von Hand weg«, hörte sie ihre Mutter flüstern. Ihr wurde schwindelig. Nichts hatten sie weggekriegt, obwohl sie die halbe Nacht auf den Knien verbracht hatten, die Mutter und sie. Ihn hatte man nicht wegwischen können, er lag da und stank und war auch tot nicht aus der Welt zu schaffen.

Sie blickte sich um. Alles sah aus wie immer. Bis auf … Sie zwang sich dazu, sich umzudrehen und in die linke Ecke des Raumes zu sehen, dort, wo die Besuchersessel standen. Jetzt jedenfalls standen sie wieder; der eine hatte auf der Seite gelegen, als sie das Zimmer betrat. Sie blickte auf die Uhr. Um sechs Uhr hatte sie angefangen, jetzt war es fast sieben, was sollte sie sagen, wenn man sie fragte, was sie denn gemacht habe die ganze Zeit?

Ich hab' mir die Leiche angeschaut?

Er mußte live gar nicht übel ausgesehen haben. Für sein Alter. Mit steifen Beinen ging sie hinüber und hockte sich neben den Toten. Saitz hieß der Mann. Sie runzelte die Stirn, während sie ihn betrachtete, das blasse Gesicht, die hohe Stirn, die auffallende Designerbrille ein wenig verrutscht. Er trug einen roten Rollkragenpullover, nicht sehr trendy. Kein Jackett. Ihr Blick glitt tiefer. Ehering. Armbanduhr. Die rechte Hand zu einer halboffenen Faust geballt. Es steckte etwas zwischen Zeigefinger und Daumen. Sie stupste einen latexbehandschuhten Finger hinein und schrie leise auf, als ihn etwas Spitzes traf. Sie steckte den Finger in den Mund. Er schmeckte abscheulich, nach Gummi und Seifenlauge und dem Blutstropfen, der sich an der Handschuhspitze gebildet hatte.

Der Gegenstand war eine Art Amulett, geformt wie ein Davidstern in einem Kreis, allerdings mit einem Zacken weniger. Sie konnte sich keinen Reim darauf machen und steckte ihn in die Kitteltasche. Dann stand sie auf und streckte sich. Es half alles nichts. Es wurde Zeit.

Sie warf den Staubsauger an, ließ ihn kurz aufheulen und dann fallen. Sie stolperte gezielt über den Wassereimer, dessen Inhalt sich über das Parkett ergoß, reckte die Hände in den schweinchenfarbenen Gummihandschuhen, drückte mit den Ellbogen die Tür auf und fing an zu schreien. Schreiend lief sie aus dem Zimmer, schreiend über den Flur. Sie stieß die Tür zum Lichthof auf und blieb stehen, um Luft zu holen. Dann schrie sie wieder. Wie ein Echo kam der Aufschrei der anderen zurück. Gül stürmte aus dem gegenüberliegenden Flur, Marija kam aus der Herrentoilette, das rote Tuch und den Glasreiniger in der Hand. »Dalia! Was hast du?«

»Tot! Er ist tot!« schrie Dalia.

»Wer?« Die beiden Frauen drehten die Köpfe zur gleichen Zeit in dieselbe Richtung. Dalia lief weiter, auf den Aufzug zu.

»Was ist hier los?« Johanna Maurer, die Chefin von Pollux Facility Management, stellte sich ihr in den Weg, die Lippen schmal, die Augen dunkle Schlitze. Dalia hatte gar nicht mitgekriegt, daß heute Kontrolle war. »Wo wollen Sie hin? Was schreien Sie so?«

»Da!« Dalia wies mit dem ausgestreckten Arm hinter sich. »Da liegt einer!«

Johanna Maurer faßte Dalia fest um die Schulter und marschierte mit ihr zurück in den Flur, der zum Zimmer des Geschäftsführers vom Bankhaus Löwe führte.

Dalia schluchzte jetzt hysterisch. Sicher ist sicher – in Notsituationen empfahl es sich, auf minderbemittelt zu machen. Aber seltsamerweise erleichterte sie das Theater. Die Tränen liefen ganz von alleine.

Die Maurer stieß die angelehnte Tür zu Saitz' Büro auf, betrat das Zimmer und blieb auf der Stelle stehen. »Aha«, hörte Dalia sie sagen. »Und der ist tot?«

»Mausetot.« Dalia hätte diesen lieblosen Kommentar gerne zurückgenommen, als sie Johanna Maurers Blick bemerkte. Die Chefin guckte sie schräg von der Seite an und lächelte. Belustigt. Spöttisch. Und ein bißchen – hämisch.

Dann nahm sie Dalia wieder beim Ellenbogen und marschierte aus dem Zimmer, durch den Gang, in den Lichthof, wo die anderen warteten. »Alles mitkommen«, schnauzte die Maurer. Wie eine Herde von koreanischen Touristen stolperten sie der Chefin hinterher die Treppe hinunter, zum Empfang.

»Seien Sie so gut, Milan, und rufen Sie die Polizei.«

Milan griff erschrocken zum Telefon und wählte. »Ob er was?« Er horchte, hielt dann die Hand über den Hörer und sah die Maurer an. »Ob ein Fremdverschulden vorliegt, fragen die.«

»Woher soll ich das wissen? Die sollen wen schicken«, sagte Johanna Maurer und ließ sich auf die Couch der Besuchersitzgruppe sinken, während die anderen um sie herumstanden.

»Ob wir die Polizei brauchen oder einen Notarzt?«

»Egal. Sollen schicken, wen sie haben«, antwortete die Maurer generös.

Zwanzig Minuten später stürmte ein junger Kerl mit zerzausten Haaren in Jeans und Lederjacke durch die Eingangstür. Er knallte zur Begrüßung seine Aktentasche auf die Empfangstheke und sagte zu Milan: »Ich habe die ganze Nacht Betrunkene und Drogenabhängige zusammengeflickt, eben reicht's mir!« Milan zuckte mit den Schultern und deutete auf Johanna Maurer, die schon aufgestanden war und den Notarzt bittersüß anlächelte. »Siggi Leitner«, sagte der Zerzauste, lächelte gequält zurück und folgte Johanna Maurer in den ersten Stock. Nach zehn Minuten waren beide wieder unten.

»Keine Ahnung, woran der Mann gestorben ist. Also kann ich auch keinen natürlichen Tod bescheinigen.« Der Notarzt legte ein bekritzeltes Formular auf die Empfangstheke. »Rufen Sie die Polizei! Die faulen Säcke können ruhig mal was tun.«

Wieder hieß es warten. Es ging Dalia auf die Nerven, in der Lobby herumzustehen und den anderen Frauen beim Lamentieren zuzuhören, als ob es einen engen Angehörigen getroffen hätte. Endlich rückte die Polizei an. Ein breitschultriger blonder Stoppelkopf und eine ziemlich hübsche Frau in Grün gingen nach oben, kamen ebenfalls ziemlich schnell wieder herunter und nahmen die Personalien der Anwesenden auf.

Marija stellte sich an, als ob die beiden sie ausweisen wollten, Gül verstummte völlig, Johanna Maurer mußte dolmetschen.

Dabei schienen die beiden Polizisten nur an Dalia ernsthaftes Interesse zu haben. Es passierte wahrscheinlich selten, daß rund um eine Leiche herum so gründlich geputzt worden war. Dalia beschloß, einfach weiterzuweinen, was ihr überhaupt nicht schwer fiel, wenn auch aus anderen Gründen als denen, über die sie sich vor den Bullen ausheulte: Sie hatte einen schweren Beruf. Mußte dauernd an ihre kranke Mutter denken. Kam mit dem Geld nicht zurecht. Guckte nicht richtig hin, sah immer nur das Stückchen Leben, das sie gerade putzte und wienerte. Du winselst, dachte sie irgendwann mit Befriedigung. Sie kriegen gleich Mitleid, die Bullen, und dann verlieren sie das Interesse.

»Ich will nach Hause«, sagte sie schließlich. Niemand hatte etwas dagegen.

An der frischen Luft wurde ihr schwindelig. Sie hielt sich an der Kühlerhaube eines betagten Mercedes fest und wartete, bis sich die Horrorshow in ihrem Kopf legte.

Nicht an damals denken. Nicht an Mutter denken und den stinkenden Toten. Der Mann, der neben dem umgestürzten Sessel gelegen hatte, war offenbar ganz friedlich gestorben. Sie konnte nichts dafür. Niemand konnte etwas dafür.

2

Karen Stark blinzelte hinüber zum Nachttisch, auf dem der Wecker stand. Sie war viel zu früh aufgewacht. Von einem ungewohnten Laut – einem Geräusch, das klang, als ob ein Igel durch trockenes Laub stöberte. Sie hielt den Kopf in den Luftzug, der durch die halb offenstehende Balkontür zu ihr herüberwehte, und horchte hinaus. Es raschelte wieder.

Sie schwang die Beine aus dem Bett und tastete mit den Zehen nach den Hausschuhen. Igel oder Einbrecher – beides war im vierten Stock einer Altbauwohnung im Frankfurter Westend gleichermaßen unwahrscheinlich. Der Gedanke an einen terroristischen Angriff durchzuckte sie – Attacke auf Karen Stark, die Speerspitze der Frankfurter Staatsanwaltschaft! Sie hätte fast aufgelacht. Trotzdem versuchte sie, möglichst geräuschlos aufzustehen.

Wieder raschelte es, dann fiel etwas um auf dem Balkon. Wahrscheinlich der Topf mit dem vertrockneten Weihnachtsstern, sie hätte längst mal aufräumen müssen da draußen. Schon weil es Frühling wurde und die Tauben bald brüten würden. War es vielleicht schon soweit? Im vergangenen Jahr hatten die Viecher einen Monat lang jeden Tag ein Nest in den Rosenkübel zu setzen versucht – und jeden Abend hatte sie das Gebilde aus Gras, Zeitungspapier und Resten von Plastiktüten mitsamt den frischgelegten Eiern wieder weggeräumt, bis die Nervensägen endlich aufgaben. Sie mochte keine Tauben.

Jetzt stand sie hinter der Balkontür und spähte hinaus. Ein

rotes Tier mit spitzen, gefiederten Öhrchen und einem buschigen Schwanz saß auf dem Geländer und hielt etwas in der Pfote, man sah die Zehen mit den kleinen Krallen. Sein Gefährte war schwarz und nicht weniger hübsch und turnte auf der Lehne des Gartenstuhls. Jetzt sprang das rote A-Hörnchen hinüber zum schwarzen B-Hörnchen, die beiden balgten sich, bis A-Hörnchen quiekte und mit einem Satz auf das Balkongeländer sprang – und dann hinunter.

Karen hielt die Luft an. Sind Großstadteichhörnchen selbstmordgefährdet? B-Hörnchen sprang hinterher. Sie schob die Tür auf, ging hinaus auf den Balkon und blickte über die Brüstung in die Tiefe. An der Hauswand rankte sich die Glyzinie hoch, eine mächtige Kletterpflanze aus der Frühzeit des Hauses, die es in diesem Sommer wahrscheinlich ganz hinauf bis zum vierten Stock und auf ihren Balkon schaffen würde. Die beiden Kerle huschten in atemberaubendem Tempo die Schlingpflanze hinab.

Erdnüsse kaufen, dachte sie. Es mußte hübsch sein, morgens von fröhlichen Nußknackgeräuschen geweckt zu werden. Ob man den Tieren beibringen konnte, samstags und sonntags etwas später zu frühstücken?

Der blasse Himmel kriegte Farbe. Karen tappte ins Schlafzimmer zurück und schloß die Balkontür. Eine Kanne Tee, die Zeitung, und zurück ins Bett. Genau das, was einen frühen Morgen schön macht.

Sie fuhr sich mit beiden Händen durch die roten Haare und schlüpfte in den Morgenmantel. Wenn sie Glück hatte... Sie öffnete die Wohnungstür. Da lag sie, die Zeitung. Jens aus der Dachgeschoßwohnung war noch in einem Alter, in dem man vor drei Uhr früh nicht nach Hause und ins Bett geht – und schon erwachsen genug, seiner Nachbarin aus lauter Freundlichkeit die Zeitung aus dem Briefkasten zu fischen und vor die Wohnungstür zu legen. Oder aus Rücksicht auf ihr hohes Alter? Egal – Karen schickte einen Luftkuß nach oben.

Während der Tee zog, überflog sie die Schlagzeilen. An einer Meldung ganz unten blieb ihr Blick hängen. »Ermittlungspannen im Fall Silvi«. Sie setzte sich auf den Küchenstuhl. Der Himmel draußen vor dem Fenster begann sich zu röten, aber der Tag hatte einiges von seinem Charme verloren.

Jeder Ermittlungserfolg hatte seine Kehrseite. Aber das interessierte das Publikum nicht. Seit ein paar spektakulären Fahndungserfolgen – man hatte aus Genspuren am Mordopfer die Täter ermitteln können – kursierten in der Öffentlichkeit völlig überzogene Erwartungen an die DNS-Spurenlese.

Als die Eieruhr schrillte, goß sie den Tee ab und nahm Kanne, Tasse und Zeitung hinüber ins Arbeitszimmer. Die Lust auf einen ruhigen Tagesbeginn im Bett war ihr vergangen.

Sie fuhr den PC hoch, fläzte sich in den Schreibtischsessel, legte die nackten Beine auf die Tischplatte und schlug die Zeitung auf. Die Eltern von Silvi, dem zweiten Mordopfer des geständigen Heiko H., ließen Trauer und hilflose Wut über den Tod ihres Kindes an allen aus, die sie für »zuständig« hielten – und manche Journalisten machten daraus ihr eigenes Schlachtfest. Niels Keller, der Autor des Beitrags, war ihr bekannt. Er war bei Pressekonferenzen der eifrigste und der eiferndste der Journaille. Er war, kurz gesagt, eine Pest.

»Ist Silvi gestorben, weil wir die Falschen schützen? Hat übertriebener Datenschutz dazu geführt, daß der Täter nicht schon nach dem grausamen Mord an dem kleinen Sven gefunden wurde?«

Karen nahm einen tiefen Schluck aus der Teetasse. Sie hatte das alles so oft schon richtigzustellen versucht. Aber die meisten Menschen ignorierten, was ihr Weltbild nicht vorsah. Dabei war die Sache ganz einfach: Der DNS-Vergleich funktioniert nur, wenn es auch etwas zu vergleichen gibt. An Sven, dessen kleiner Leichnam wochenlang in einem Birkenwäldchen gelegen hatte, bis ein Hund ihn aufstöberte, waren keine brauchbaren Genspuren festgestellt worden.

Karen griff zur Maus, rief ihre Mails ab und löschte alle, die ihr Viagra, Pornos oder Penisverlängerungen verkaufen wollten. Wenigstens gab es zwei E-Mails von Gunter. »Ich langweile mich zu Tode. Wo bist du?« und »Ich fliege Donnerstag abend. Essen im Suvadee?« Sie seufzte und löschte beide. Sie hatte sich schon zu oft vergebens auf ihn gefreut.

Karen legte den Kopf in den Nacken und starrte an die Decke. Es ärgerte sie mehr, als ihr lieb war, daß die Journaille immer nur die schlagzeilenträchtigen Fälle ausschlachtete. Bei toten Kindern rasteten alle aus; dabei gehörten diese Fälle, so bodenlos schlimm sie waren, zu den eher seltenen Verbrechen. Andere, weit häufigere Dramen aber interessierten die empörungsbereite Öffentlichkeit einen feuchten Kehricht. Zum Beispiel Frauenhandel. Nicht Zwangsprostitution, nein! Darüber berichtete man gern, Sex & Crime verkauften sich immer. Sondern eine viel weniger spektakuläre Sorte von moderner Sklaverei, mit der sie sich seit Wochen beschäftigte: Professionelle Menschenschlepper lockten Frauen aus der Ukraine oder aus Lettland und Litauen mit Versprechen von Reichtum und Freiheit nach Deutschland und schickten sie für einen Hungerlohn in Frankfurter Hotels putzen. Der Trick: Man meldete die Frauen als »selbständige Gewerbetreibende« an, was den unschätzbaren Vorzug besaß, daß für sie weder Sozialabgaben noch Steuern anfielen. Die Frauen, die kaum Deutsch sprachen und offenbar in vielen Fällen von ihren Schleppern sexuell genötigt oder mit Rauschgift abhängig gemacht worden waren, hatten für 13 bis 15 Stunden Arbeit am Tag nicht mehr als 700 Euro Lohn im Monat erhalten. Und davon wurden ihnen auch noch 200 Euro abgezogen, für miese Verpflegung und für eine Koje in schlecht geheizten Bruchbuden, wo sie zu sechst in einem Zimmer hausten. Deutsche Behörden hatten bei dem üblen Spiel mitgespielt: Ein Gewerbeamt hatte mehreren Frauen aus Litauen am selben Tag einen Gewerbeschein für »Reinigungsarbeit nach Hausfrauenart« ausgestellt, ohne Verdacht zu schöpfen oder Alarm zu schlagen. Das war ein behördlich geduldeter Skandal, nichts anderes, ganz zu schweigen vom volkswirtschaftlichen Schaden, der dadurch entstand. Und es verdarb ihr ebenso die Laune wie das ewige Warten auf Gunter.

Oder war sie ungerecht? Sie richtete sich auf, griff nach ihrem Mobiltelefon und schickte ihm eine SMS. »Gerne, chéri. Reservierst Du einen Tisch?«

Der Tee war kalt geworden. Karen durchblätterte lustlos den Lokalteil der Zeitung und schlug dann das Feuilleton auf. Die Besprechung der Theaterpremiere gestern lud nicht dazu ein, den Eigenversuch des Kritikers zu wiederholen. Schließlich raffte sie sich auf und ging ins Bad. Beim Zähneputzen erinnerte sie sich daran, daß sie Erdnüsse kaufen wollte. Und irgend etwas Blühendes für den Balkon. Und daß sie mal versuchen sollte, sich auf Gunter zu freuen.

3

Der markerschütternde Schrei erwischte ihn unvorbereitet, obwohl er damit hätte rechnen müssen. Will Bastian verdrehte die Augen. Über ihm ging ein Maschinengewehrgewitter dumpfer Einschläge los.

Dann nichts. Stille, sekundenlang.

Ein rhythmisches Geräusch, das langsam schneller wurde, ein lauter Schlag. Quietschendes Gelächter.

»Tor! Tor! Tor!« Ein Fernseher. Ein Radio? Egal – volle Pulle. Kurz vor der Schmerzgrenze etwas leiser. Dann wieder laut.

Er versuchte, ruhig weiterzuatmen. Maximilian und Julian waren aus der Schule zurück. Und – Überraschung! Sie hatten ihre Freunde mitgebracht.

Der Vormittag hatte in sahniger Stille begonnen; er hatte schon gar nicht mehr an die kleinen Pestilenzen gedacht in der Wohnung über ihm. Aber jetzt versetzte sich sein Körper wieder in den Zustand äußerster Wachsamkeit, Puls und Atmung beschleunigten: Er wappnete sich gegen die nächste Lärmattacke. Streß, dachte Will mit einem Anflug von Wehleidigkeit. Begünstigt Herzkrankheiten und frühen Tod.

Er ließ sich in den Sessel fallen, streckte die Beine von sich und ergab sich der nächsten Lärmwelle. Jemand schien direkt über seinem Kopf immer wieder hochzuspringen. Zwei balgten sich, »Du Arsch!« ächzte der eine, »Du Waschlappen!« der andere. Fast gewann er Spaß am munteren Treiben ein Stockwerk über ihm, schließlich war es das letzte Mal, daß er dessen Zeuge war. Ab morgen ging ihn das alles nichts mehr an. Und das wog sogar die Trennung von Vera auf.

Der Gedanke ernüchterte ihn. Er betrachtete das magere Häuflein Bücher, an denen ihm etwas lag, stand auf und räumte eines davon wieder zurück ins Regal. Die anderen packte er in eine Klappkiste und stellte sie vor die Tür seines Arbeitszimmers. Seines ab morgen ehemaligen Arbeitszimmers.

Oben quietschte es rhythmisch, bevor etwas so heftig auf den Boden bumste, daß die Fensterscheibe klirrte. Er blickte zur Zimmerdecke, erwartete, wie so häufig und immer vergebens, abgebröckelten Putz oder gar ein Loch zu sehen. Er war nicht oft oben gewesen, in der Wohnung der Familie Wagner, aber er glaubte sich zu erinnern, daß dem Fernseher gegenüber ein Bettsofa stand. Wahrscheinlich benutzte einer der Jungs es als Trampolin, bevor er hinuntersprang.

Zu Anfang hatte er noch protestiert. Einmal übrigens zu Unrecht, da war es die Party im Stockwerk unter seiner Wohnung gewesen, die ihn beim Arbeiten gestört hatte. Dennoch war er zu den Wagners hochgelaufen, um eine Einstellung der Kampfhandlungen zu erbitten. Er erinnerte sich lebhaft an die Gesichter der beiden Jungs, wie sie brav nebeneinander auf dem Sofa saßen, jeder einen Joystick auf dem Schoß. Mit großen Kinderaugen hatten sie anklagend zu ihm aufgesehen, zu diesem Kinderfeind, der ihnen ihre harmlosen Vergnügen nehmen wollte, vor allem jenes, jeden Tag direkt über seinem Schreibtisch mit drei anderen, ebenfalls vom Zappelphilipp-Syndrom befallenen Freunden möglichst geräuschvoll fernzusehen.

Mutter Wagner zeigte naturgemäß nicht das geringste Verständnis für seine Nöte, die im Sommer begonnen hatten, als er, vom Urlaub mit Vera zurückgekehrt, seinen ehemals so ruhigen Arbeitsplatz in ein Inferno verwandelt fand.

Auch Vera hatte das anders gesehen. »Ja wenn du Totenstille brauchst zum Arbeiten …«

Totenstille? Er hatte auch die Jahre zuvor jedes Husten und Schnarchen gehört und jeden Anflug eines Ehestreits zwischen Thommy und Doro, den Vorgängern der Familie Wagner. Aber wenigstens waren die beiden rechtzeitig ausgezogen und hatten sich ihr familienfreundliches Reihenhäuschen gesucht, bevor die ersten Babyschreie ertönten. Das nannte man Rücksichtnahme.

Will ging hinüber ins Wohnzimmer, stellte sich vor die gemeinsame CD-Sammlung und überlegte, auf welche Scheibe er unter keinen Umständen verzichten wollte. Es fand sich keine einzige. Alles war eingetrübt durch die sechs Jahre mit Vera: Queen, »We will rock you« – das hatte er immer aufgelegt, wenn er dem Krach von oben etwas entgegensetzen wollte. Andrea Bocelli – um Himmels willen, das war nicht sein Ding, sondern Veras, aber sie hatten immer so traumhaft schön gevögelt dabei. Tom Waits – ja, das schon eher. Das war Musik, die Vera nicht mochte. Er zog die CD aus dem Regal und legte sie in die Bücherkiste.

Und plötzlich war alles ganz einfach. Heute morgen noch hatte er Bilanz gezogen, hatte Vera in Gedanken vorgerechnet, was er vor sechs Jahren in ihren gemeinsamen Haushalt eingebracht hatte und worauf er deshalb einen knüppelharten Anspruch besaß. Und jetzt hätte er ihr am liebsten alles dagelassen, all den Ballast, der sich in einem Menschenleben so ansammelt. Nur der Schreibtischsessel mußte mit. Und, blöderweise, die Steuerunterlagen.

Jetzt hörte er schwere Schritte über sich. Annette Wagner hatte ihren mächtigen Körper in Bewegung gesetzt und ging durch den Flur hinüber ins Zimmer ihrer Sprößlinge. Er hörte sie keifen.

Sie wußte noch nichts von ihrem Glück: ab heute Rücksichtnahme nicht mehr nötig! Noch glaubte sie offenbar, Max und Julian alle zwei Stunden anbrüllen zu müssen, um sich nicht nachsagen zu lassen, sie sorge nicht für Zucht und Ordnung. Will schüttelte sich beim Gedanken an ihr flaches Gesicht und an ihre kleinen dicken Hände. Sie wollte einfach nicht begreifen, daß er nicht kinderfeindlich war, sondern daß sie und er gemeinsam an etwas Drittem litten: an der schlechten Bausubstanz, Annette, kapier das doch endlich!

Das Wohnhaus stammte aus den zwanziger Jahren des 20. Jahrhunderts und hatte im Zweiten Weltkrieg eine Brandbombe abgekriegt. Die beiden obersten Stockwerke waren nach dem Krieg auf billigste Weise und mit geringerer Dekkenhöhe wiederaufgebaut worden – das Problem, das daraus folgte, war weit verbreitet und hieß Hellhörigkeit. Man hörte nicht nur jedes Wort von oben, sondern auch von unten. »Ich kann dir alle deine Telefongespräche nacherzählen«, hatte Annette gezischt. Eben! Aber Annette brachte, wie die meisten Frauen, Ursache und Wirkung durcheinander.

Wie Vera. »Erzähl mir bloß wieder, daß du kein Kinderfeind bist!« hatte sie eines Tages gesagt, als sie später als üblich aus dem Büro zurückkam und er sich bei ihr beklagte über den verdorbenen Arbeitstag. Es war in der Adventszeit gewesen, Annette hatte seit dem frühen Morgen direkt über seinem Kopf Weihnachtsmusik abgedudelt, während er an einem gefühlvollen Artikel über einen während der Nazizeit verfemten Frankfurter Architekten saß. Stille Nacht und Schneeflöckchen bis zum Abwinken. Es war grausam gewesen. Und dann kam Vera auch noch mit dem Superüberbeziehungskonflikt, von dem er gehofft hatte, er hätte sich durch Beschweigen von selbst erledigt.

Will stellte die DVD-Kassette mit »Der Herr der Ringe«

wieder zurück ins Regal. Über ihm klatschte die Wagner-Brut rhythmisch in die Hände und rief etwas. Hörte sich glatt an wie »Raus raus raus aus diesem Haus«. Kinder an die Macht, dachte Will. Eine blödere Parole hatte er noch nie gehört.

Wenn er wenigstens noch festangestellt wäre. Die liebe Annette hatte den Finger gleich in die richtige Wunde gelegt: »Warum mußt du überhaupt zu Hause arbeiten? Andere Leute gehen tags doch auch ins Büro!« Na klar. Das hatte er ja getan, jahrelang. Es sei denn, es gab einen Text zu schreiben, für den man ein bißchen häusliche Ruhe brauchte. Aber mittlerweile war seine Zeitung von einem Organ der Meinungsführerschaft zu einer Art Sozialprojekt zurückgeschrumpft, in dem alle gemeinsam weniger arbeiteten und verdienten, in der Hoffnung, das würde die Geschäftsleitung von Kündigungen abhalten. Hatte es natürlich nicht. Ihm mußte man nicht groß nahelegen, was er längst ahnte. Bevor er an die Reihe gekommen wäre, ging er freiwillig.

»Aber du hättest doch Arbeitslosengeld gekriegt!« Vera wollte nicht verstehen, daß er genau das vermeiden wollte. Er war ja nicht arbeitslos. Er hatte nur – na ja: den Aggregatzustand geändert. Nannte sich eben freier Journalist jetzt, ganz einfach.

Das schlimmste war Annettes Lächeln, als er ihr mitteilte, er würde jetzt noch öfter als früher zu Hause arbeiten. Genauer gesagt: jeden Tag. Auch am Wochenende. In ihren Augen las er Verachtung für den Versager, der seine Frau arbeiten schickte und die Kinder anderer Leute terrorisierte – die Kinder, die später für seine Rente aufzukommen hatten! – sagte Annette und schürzte vorwurfsvoll die Lippen.

»Woher weißt du das?« hatte er zurückgefragt. »Kinder, die so oft fernsehen, kriegen später Sozialhilfe, für die *wir* zu zahlen haben.«

Sie hatte noch spitzer gelächelt, und dann ganz leise »Wovon denn?« gesagt.

Gute Frage. Vera sah das offenbar ähnlich, jedenfalls behandelte sie ihn so, als ob er zu Hause säße, nichts Vernünftiges zu tun habe und nur darauf warte, daß sie ihm kleine Aufträge gab: Hol doch mal für mich die Bluse aus der Reinigung. Kannst du heute einkaufen? Was kochst du morgen? Er nahm Päckchen entgegen, er beantwortete Anrufe schöner als jeder Automat. Er putzte, er kochte, er machte den Hausmann. Und dann schnappte die Falle zu. »Wo du doch eh zu Hause bist, könnten wir da nicht auch ...«

Will ging hinüber in die Küche. Über ihm lachte es schrill. Die Wagner hatte Freundinnen zu Besuch, das erklärte das massenhafte Auftreten der Kids. Kaffeeklatsch mit viel Kuchen. »Aber bitte mit Sahne.« Und dann wunderte sie sich, daß ihre beiden Jungs schon jetzt so übergewichtig waren wie die Mutter. Die Damen oben lachten wieder, sehr entspannt. So ein Kaffeeklatsch konnte dauern, die Kinder waren ja vorm Fernseher geparkt. »Video killed the radio star«, dachte er und fühlte sich plötzlich steinalt.

Die Küche war sein Revier gewesen. Er hatte für scharfe Messer gesorgt, für die richtigen Öle und den besten Essig. In der neuen Wohnung würde er sich wahrscheinlich aufs Warmmachen von Seniorengerichten beschränken, den Alten wie ein Kind schon nachmittags vorm Fernseher ruhigstellen und abends zum nächstbesten Italiener gehen. Wozu also noch scharfe Messer und handgeschmiedete Eisenpfannen?

Nur den Korkenzieher, einen teuren Screwpull, würde er mitnehmen. Und die Dekantierkaraffe. Ihr lag nichts dran. Vera hatte irgendwann begonnen, das Weintrinken einzuschränken und schließlich einzustellen. Es schmecke ihr nicht besonders gut, hatte sie mit leiser, etwas wehleidiger

Stimme gesagt, vor allem nicht die Weine, die er »anspruchsvoll« nannte, und außerdem mache der Alkohol womöglich unfruchtbar. Von der Theorie hatte er noch nie gehört, aber ihren Blick konnte er lesen.

Es ging seit einiger Zeit immer nur um das eine. Um das, was sie ihre »biologische Uhr« nannte, die sie angeblich »ticken« hörte. Sie wollte ein Kind. Sie wollte Kinder. Von ihm, und zwar bald. Und weil er ja nun eh zu Hause war und nichts auf einen beruflichen Höhenflug deutete, hielt sie die Zeit für reif.

Will hatte sich wie der Fuchs im Fangeisen gefühlt. Denn er hatte ihr nichts entgegenzusetzen – jedenfalls nichts, was sie verstanden hätte.

Ganz zu Anfang ihrer Beziehung hatte er mit der Lage der Welt argumentiert, die es unverantwortlich mache, ein Kind in dieselbe zu setzen, hatte auf den Krieg in Jugoslawien verwiesen, auf die Klimakatastrophe, die Staatsverschuldung. Eine Zeitlang hatte er an seine Argumente sogar geglaubt. Sie hatte irgendwann nur noch gelacht. »Und das sagst du? Der du regelmäßig gegen die Alarmisten wetterst, die alle naselang den Weltuntergang ausrufen?«

Will wickelte den Screwpull in die Zeitung von heute und legte ihn in die Bücherkiste im Flur. Er zögerte, bevor er ins Schlafzimmer ging. Es roch nach ihrem Parfum – Serge Lutens, die letzte Flasche hatte er ihr geschenkt. Das Bett war nicht gemacht und ihr Rock und die Strumpfhosen lagen noch da, wo sie sie gestern fallen gelassen hatte. Er setzte sich auf die Bettkante und legte das Gesicht in die geöffneten Hände. Sie hatten sich mit einer Sehnsucht geliebt, daß er beim bloßen Gedanken daran weiche Knie kriegte. »Das war doch immer gut gewesen zwischen uns«, hatte sie danach geflüstert und den Kopf auf seine Brust gelegt. Und dann kamen die Tränen, leise, verzweifelt, ohne all die Wut, die er sonst von ihr kannte.

Er hätte es ihr so gerne erklärt. Er versuchte es ihr seit Jahren zu erklären, jedenfalls in Gedanken. Die Erklärung fing immer mit »Versuch mich zu verstehen, Vera« an. Versteh mich doch. Ich würde gerne bei dir bleiben. Ich drücke mich nicht vor der Verantwortung. Ich würde auch für zwei, ach was: für drei arbeiten, wenn man mich ließe. Ich will, daß du glücklich bist. Und ich habe auch nichts gegen Kinder. Höchstens – gegen die da oben über meinem Kopf.

Und gegen welche, die von mir stammen.

Will atmete tief ein, stand auf und räumte Hemden und T-Shirts aus der Kommode. Vera, hör mir zu. Der Gedanke an ein Kind, das mir gleicht, ist mir unerträglich. Ein Kind, das so unglücklich ist, wie ich es war. Gepeinigt von Albträumen und Urängsten. Geplagt von viel zu langen Gliedmaßen und abstehenden Ohren.

Höre, Vera. Und wenn ich ein Vater würde wie der, der mein Vater war? Ein autoritärer Sack, der nie zu Hause ist? Was täte das deinem Kind?

»Du wärst der liebevollste Vater der Welt«, hatte sie einmal gesagt. Vielleicht. Aber konnte man sich darauf verlassen? Die Wahrheit war – er wollte keine Selbstverewigung. Er wollte nichts weitergeben, nichts vererben.

Irgendwann war sie gestern ins Bad gegangen. Als sie wiederkam, setzte sie sich auf die Bettkante und sah ihn an, mit einem dieser tiefen Blicke, die ihn unruhig machten.

»Laß dich sterilisieren«, sagte sie schließlich. »Damit ich dir nicht in zehn Jahren begegne, mit jugendfrischer Freundin und Baby auf dem Arm.«

Sie stand auf und drehte ihm den Rücken zu. »Wenn ich alt und vertrocknet bin«, sagte sie.

Der Himmel war grau geworden, während er sein Auto bepackt und Abschied von Bockenheim genommen hatte. Auf der Bockenheimer Landstraße staute sich der Verkehr, wie immer um diese Zeit. Dort, wo das erste richtige Hochhaus Frankfurts gestanden hatte, das Zürichhochhaus, gähnte noch Jahre nach dem Abriß eine Lücke, von Bauzäunen umstellt. Lieber das als ein einfallsloser Zweckbau, dachte Will. Frankfurt hatte Besseres verdient – und Schöneres als einen weiteren der vielen Architektenträume von Leuten, die sich unter einer Stadt nur Standort vorstellen konnten.

Er fuhr den Reuterweg hoch, bog in den Grüneburgweg ein und passierte die Körnerwiese. Dann stellte er das Auto in die Einfahrt des stilvoll gealterten Altbaus, Frankfurter Jahrhundertwende. Die Wohnung seines Vaters lag im vierten Stock. Schon in der dritten Etage machte sich die fehlende Kondition bemerkbar. Du wirst alt, dachte Will, stemmte die Bücherkiste die restlichen Stufen hoch und ließ sie vor der Wohnungstür fallen. Auf der Klingel stand »Marga und Karl Bastian«. Drinnen heulte etwas, es hörte sich an wie eine Motorsäge im Leerlauf. Und dazu erklang das, was man im Radio unter klassischen Hits verstand. Wieder einmal hatte Albinonis Adagio herhalten müssen. Will seufzte. Dann schloß er auf.

Karl Bastian trug eine ausgebeulte blaue Trainingshose, in deren Bund er ein Geschirrtuch geklemmt hatte, darüber ein weißes T-Shirt. Sein Vater hatte das Radio voll aufgedreht und sang mit, während er einen asthmatisch röhrenden Staubsauger über das Parkett im Flur schob. Kurz winkte er Will zu und zog mit dem antiken Gerät weiter ins Wohnzimmer.

Ein Job weniger, den ich zu übernehmen habe, dachte Will unfromm, aber eigentlich war er gerührt. Der Alte gab sich wirklich Mühe. Er trug die Kiste in das Zimmer, in dem er ab heute wohnen und arbeiten würde. In der Tür blieb er stehen. Das Zimmer wirkte hell und klar und leer, Bettsofa und Schreibtisch fielen kaum auf in dem großen Raum. Will atmete tief ein und schwor allen weiteren weltlichen Gütern ab. Dann stellte er die Kiste ab und lief die Treppenstufen wieder hinunter, um Koffer, Kleidersack und Schreibtischstuhl aus dem Auto zu holen. Auf ein neues, karges Leben. Ein Männerleben.

Will Bastian, noch nicht 48 Jahre alt, kehrt nach der Trennung von seiner Freundin zwar nicht zurück zu Mama, aber zu Papa, 82. Der ihn Willi nannte, was er haßte. Und mit dem er sich seit Jahren nichts zu sagen hatte.

Er hatte noch niemandem von seinem Entschluß erzählt, aber er wußte, was die Kumpels sagen würden. »Du tust *was*?« Max Winter würde sich kaputtlachen. »Die Versöhnung der Generationen! Wie human!« könnte Julius Wechsler sagen, wenn er überhaupt etwas sagte.

Seine Antwort hatte er sich längst zurechtgelegt. »Mein Vater kommt nicht mehr alleine klar, und die Wohnung ist groß genug.«

Er mußte ja niemandem auf die Nase binden, daß Karl Bastian sich bester Gesundheit erfreute und er nur – wie sagt man? – *perspektivisch* das Nützliche mit dem Humanen verband. Immerhin sparte er schon jetzt an der Miete und war der erste Kandidat aufs Pflegegeld, wenn der Alte wirklich klapprig wurde, was nur eine Frage der Zeit war.

Max Winter kannte solche Probleme nicht. Max betrieb eines der besten Restaurants der Stadt. Und Julius Wechsler? Der Dicke hatte weder finanzielle Sorgen noch alte Eltern – und schon gar nicht so etwas wie ein Gemüt. Heute abend würde er es ihnen sagen müssen. Der Gedanke daran war nicht unbedingt angenehm.

»Alles klar, Willi?« Sein Vater steckte den Kopf zur Tür herein. »Bist du zum Abendbrot da? Ich habe eingekauft. Auch einen Begrüßungssekt.«

»Danke, Vater. Aber heute abend habe ich einen Termin.«

Der Alte hob die Schultern und verzog sich wieder. Wenigstens stellte er das Radio leiser.

Es geht schon los, dachte Will. Der Familienanschluß. Die alten Rituale. Das alte schlechte Gewissen.

»Sehen wir uns beim Frühstück?« Da war er wieder. »Ich hole Brötchen.«

Will nickte und lächelte und kam sich wie ein undankbares Kind vor.

4

Wotan wartete wie immer hinter der Tür, als sie den Schlüssel im Schloß umgedreht und sie aufgeschoben hatte. Dalia kniete sich vor ihn hin und drückte ihr Gesicht in sein weißes Fell. Er versuchte, ihre Nasenspitze zu küssen, als er merkte, daß sie weinte. Irgendwie konnte sie damit heute nicht mehr aufhören.

»Wir werden weiterziehen müssen, Kleiner«, flüsterte sie und stand auf. Er sprang voraus in die Küche und stellte sich erwartungsvoll an den Freßnapf. Sie gab ihm den Rest aus der gestern abend geöffneten Dose, sah ihm eine Weile beim Fressen zu und schaltete die Kaffeemaschine ein. Während der Kaffee durchlief, ging sie zum Schreibtisch, der unter dem Fenster stand, gleich gegenüber der Schlafcouch.

Die Wohnung bestand aus einem Zimmer, einer Kochnische und einer Dusche mit Klo. Sie brauchte nicht mehr, sie sparte ihr Geld für anderes. Es war das Billigste, was auf dem Frankfurter Wohnungsmarkt in zentraler Lage zu haben war: eine Querstraße entfernt von der östlichen Zeil und der Konstablerwache, wo donnerstags und samstags Markt war. Es war die unmittelbare Nachbarschaft, die den Mietpreis niedrig hielt: die billigsten Puffs der Stadt, vor der Haustür besoffene Freier, zahnlose Zuhälter mit altersschwachen, aber ständig heiser bellenden Schäferhunden und Nutten, die ihre Obszönitäten brüllten, als ob sie am Marktschreierwettbewerb auf dem Hamburger Fischmarkt teilnehmen wollten. Wotan antwortete schon gar nicht mehr, wenn es in den Häusern neben und hinter ihrer Wohnung wieder mal lautstarke Auseinandersetzungen gab. Dalia bedauerte nur, daß sie sich die lautmalerischen Beleidigungen in tiefstem Frankfurterisch nicht richtig merken konnte. Es war gut, ein Repertoire für alle Fälle zu haben.

Während sie wartete, daß das Notebook hochfuhr, stellte sie sich mit dem Kaffeebecher ans Fenster. Lotti von nebenan stand mit ihren beiden schmutzigweißen Pudeln vor dem Wasserhäuschen und rauchte eine. Lotti hatte geschwollene Beine und blaue Krampfadern und konnte kaum laufen in ihren hochhackigen Pantoletten, die Dalia »Bettschuhe« nannte, aber sie trug auch heute, an diesem unfreundlichen Apriltag, den weißen Lederrock, der eher ein breiter Gürtel war und eine tief ausgeschnittene Bluse, die ihr verwittertes Dekolleté ausstellte.

Neben ihr stand Lollo und trank Underberg. Dalia hatte noch nie verstanden, warum Alkoholiker ihre Rationen aus kleinen packpapierverpackten Fläschchen zu sich nahmen, statt gleich die ganze Flasche Korn anzusetzen, wie sie es in Niedersachsen erlebt hatte, in Bramsche, wo man »Lüttje Lage« trank – Bier und Schnaps, möglichst gleichzeitig.

Ein Freier schlenderte an Lotti vorbei und sah sie abschätzend an. Dalia zählte die Sekunden. Sie wußte, was kommen würde. »Du alter Drecksack, du verdammter Kanake!« Lotti röhrte ihre Verwünschungen in bewährter Hochform heraus. Lollo machte einen Ausfallschritt, und die beiden Pudel kläfften. Dalia riß sich von dem Anblick los. Er war nicht wirklich schön.

Dann setzte sie sich an den Schreibtisch und vernichtete die Arbeit eines ganzen Monats.

Marcus Saitz war nicht so leicht zu durchschauen gewesen wie andere. Die meisten Angestellten dachten nicht an die Putzfrauen und -männer, wenn sie ihre Büros verließen. Sie glaubten wahrscheinlich, daß abends oder frühmorgens die Heinzelmännchen unterwegs waren, um all die Hamsterställchen, Stutenkoben, Großraumbüros und Konferenzräume wieder in Schuß zu bringen. Und deshalb waren fast alle leichtsinnig. Die meisten hatten irgendwo einen Zettel versteckt, auf dem sie die Sicherheitscodes und Zugangsnummern notiert hatten, die man so braucht, zum Beispiel fürs Bankkonto, den Ebay-Account oder das Pornoportal; viele ausgerechnet unter der PC-Tastatur. Und die wenigsten hatten ihren Computer paßwortgeschützt. Manchmal lief der PC noch morgens im Standbybetrieb, und man konnte mühelos feststellen, woran zuletzt gearbeitet worden war.

Marcus Saitz war vorsichtiger gewesen. Er hatte seinen PC abgesichert und schloß den Aktenschrank immer ab, wenn er das Büro verließ. Und meistens löschte er auch die Eintragungen auf seinem Diktiergerät, was Dalia jedes Mal, wenn sie sein Büro putzte, überprüft hatte. Nur einmal hatte er das vergessen. Nicht jeder hätte seinen Jargon verstanden. Aber Dalia war schon lange genug im Geschäft, ihr machte niemand mehr etwas vor. Noch hatte sie nicht alle Fakten zusammen gehabt, man brauchte schließlich mehr als eine abgesicherte Vermutung, um bei einem Kunden zu landen. Doch nun hatte sich die ganze Vorarbeit in Sachen Saitz erledigt – durch dessen Ableben.

Sie klickte sich in den Unterordner »Freizeit« und löschte die Akte MS. Danach leerte sie den elektronischen Papierkorb. Für den Fall des Falles reichte das nicht, sie wußte, daß das wirkliche Löschen von Daten noch ganz andere Maßnahmen erforderte. Aber wer würde sich schon für den Datenbestand auf dem Notebook einer Putzfrau interessieren?

Niemand.

Das weit größere Problem war die Suche nach einem neuen Kunden.

Dalia seufzte und streichelte Wotan, der neben ihr saß, über den weißen Kopf. Früher war sie weitergezogen, wenn sich ein Fall erledigt hatte – entweder zu ihrer Zufriedenheit oder auf andere Weise. Das war das Muster ihres Lebens geworden: Sie wechselte die Orte und Wohnungen mit schönster Regelmäßigkeit, sie hatte nicht viel, das sie mitnahm – außer dem nötigen Mobiliar, einer Tuschezeichnung an der Wand und einer japanischen Vase. Und Wotan.

Manchmal sehnte sie sich nach einem Haus auf dem Land, mit Auslauf für den Hund und einem Mann, der das Holz für den Kamin hackte. Aber im Grunde war es gut so, wie es war. Männer nahm man aus, statt sich auf sie einzulassen. Man wußte ja, wie das endete: auf den Knien, beim Verwischen der Spuren.

Also was tun? Etwa bleiben und es statt mit einem neuen Kunden mit dem unaufhaltsamen Aufstieg versuchen, den die Chefin von Pollux ihr verheißen hatte? »Unser Beruf ist was für Leute, die etwas bewegen wollen.« Johanna Maurer hatte Dalia vor drei Tagen zu sich bestellt. »Man muß Organisationstalent haben, sich für Menschen interessieren und flexibel sein.«

Sie hatte brav genickt.

»Ich habe Sie beobachtet, Dalia! Sie können mehr als wischen und moppen.«

Das war der erste Fehler. Sie hatte Johanna Maurer unterschätzt, hatte nicht aufgepaßt, hatte zu intelligent gewirkt. Und nun?

»Erst werden Sie mal Vorarbeiterin, und dann sehen wir weiter.«

Dalia erinnerte sich, irgend etwas von »zuviel Verantwortung« gestammelt zu haben, aber das kam nicht gut an. Die Maurer war niemand, der Widerspruch erwartete. Sie wollte eine Antwort, und das bald.

Sollte sie kündigen? Die Stadt verlassen und woanders wieder anfangen? Vom Ersparten leben und all den anderen kleinen regelmäßigen Einkünften?

Oder sollte sie seßhaft werden? Ein anständiges Leben führen? Ihr Geld auf normale Weise verdienen? War Saitz' Tod ein Fingerzeig des Himmels?

5

»Liebe Frau Kollegin, das mag ja ein Skandal sein, aber ist es auch justitiabel?«

Der Abteilungsleiter, Oberstaatsanwalt Zacharias, nahm sich schon zum zweiten Mal von Manfred Wenzels Geburtstagskuchen und guckte belustigt. Karen Stark war versucht, ihm den Rücken zuzudrehen. Sie wußte, daß er sie für eine verkappte Sozialarbeiterin mit übersteigertem Gerechtigkeitsempfinden hielt.

Sie lächelte ihn scheinheilig an und schenkte sich Kaffee nach.

»Und 700 Euro ist ganz schön viel Geld, wenn man aus Litauen kommt!« Hermano Ortiz-Soto de Ortega, genannt H_2O, fuchtelte mit der Olive, die er auf einen Zahnstocher gespießt hatte, und klang oberlehrerhaft, wie immer.

»Ist das ein Argument für die Wiedereinführung der Sklaverei?« Karen merkte, wie sie langsam sauer wurde. »Die Frauen werden aus Litauen nach Deutschland gelockt, müssen 15 Stunden am Tag malochen und kriegen dafür nach Abzug der Miete gerade mal 500 Eier!«

»Könnte es nicht sein, daß diesen Frauen harte Arbeit in Deutschland immer noch lieber ist als Armut und Arbeitslosigkeit zu Hause?« Eva Daun lächelte.

Du falsche Schlange, dachte Karen. »Die Frauen werden nicht nur ausgebeutet, sondern sie machen sich auch noch strafbar! Oder wofür halten wir einen Verstoß gegen das Arbeitsrecht heutzutage?« Sie funkelte die Daun an. »Für ein Kavaliersdelikt?«

»Müßt ihr euch ausgerechnet auf meiner bescheidenen kleinen Geburtstagsfeier streiten?« fragte Manfred Wenzel und drohte mit der Sektflasche, die er gerade vernehmlich geöffnet hatte.

»Okay, okay«, sagte Zacharias und hob beschwichtigend die Hände. »Wenn die Kollegin Stark nichts Besseres zu tun hat, dann soll sie sich eben um die ethische und moralische Sauberkeit im deutschen Putzgewerbe kümmern, sofern sie dabei nicht vergißt, daß wir nicht über die Moral, sondern über die Einhaltung von Recht und Gesetz zu wachen haben!« Der Abteilungsleiter lächelte, sichtlich stolz auf seine geschmeidige Formulierungskunst.

»Es gibt eben Leute, die auf höherem Niveau arbeiten als unsereins.« Manfred Wenzel lächelte Karin verschwörerisch zu und reichte ihr ein Sektglas, am Kollegen Czernowitz vorbei, der wieder mal mit sich selbst beschäftigt zu sein schien. Wahrscheinlich hatte er Krach mit seiner Frau.

Karen leerte das Glas in einem Zug und hielt es Manfred Wenzel gleich wieder hin, der ihr nachschenkte, nicht ohne ihren Durst mit hochgezogenen Augenbrauen zu kommentieren. Normalerweise konnte sie den Rest des Tages vergessen, wenn sie so früh schon Alkohol trank. Aber heute war eine anästhetische Maßnahme erlaubt. Sie mußte zum Zentrum für Rechtsmedizin in Sachsenhausen und bei einer Sektion anwesend sein. Und leider gehörte sie zu den Leuten, denen wochenalte Wasserleichen etwas ausmachen. Wenigstens war es nicht Gunter, der die Sektion leitete, sondern seine Kollegin, die nervenstarke Aglaia. Die Ärztin pflegte immer dann einen ihrer trockenen Sprüche von sich zu geben, wenn sie merkte, daß die anwesenden Nichtmediziner aus den Puschen zu kippen drohten, weil der Geruch sie zu überwältigen begann oder das Geräusch, mit dem die Innereien in die Schale klatschten. Oder der Anblick des Gehirns, wenn die Säge die Schädeldecke aufgefräst hatte.

Nach der Sektion der Wasserleiche war ihr der Appetit gründlich vergangen. Die Frau hieß Caroline Sender und war 64 Jahre alt, als sie im Main ertrank. Bei der Thoraxöffnung quollen Aglaia die Lungen der Frau entgegen. Ein widerwärtiger Anblick. Ebenso widerwärtig die Hautablösung an den Händen – die Frau hatte schon mindestens sechs Tage im Wasser getrieben. Ein Fremdverschulden war zwar nicht auszuschließen, aber auch nicht feststellbar. Karen konnte sich plötzlich vielerlei Gründe vorstellen, warum man mit 64 freiwillig in den Tod ging, wenn man allein lebte. Ohne Liebe.

Der Verlust der Liebe kam ihr plötzlich ungeheuerlich vor.

Zurück im Büro, erledigte sie die Fälle, die mehr oder weniger Routineangelegenheiten waren – ein betrunkener junger Mann, der eine Polizistin als Schlampe beschimpft hatte, ein Lehrling, der sich beim Klauen erwischen ließ, ein Marokkaner und ein Türke wegen Verstößen gegen das Ausländerrecht. Die Wirklichkeit, die ihr da aus den Akten entgegenlachte, hob ihre Stimmung nicht. Als Thomas Czernowitz kurz vor Feierabend in der Tür stand, war sie fast erleichtert über die Ablenkung.

Sie kannte Czerno seit der Studienzeit – damals nannte er sich noch Che, daran durfte man ihn heute nicht mehr erinnern. Er ließ sich in den Sessel gegenüber ihrem Schreibtisch fallen und streckte die Füße von sich.

»Und wie?« fragte er.

Karen lehnte sich zurück und schnippte ein rotes Blütenblatt vom Schreibtisch. Noch leuchtete der Frühlingsstrauß rot und gelb, aber der Verfall hatte schon eingesetzt.

»Geht so«, antwortete sie. »Und selbst?« Ja, jetzt roch sie es. Die Tulpen verabschiedeten sich. Sie mochte den Geruch verwelkender Blumen nicht.

Czerno strich sich die etwas zu langen grauen Kringel auf seinem Haupt mit einer koketten Geste hinters Ohr, als ob er noch immer der blonde Engel von früher wäre. »Marcus Saitz. Der Fall ist doch auf deinem Schreibtisch gelandet, oder?«

Was sonst? Die meisten Staatsanwälte sind Alphabetabhängige, d.h. sie bearbeiten alle allgemeinen Strafsachen je nach dem Anfangsbuchstaben, unter dem sie erfaßt wurden. Nach der Geschäftsordnung war sie für alles zuständig, was unter R (ohne Ra) und Sa–Sal fiel. Sie warf die heruntergefallenen Tulpenblätter in den Papierkorb.

»Fragt sich, ob es ein Fall ist oder bloß eine Akte. Ich fürchte, unser herzensguter Notarzt Siggi Leitner wollte uns wieder mal ärgern. Denn nichts deutet auf Fremdverschulden hin. Der Mann ist umgefallen. Plötzlicher Herztod.« Das nannte man früher Managerkrankheit.

»Bist du sicher?«

»Sicher kann man erst nach der Obduktion sein. Aber das zieht sich noch.«

Bei den Gerichtsmedizinern gab es immer Engpässe, zumal, wenn Gunter unterwegs war. Und dann kamen die dringlichsten Fälle zuerst – die, bei denen zumindest ein Anfangsverdacht vorlag. Und den sah sie hier nicht.

Karen gähnte. »Czerno, ich wollte eigentlich Feierabend machen. Und, ehrlich gesagt, ich bin wirklich nicht auf jeden Fall scharf, auch wenn ihr mich alle für eine Streberin haltet.«

»Er war mein Freund.« Czerno verzog das Gesicht. »Ich wollte nur wissen – ob da alles mit rechten Dingen zugegangen ist.«

»Und an was dachtest du?« Karen hatte plötzlich Mitleid. Der Kollege sah wirklich erbärmlich aus.

»Na ja – man fällt in dem Alter ja nicht einfach tot um, oder?«

Karen sah Thomas Czernowitz scharf an. Marcus Saitz war gerade 48, als er starb. Thomas war ihres Wissens ein paar Monate älter. Und Männer schienen in diesem Alter nicht nur von einer jähen Vorliebe für jüngere Frauen heimgesucht zu werden, sondern auch von einer panischen Angst vor Krankheit und Tod, weshalb man besonders zartfühlend mit ihnen umgehen mußte. Mit den Armen.

»Machst du dir Sorgen?« Sie versuchte ein aufmunterndes Lächeln.

Aber Thomas schüttelte den Kopf wie ein störrischer Esel. »Ich versteh's nur nicht. Und was hat die Spurensicherung ...«

»Thomas! Es gab keinen Anlaß für eine Spurensicherung! Außerdem hatte die Putzfrau bereits gründlich geputzt – rund um die Leiche herum.«

Die Putzfrau. Verdammt. Etwas war ihr doch aufgefallen, was die Putzfrau betraf. Karen suchte in den Stapeln auf ihrem Schreibtisch nach der Sache Saitz.

»Und – in der Bank? Hat man da irgend etwas ...?«

Karen blätterte, bis sie das Vernehmungsprotokoll fand. Hier stand es: Im Bankhaus Löwe putzte die Pollux Facility Management GmbH. Sie hatte den Namen auf ihrer Liste, aber bislang keinen Anhaltspunkt dafür gefunden, daß man hier ebenfalls Lohnsklaven hielt. Und die Putzfrau, die den Toten gefunden hatte, hatte keinen litauischen oder ukrainischen Namen, auch wenn er etwas seltsam war und ihr bekannt vorkam. Dalia Sonnenschein.

Sie blickte auf. Thomas sah noch immer aus wie ein verschreckter Gnom.

»Was ist los?«

»Ach nichts, Karen. Ich mache mir nur Sorgen.«

»Deine Frau?«

Er lächelte schwach. »Das auch. Aber vor allem – du weißt doch: Wenn ein Freund stirbt ...« Er zuckte die Schultern, erhob sich, winkte ihr zu und ging.

Karen wiegte sich auf dem Schreibtischsessel vor und zurück und blickte zum Fenster hinaus. Ihre wäre gar nicht aufgefallen, daß es draußen sonnig geworden war, wenn sich nicht die Sonnensegel vor die Fenster gesenkt hatten, so, als ob die Frankfurter Justiz nur im Zwielicht gedeihen könne.

6

Sie trafen sich seit fast einem Vierteljahrhundert hier, einmal im Monat, egal, was geschah. Und obwohl das Hinterzimmer des »Dionysos« roch, wie es seit Jahrzehnten roch – fettig, suppig, ungesund, passend zum Licht, das wie leberkrank durch die Fensterscheiben fiel –, hatten sie alle der Versuchung widerstanden, sich einen netteren Ort zu suchen.

Während Will Bastian auf die anderen wartete, studierte er die Fotos der Fußballmannschaften, die an der Wand hingen. Das, auf dem er neben Thomas Czernowitz, Max Winter, Michel Debus und Julius Wechsler hockte, hatte er lange nicht mehr betrachtet. Es machte verdammt melancholisch, wenn man sich mit der Tatsache konfrontiert sah, daß das Haar früher voller und die Taille entschieden schlanker gewesen war. Die anderen waren auch nicht hübscher geworden im Laufe der Jahre, aber sie hatten es wenigstens zu etwas gebracht. Thomas war Staatsanwalt, Max führte ein beliebtes Luxusrestaurant, Michel Debus besaß eine ganze Flotte antiker Automobile, und Julius Wechsler war Immobilienmakler, der nicht wußte, wohin mit dem Schotter.

Iannis steckte den Kopf zur Tür herein und zog fragend die Augenbrauen hoch.

»Mach mir schon mal ein Bier«, sagte Will.

Noch vor dem Pils kamen Max, Julius und Michel, Max wie immer mit drei Flaschen unter dem Arm.

Er brachte schon seit Jahren den Rotwein mit, was Iannis mit schmerzverzerrtem Gesicht duldete. Schließlich war man auch als schlichter Wirt einer griechischen Kneipe stolz darauf, daß so prominente Frankfurter sich hier blicken ließen, selbst wenn sie glaubten, etwas Besseres trinken zu müssen als seinen Hausschoppen.

Will blieb stehen, während sich die anderen an den runden Tisch setzten, und betrachtete seine alten Kumpels mit Rührung und Ungeduld. Ihre Blicke waren auf Julius Wechsler gerichtet, als ob er das Orakel wäre. Und wie der dasaß, das Gesicht in Dackelfalten gelegt, den schweren Leib weit zurück in den Stuhl gelehnt, so daß der Bauch sich zu einem Hügel wölbte, wirkte er wie ein grundgütiger Landesfürst, dem seine Untergebenen huldigen.

Der Dicke hob das Glas an die normalerweile mißmutig nach unten gefaltete Nase, schwenkte es, sog das Bukett ein, nickte anerkennend, nahm einen Schluck, rollte ihn im Mund herum, horchte dem Geschmack hinterher, schmatzte ausgiebig und stellte das Glas mit aufforderndem Blick zurück auf den Tisch. Max goß nach, die andere Hand hinter dem Rücken, ganz Ihro untertänigster Diener.

Julius tut noch immer so, als ob er die Kunst des Weintrinkens erfunden hätte, dachte Will und sagte »Prost!«

Julius starrte ihn an. Das tat er gern, jemanden niederstarren, der es an Respekt fehlen ließ oder etwas Falsches gesagt hatte. Manchmal tat er es wahrscheinlich nur, um nicht aus der Übung zu kommen.

»Guter Winzer, großer Jahrgang«, sagte Winter. »Hallo, Will.«

Will hob die Hand, lächelte in die Runde und setzte sich neben Michel Debus. »Wo ist Marcus?«

»Keine Ahnung. Er hat sich nicht abgemeldet. Che auch nicht«, sagte Michel.

Das war ungewöhnlich. Marcus genoß ihre Zusammenkünfte immer noch, vielleicht am meisten von ihnen allen. Früher war er schüchtern gewesen, ein schmaler Junge mit Brille und dunkler Lockenmähne. Nicht nur Will hätte ihm seine Karriere damals nicht zugetraut, auch nicht, nachdem er eines Tages mit kurzen Haaren und entschlossenem Gesichtsausdruck zum Stammtisch gekommen war. Marcus war der erste von ihnen gewesen, der erwachsen wurde.

Che wiederum mochte es gar nicht, wenn man ihn noch so nannte, weshalb alle es taten. Er kam oft zu spät, immer natürlich wegen eines besonders wichtigen Falls, den nur Staatsanwalt Thomas Czernowitz lösen konnte.

»Und was gibt's sonst Neues?«

»Da bist doch erst mal du dran, oder?« Max feixte.

Iannis kam mit dem Bier, und Will nahm einen tiefen Zug, bevor er antwortete. Vera telefonierte manchmal mit Max' Verflossener, er hätte sich ja denken können, daß sie geplaudert hatte. Er stellte das Glas gut hörbar ab. »Vera und ich haben uns getrennt. Ich wohne zur Zeit bei meinem Vater. Thema durch.«

»Glückwunsch!« Michel Debus lächelte anerkennend. Ob sich das auf die Trennung von Vera bezog oder auf die neue Lebensgemeinschaft mit einem 82jährigen? Michel wohnte in einer schlampigen Altbauwohnung mit zwei anderen Kumpels. Sein behindertes Kind lebte bei der Mutter.

»Wenn du drüber reden willst …« Max guckte ihn mit treuen blauen Augen an, wie der verständnisvolle Freund aus der Männergruppe.

Will verzog keine Miene. »Ich ziehe in die Wohnung meiner Eltern zu meinem pflegebedürftigen Vater, Max, das ist alles.«

»Hattest du nicht so deine Probleme mit deinem Alten?« nuschelte der Dicke ins Rotweinglas.

»Hatten wir die nicht alle?« Max lächelte milde. »Mit den autoritären Säcken? Wenn Vati vom Krieg erzählt?«

Hab' ich noch immer, dachte Will.

»Im Alter wird man eben versöhnlich.« Julius Wechsler sah nicht so aus, als ob das auch auf ihn zutraf.

Max schob Will ein Rotweinglas hinüber. »Und was soll mir mein Gerede von vorvorgestern?«

Man konnte sich auf seine Freunde verlassen. Irgendeinem fiel immer ein besonders dummer Spruch ein.

»Laß das Bier, probier den Rotwein und mach nicht so'n Gesicht«, sagte Max. »Und schön langsam trinken. Mit Verstand. Der Stoff ist gut.«

Michel Debus lächelte Will kurz zu, um sich dann wieder mit gesammelter Aufmerksamkeit Julius Wechsler zuzuwenden, der mit gesenktem Stierkopf, die Hand um den Fuß des Rotweinglases gelegt, auf Max einredete. Wills Erinnerung warf ihm wie ein maliziöses Teufelchen ein paar Bilder zu, die nicht ganz zu diesem edlen Tableau vom Herrn und seinen Jüngern paßten.

Wie Julius laut jammernd über das Fußballfeld hoppelte, weil Michel ihn angeblich gefoult hatte. Wie er am Telefon seine damalige Flamme anflehte, ihn nicht zu verlassen. Wie er sich von Thomas bei der Examensarbeit helfen ließ und von Michel beim Führerschein.

Plötzlich schämte sich Will für die alten Kumpels. Früher hatten sie den Dicken nicht für voll genommen. Heute buckelten sie vor ihm. Nur, weil er Geld hatte. Und Einfluß.

Michel hatte das Skatspiel aufgenommen und mischte.

Iannis warf einen Blick ins Zimmer und zog sich gleich wieder zurück. Max Winters Mobiltelefon gab schnarrende Geräusche von sich, er starrte aufs Display und bellte dann »Jetzt nicht« hinein.

»Wer gibt?« fragte Julius.

Drei Minuten später kam Thomas Czernowitz. Er sah noch bleicher und sauertöpfischer aus als sonst, wie er da in der Tür stand, die Arme links und rechts gegen den Rahmen gestützt.

»Habt ihr's schon gehört?«

»Na sag schon«, sagte Max und nahm zwei Karten auf.

Czerno holte tief Luft. »Marcus ist tot.«

»Was?« Michel hatte die Hand vor den Mund gelegt. Julius verzog keine Miene. Max schüttelte den Kopf.

Und Will fühlte sich, als ob ihm jemand in die Magengrube geschlagen hätte.

Will Bastian ging als erster. Der Weg vom »Dionysos« nach Hause war länger, seit er im Westend wohnte. Er fühlte die kühle Nachtluft auf seiner Stirn und freute sich einen unvorhergesehenen Moment lang auf den Frühling, nach dem es heute das erste Mal zu riechen schien.

Vor dem Gyros-Imbiß an der Bockenheimer Warte standen sie Schlange, Jungen und Mädchen mit glatten Gesichtern, die Will geradezu unanständig jung vorkamen. Ihm machte der Geruch nach Hammelfleisch und Knoblauchsauce keinen Appetit mehr, und nach der Disco verlangte ihn auch nicht. Weiber aufreißen war eh nicht mehr angesagt, in seinem Alter, in dem man mit einem Fuß im Grabe stand.

Marcus Saitz war, wenn er sich richtig erinnerte, gerade mal zwei Monate älter als er. So jung und schon tot. Von einer Minute auf die andere. Plötzlicher Herztod, hatte Che mit wichtiger Miene diagnostiziert. Das ist genetisches Schicksal, hatte Julius behauptet. Womit er wahrscheinlich vorsorglich behaupten wollte, daß weder Sport noch gesunde Lebensführung dieses Schicksal abwenden konnten.

Tot ist tot, dachte Will. Was interessiert da noch das Warum und Weshalb? Er vermißte Marcus – er war der Netteste der ganzen Bande gewesen. Und Marcus hatte sie alle geliebt, völlig unverdienterweise – sie waren seine Familie gewesen, all die Jahre über. Er war der einzige von ihnen, der ganz und gar ohne Zynismus von Freundschaft sprach.

Auf der Bockenheimer Landstraße war es ruhig. Will nahm die Abkürzung durchs nördliche Westend, vorbei am amerikanischen Konsulat. Am ehemaligen Konsulat. Er erinnerte sich nicht daran, die Siesmeyerstraße jemals ohne Stacheldrahtverhaue gesehen zu haben. Sie gehörten hier zum Stadtbild, genauso wie ein handlicher kleiner Wasserwerfer und gelangweilte Polizisten, die im Wagen warteten, daß etwas passierte – und nun waren die Amerikaner umgezogen, und die Szene überraschte mit ihrer Normalität. Fast vermißte er etwas.

Gut, daß man nicht weiß, wie viele Jahre einem noch bleiben. Will fürchtete sich plötzlich mehr vor dem Alleinsein als vorm Sterben. Vor einem tristen, grauen, frauenlosen Leben in einer ungelüfteten Wohnung mit Pflegefall. Dann lieber tot sein.

Die Hansaallee wirkte wie aus dem Museumsdorf im schummrigen Licht der Straßenlaternen, nur das Jugendstilhaus an der Ecke war hell angestrahlt. Will öffnete die Haustür mit einer seltsamen Mischung aus Erwartung und Melancholie. Seine neue Wohnung war die alte Wohnung – wer hätte das gedacht? Niemals hätte er sich früher vorstellen können, wieder in die Wohnung seiner Eltern zurückzukehren – woran man sieht, wie wenig Vorstellungsvermögen man hat, wenn man jung ist.

Er war außer Atem, als er im 4. Stock ankam und fragte sich, wie sein Vater das schaffte, der mindestens einmal am

Tag »an die frische Luft« mußte, um einzukaufen oder wenigens soldatisch-streng einen »strammen Marsch« zu absolvieren. Vor der Wohnungstür holte er tief Luft. Erst war es der falsche Schlüssel, den er ins Schloß zu stecken versuchte. Und dann ließ sich die Tür nur einen Spalt weit öffnen. Will spürte, wie ihm der Schweiß auf die Stirn trat. Er lehnte sich gegen die Tür und drückte. Er rief, erst leise, dann lauter. Dann sah er den Schuh, Filz, schmutziggelbbraunes Karo, hinten an den Fersen abgetreten und abgenutzt, die Nähte schimmerten durch wie bloßgelegte Sehnen. Will stemmte sich mit aller Kraft gegen die Tür und zwängte sich hinein.

Karl Bastian lag auf dem Boden, im Morgenmantel. Das Flurlicht war an, den alten Herrn mußte es auf dem Weg zur Toilette erwischt haben, wahrscheinlich halb im Traum. Friedlich sieht er aus, dachte Will, gerührt vom Anblick eines weißen Fußes, Greisenmarmor, blaugeädert und schmal. Er ließ seinen Blick nach oben gehen. Die linke Hand lag am Aufschlag des Hausmantels, die gekrümmten Finger weiß wie Gips. Und das Gesicht. Eine Totenmaske, dachte Will und schloß die Wohnungstür, bevor er sich neben seinen Vater kniete. Der gab ein schmatzendes Geräusch von sich und öffnete die Augen.

»Hallo Willi«, flüsterte er.

Will stieß den angehaltenen Atem aus und versuchte zu lächeln, obwohl er am liebsten »Wie kannst du mich bloß so erschrecken« geblafft hätte.

»Was guckst du so?« Karl Bastian zog die Brauen zusammen und blickte dann an sich hinunter. »Und was ist hier eigentlich los?«

»Du gehörst ins Bett.« Will faßte den Alten unter die Achseln und versuchte ihn aufzurichten. Sein Herz klopfte noch immer viel zu heftig. Der alte Herr hing in seinen Armen wie ein Mehlsack. Karl Bastian war weißhaarig, knochig, zäh und 82 Jahre alt, aber kein ausgemergelter Greis. Will schob den Teppich beiseite, über den auch er schon gestolpert war. Man sollte ihn zusammenrollen und wegpacken. Aber er wußte, was sein Vater dazu sagen würde: »Den hat Mutter gekauft!« Und was Karl Bastians Frau angeschafft hatte, war heilig.

Will wehrte sich nur halbherzig gegen das schlechte Gewissen, das sich anschlich. Er hätte vielleicht zu Hause bleiben sollen, Karl Bastians vorhersehbarer Verfall war schließlich der Grund, warum Will bei ihm eingezogen war – nicht der einzige Grund, aber der einzige, den man vorweisen konnte.

Er spürte ein ungewohntes Gefühl in der Kehle und in den Augen. Flennen? Vor Rührung? Er? Schließlich hatte er dem alten Knacker oft genug den Tod an den Hals gewünscht, wieso dann Krokodilstränen, bloß weil man für kurze Zeit hatte glauben können, das Ende sei eingetreten?

Als Karl Bastian endlich stand, knickte er gleich wieder ein. Will legte ihm den Arm um die Schultern, zart wie Vogelknochen, dachte er in einem weiteren Anfall von Zärtlichkeit.

Der Alte fluchte vor sich hin, als er, auf Will gestützt, zum Bett hinkte.

»Soll ich nicht doch besser den Notarzt anrufen?« Will zog ihm den Morgenmantel von den Schultern und half ihm ins Bett.

»Untersteh dich!« Karl Bastian schüttelte den Schädel, auf dem sich die Haare wie weiße Vogelfedern sträubten, und zog die Bettdecke hoch bis unters Kinn. Als Will unschlüssig stehenblieb, drehte er sich zur Wand und raunzte: »Mach, daß du rauskommst.« Will schloß die Tür rücksichtsvoll leise hinter sich und durchquerte auf Zehenspitzen den Flur, bis er merkte, wie er sich aufführte. Wie eine Glucke. Wie Mutter.

Er sah sich im Garderobenspiegel vorbeigehen. Wie Vater. Der gleiche viel zu lange Oberkörper, leicht vornübergebeugt. Der gleiche wirre Haarschopf – nur war seiner noch nicht weiß. Will ging ein paar Schritte zurück und sah sich ins Gesicht, was er normalerweise sogar beim Rasieren vermied. Die gleichen großen blaugrauen Augen. Die gleichen scharfen Linien zwischen Nasenflügeln und Mundwinkeln. Er sah dem Alten immer ähnlicher. Schlimmer noch: Er wurde ihm immer ähnlicher. Will drehte seinem Spiegelbild den Rücken zu.

In der Küche stand eine Flasche Rotwein auf dem Kühlschrank, viel war nicht mehr drin. Der Alte bevorzugte den billigsten Rotspon aus dem Supermarkt, im Grunde war es ihm egal, was er abends trank: Hauptsache, es enthielt Alkohol und machte müde. »Rotwein ist für alte Knaben eine der …« Der dumme Spruch reimte sich auf Gaben, aber Will fiel partout nicht das dazugehörige Adjektiv ein. Er wischte mit dem benutzten Küchenpapier, das Karl liegengelassen hatte, über den Kühlschrank und ging hinüber in sein Zimmer.

Seltsam, wieder hier zu sein. Es war auch keine Entschuldigung, daß Vera ihn rausgeschmissen hatte aus der gemeinsamen Wohnung und daß er bei der Zeitung gekündigt hatte, bevor sie ihm mitteilen konnten, daß er zur Avantgarde der Mitarbeiter gehören würde, auf deren Dienste wir, leider, aber die konjunkturelle Lage, wir bedauern nichts mehr als das, werden verzichten müssen. Die Abfindung hatte er sich mit diesem heroischen Schritt der Selbstbestimmung natürlich auch vermasselt.

Er hatte bei den Kollegen verbreitet, er wolle endlich das

Buch schreiben, das er schon seit Jahren plane – über die Frankfurter Nachkriegsarchitektur. Ein Sabbatical einlegen. Nachdenken über die Zukunft des Journalismus, Deutschlands und der Welt und sich neu positionieren auf dem Feld der Möglichkeiten. Als sie verlegen zur Seite blickten, während er gute Laune mimte, gab er es auf und zählte die Tage, bis er endlich gehen konnte.

Das Nützliche mit dem Unvermeidlichen verbinden. Ja ja. Man macht sich auch in reiferen Jahren noch Illusionen.

Im Bett dachte er an den letzten Tag, den er in dieser Wohnung verbracht hatte, bevor er nach dem Abitur ausgezogen war – natürlich in eine Wohngemeinschaft. Max und Julius wohnten bereits in der großen dunklen Altbauwohnung, in einer Seitenstraße hinter der Häuserreihe, an deren Stelle heute die Zwillingstürme der Deutschen Bank standen, verspiegelte Glaspaläste, 158 Meter hoch.

Karl hatte die monatliche Überweisung um hundert Mark gekürzt, obwohl Will nach seinem Auszug teurer lebte, weil er ja Miete zahlen mußte. »Wenn du endlich was Vernünftiges studierst, Willi, unterstütze ich dich gerne, aber für brotlose Kunst gibt's bei mir nichts.« Sogar Marga hatte den Alten nicht überzeugen können. »Musik! Und Soziologie! Was für ein hirnverbrannter Blödsinn!«

Mit hochrotem Kopf hatte sein Vater im Flur gestanden, er trug noch den Geschäftsanzug, er war gerade erst zurückgekommen aus »der Firma«.

Will stand mit gepackten Sachen vor der Wohnungstür. Der Abschied von seiner Mutter war tränenreich geworden, am liebsten hätte er mitgeweint. Es lenkte ab, sich über den Alten zu erregen. »Ich will herausfinden, warum Leute wie du so geworden sind!« schleuderte er seinem Vater entgegen.

»Wie was?« Karl war rot geworden im Gesicht und hatte

sich hinter den Krawattenknoten gegriffen, um ihn zu lokkern.

»Wie ein Betonkopf!«

Will zog sich die Bettdecke unters Kinn und verzog den Mund. Wenigstens hatte er nicht »wildgewordener Spießer« oder »faschistoider Kleinbürger« gesagt, aber das geriet damals gerade aus der Mode.

Karl Bastian hatte nur »Raus!« gebrüllt.

Will seufzte und drehte sich auf die Seite. Und jetzt kehrte der verstoßene Sohn reumütig zurück. Auch wenn es nur Frikadellen gab und kein gemästetes Kalb.

Im Halbschlaf dachte er an Marcus und sandte ihm schöne Grüße hoch zur Wolke, auf der er ihn sitzen sah. Es gab eindeutig Schlimmeres als Frikadellen beim Vater. Noch war das Leben besser als der Tod.

7

Es war schon nach halb sieben. Die Luft war frühlingshaft milde heute morgen, und Dalia schwitzte, als sie durch die Drehtür ins Foyer des Bankhauses einlief. Milan vom Empfang guckte sie für ihr Empfinden ein bißchen zu lange an, bevor er ihr die Schlüssel für ihr Revier hinschob. War das Mißtrauen? Sie lächelte ihm zu, raffte die Schlüssel zusammen und ging zur Sicherheitsschleuse. Es war kindisch, aber sie kam sich immer vor wie Lieutenant Uhura vom »Raumschiff Enterprise«, wenn sie in die gläserne Röhre trat. Erst mußte man seinen Ausweis gegen das ovale Zeichen an der Wand halten, dann öffnete sich das Glasetui, man trat hinein und wartete, daß es auf der anderen Seite wieder aufging. Sie hatte schon Frauen erlebt, die entsetzt zurückgewichen waren, weil sie glaubten, sie würden da drinnen durchleuchtet werden. Sie hingegen dachte gerne an geheimnisvolle Strahlen, zum Beispiel an solche, die sie in eine ferne Galaxie transportierten – ganz so wie in der Fernsehserie, nach der ihre Mutter süchtig gewesen war.

Diesmal blieb die Schleuse geschlossen, nachdem sie eingetreten war. Nüchtern erwog sie die Möglichkeit, daß man sie erkannt und vorsorglich festgenommen hatte, als das Glashalbrund sich endlich zur Seite schob.

Dalia überquerte das Parkett in der Eingangshalle, über das einer der Männer von Pollux die orangene Taski schob, ein Monstrum von Bohnermaschine, die keine Frau anrührte. Bohnern war Männerarbeit, ebenso wie die Entsorgung der Müllsäcke, die für Frauen zu schwer waren. Auch Fensterputzen war Männersache, wogegen sie nichts hatte, obwohl es gut bezahlt wurde: Sie war nicht schwindelfrei.

Im Putzraum hinten bei den Toiletten hängte sie ihren Mantel in den Schrank, schlüpfte in die Turnschuhe und zog sich den blauweißen Kittel über. Dann machte sie den Wagen fertig. Erst den für die Küche, die kam immer zuerst dran. Danach arbeitete sie sich durch jedes Zimmer und jeden Konferenzraum ihres Reviers, und zum Schluß putzte sie die Toiletten.

Bei Pollux putzte man nach Revier, nicht in Kolonne. Ihr war das recht, sie war lieber allein als in einer Gruppe von Frauen, die sich in einer Sprache verständigten, die sie nicht verstand. Manchmal sah sie tagelang niemanden von den anderen, höchstens Dragutin, den Objektleiter, bei der Kontrolle, manchmal auch die Chefin, die ebenfalls regelmäßige Rundgänge machte, und das reichte ihr vollauf für den Rest der Woche.

Die Küche wurde selten benutzt, Banker brauchen offenbar nicht viel – außerdem gab es in der Kantine alles kostenlos. Man machte sich hier höchstens einen Kaffee oder einen Tee, verstaute die Kaffeesahne im Kühlschrank, wo auch der Joghurt stand und das Fitneßgetränk und die Flasche Wein. Irgend etwas wurde immer vergessen und moderte dann vor sich hin, aber in der Objektbelehrung war sie darauf hingewiesen worden, daß sie weder Lebensmittel noch Getränke fortnehmen dürfe, auch nicht solche, die schon von alleine gehen konnten. Und dann wunderten sich die Kunden, wenn es im Kühlschrank trotz großzügigem Einsatz von Desinfektionsmittel noch roch.

Den Kühlschrank hatte sie vor zwei Tagen gründlich gesäubert, heute genügte Auswischen. Fürs Waschbecken und die Fliesen nahm sie Kalklöser; fettig war hier nichts, es kochte ja niemand.

Sie gab einen Spritzer Perocid auf das blaue Mikrofasertuch und wischte die Kaffeeflecken vom Tisch und von den Fliesen an der Wand. Reinigen nur bis Einssiebzig, hatte der Objektleiter gesagt, alles, was darüber liegt, ist Sonderauftrag. Ein Meter siebzig lag zwar etwa fünfzehn Zentimeter über ihrer Augenhöhe, aber das war auch für sie zu schaffen. Dalia richtete den Blick noch höher. Da oben, wo sie nicht mehr hinkam, waren die Fliesen stumpf, die schwarzen Pünktchen sahen nach Fliegenschiß aus. Sie sollte für die Küche einen Sonderauftrag vorschlagen.

Vielleicht gab es dafür ein Smiley? Die Firma Pollux bemühte sich um ihre Mitarbeiter, für jeden Beitrag, der nicht selbstverständlich war, gab es einen Bonuspunkt. »Und bei fünfsssehn kriegst du einen Blumenstrauß von Dragutin«, hatte Gül ihr ganz zu Anfang erzählt und gelacht dabei, als ob es eine erotische Verheißung wäre, vom serbischen Objektleiter Grünzeug zu bekommen.

Dalia putzte ihr Revier schon seit sechs Wochen. Man wachte hier eifersüchtig darüber, daß man den Flur auch behielt, für den man eingeteilt worden war. Eyse war letzte Woche in Tränen ausgebrochen, als sie in ein anderes Haus versetzt werden sollte. Niemand wußte, warum, bis Eyse erzählte. Sie hatte Nachtschicht gearbeitet und um 22 Uhr das Büro des Abteilungsleiters geöffnet, den sie vom Sehen kannte, der Mann wollte entweder was werden oder hatte es zu Hause ungemütlich, denn er arbeitete oft abends noch länger im Büro.

»Und da, und da – na, konnt ich doch nicht wissen!« Der Chef schob eine Nummer mit der Sekretärin. Das mußte ein

Anblick gewesen sein: Im Büro! Halb ausgezogen! Auf der schwarzen Ledercouch!

Warum sich alle bloß so auf ihr Revier kaprizierten, Eyse, Gül und Marija? Aus dem Wunsch nach ein bißchen Beständigkeit, nach Heimat in der Fremde? Aus Gewohnheit, Unbeweglichkeit, Faulheit?

Oder weil es manchmal besser war, es sah einem niemand bei der Arbeit zu? Putzen war eine Kunst, nicht einfach nur Schwerarbeit. Schwer taten sich vor allem die Frauen, die mit Körpereinsatz ausgleichen wollten, was sie nicht im Kopf hatten. Putzen mußte man systematisch betreiben. Mit Plan. Die meisten der Studentinnen zum Beispiel, die Dalia während ihrer Putzjobs kennengelernt hatten, waren Chaotinnen. Sie arbeiteten immer gleich gründlich, statt Prioritäten zu setzen. Sie räumten alle Möbel um, damit sie auch in die hintersten Ecken kamen und stolperten dann über den Putzeimer, den sie nach dem Bodenwischen mitten im Raum stehengelassen hatten.

Aber am allerschlimmsten waren die Gutwilligen, die sich andauernd ablenken ließen, die braven Hausfrauen, die dazuverdienen mußten. Sie putzten so lange gezielt und konzentriert, bis irgend etwas in ihr Blickfeld geriet – die Heizkörper, die Gardinenleisten. Dann ließen sie alles stehen und liegen und stürzten sich mit Inbrunst auf die neue Aufgabe, bis ihnen wieder einfiel, was sie sich eigentlich vorgenommen hatten. Die kamen nie zu Potte.

Die echten Profis putzten vollautomatisch, da half es, wenn man die Gegebenheiten bereits kannte. Dalia war eine Meisterin im Putzen in Trance. Der Kopf war woanders, während die Hände den Müll in die schwarzen, blauen und gelben Säcke sortierten, das Wischtuch in den Twixter einspannten, die vorgeschriebenen Male von rechts nach links und von links nach rechts über den Boden bewegten, den gelben Knopf drückten, das Wischtuch umdrehten und wieder einspannten, das Ganze von vorn ... Die Geschickteren der Frauen beherrschten das vollautomatische Putzen schon nach kurzer Zeit, einige sahen dabei aus, als ob sie an die letzte Nacht mit Slobo oder Slavi dachten, andere, als ob sie sich vor der Blutrache ihrer Brüder fürchteten.

Aber Dalia hing an ihrem Revier aus einem anderen Grund. Man mußte Zeit für seine Klienten haben, ihren Arbeitsplatz beobachten können, ihre Eigenheiten ausforschen, ihre Macken und Ticks, ihre kleinen und großen Geheimnisse. Sie hatte schon nach zehn Tagen geahnt, was der tote Geschäftsführer vom Bankhaus Löwe sicher gerne geheimgehalten hätte, wenn er das diskrete und zuverlässige Facility Management der Firma Pollux nicht unterschätzt hätte. Aber nun war Marcus Saitz tot und ihr Wissen nutzlos geworden. An einer vertrauensvollen Zusammenarbeit mit der Polizei war ihr nicht gelegen. Schlafende Hunde soll man nicht wecken.

Dalia verstaute den Staubsauger im Abstellraum neben der Toilette und streifte die Handschuhe ab. Als sie wieder auf den Flur trat, ging Johanna Maurer an ihr vorbei. Die Chefin grüßte sie mit zusammengekniffenen Augen. Dalia grüßte freundlich lächelnd zurück. Du findest nichts, du falsche Ziege, dachte sie. Im Putzen war ihr niemand gewachsen.

Sie lockerte ihren Pferdeschwanz und schickte einen letzten Gedanken zu Marcus Saitz. Der Mann war einem Herzinfarkt erlegen. Passierte in den besten Kreisen. Wenn man es recht bedenkt: alles in allem ein sauberer Abgang.

8

»Ich hole die Brötchen, und wir frühstücken gemeinsam.« Will hatte Karls Stimme noch im Ohr. Aber von wegen: Der Alte ließ sich nicht blicken. Also würde er selbst die vier Stockwerke hinunterlaufen müssen, um Frühstück und die Zeitung zu holen. Er putzte sich mißmutig die Zähne. Im Licht der Neonröhre über dem Spiegelschrank, die das Badezimmer seiner Eltern schon immer so gemütlich wie eine Metzgerei gemacht hatte, sah er zum Kotzen aus. Schlechtgelaunt räumte er die Rasierutensilien seines Vaters beiseite und stellte den Behälter, in dem der Alte sein Gebiß aufbewahrte, in die äußerste Ecke der Ablage.

In seinem Koffer suchte er vergebens nach Unterhosen. Hoffentlich hatte er nicht noch wichtigere Dinge einzupacken vergessen. Lieber kaufte er zwölf neue, als bei Vera aufzutauchen und sie um Herausgabe seiner Unterwäsche zu bitten. Wills Laune sank auf einen neuen Tiefpunkt, als er den Slip von gestern anzog. Dann ging er einkaufen – keine Brötchen, natürlich. Was Ordentliches.

Der Grüneburgweg war eine echte Entschädigung für die Leipziger Straße. In einem Naturkostladen jenseits des Reuterwegs gab es hervorragendes Brot. Und der Metzger gegenüber hatte alles, was ein Frühstück lohnend machte. Will schulterte den Einkaufskorb, widerstand der Versuchung, bei Wein-Teufel ein paar vernünftige Flaschen zu kaufen, und nahm zu Hause zwei Stufen auf einmal. Als er außer Atem oben ankam, schnarrte das Mobiltelefon. Will guckte aufs

Display, während er die Tüten in die Küche trug. Niels Keller rief an, der Gerichtsreporter. Ein Kollege. Ein ehemaliger Kollege, korrigierte sich Will. Was wollte die Speerspitze des investigativen Journalismus von ihm so früh am Morgen? Nichts, was nicht warten konnte. Will legte das Telefon neben die Kaffeemaschine und vergaß es dort.

Die vormittägliche Sonne, die durch das hohe Küchenfenster fiel, hätte jeder Hausfrau das dringende Bedürfnis eingegeben, die Scheiben mal wieder zu putzen. In ihren Strahlen sah man die Staubkörnchen tanzen. Will deckte den Tisch und ging dann hinüber zu seinem Vater.

Der Alte sah blaß aus um die Nase, aber wenigstens hatte er es mit Abscheu und Empörung von sich gewiesen, das Frühstück im Bett serviert zu bekommen. Will half seinem Vater in den Morgenmantel und stellte ihm die Puschen vor die Füße. Den angebotenen Arm lehnte Karl ab.

Das Frühstück war insofern eine friedliche Angelegenheit, als Karl sich mit Inbrunst aufs Essen konzentrierte, was Will die Möglichkeit gab, als erster in die Zeitung zu gucken – bevor der Alte sie zerlegte. Oder gar daraus vorlas, wie er es früher zu tun pflegte, immer mit lauter, empörter Stimme und einer Schimpfkanonade auf alle, die er für schuldig hielt – also die Linken, die Juden, die Klerikalen und die Amerikaner. Heute sah Karl Bastian richtig friedlich aus, wie er sich mit spitzen Fingern sein Brot schmierte, die Tomatenscheiben in eßbare und nicht eßbare sortierte, erschreckend viel Zucker in den Milchkaffee rührte und andächtig kaute.

Will entfaltete die Zeitung, den Lokalteil zuerst. Streit ums neue Stadion. Eine Glosse über das Hauptproblem aller Städter – die Hundekacke. Und, auf der ersten Seite ganz unten: »Tod im Bankhaus Löwe«. Er hielt die Luft an.

»Was hast du? Ist dir nicht gut?« fragte der Alte, als er geräuschvoll wieder ausatmete.

»Ich hab's dir noch gar nicht gesagt. Marcus Saitz ist tot.«

»Wer?«

»Ein Freund.«

»Unfall?«

Will sah auf. Die Augen seines Vaters waren blank vor Neugier.

»Herzinfarkt, wahrscheinlich.«

Karl betrachtete das Knäckebrot, das er mit Käsescheiben und Tomatenschnitzen dekoriert hatte. »Tut mir leid«, sagte er. Dann biß er ab und kaute mit der Bedächtigkeit eines erfahrenen Gebißträgers.

Will las den Bericht zu Ende. Eine Putzfrau hatte den Toten in seinem Büro gefunden. Über die Todesursache wurde nichts gesagt. Warum das alles eine Meldung wert war, stand am Schluß des Artikels. Das Bankhaus Löwe überprüfe Unregelmäßigkeiten, hieß es da.

»Und ich?« Karl deutete auf die Zeitung.

Will schob sie ihm hinüber und stand auf. »Alles dir.«

Aber Karl hatte das Blatt bereits auf die Butter gelegt und grunzte nur.

Will rief Thomas an. Der hatte Sitzung. Bei Michel erreichte man nur den Anrufbeantworter und bei Julius Wechsler die Sekretärin, die ihn, wie alle alten Freunde ihres Chefs, mit unverblümter Mißbilligung behandelte. Will gab auf und öffnete das Notebook. Eine alte Freundin hatte ihm ein Kurzfeature für den Kulturrundfunk angeboten, vielleicht aus alter Zuneigung, vielleicht aus Mitleid. Nach zehn Minuten, in denen er sich zurückgelehnt und blöde auf einen Wasserfleck an der Zimmerdecke gestarrt hatte, klappte er den Computer wieder zu.

Karl hatte sich bereits angezogen und wollte »an die frische Luft«.

»Und wenn du wieder umfällst?«

Sein Vater sah Will an, als ob er sich verhört hätte. »Erstens falle ich nicht um, und zweitens sammelt mich im Notfall jemand wieder auf. Ich bin ja nicht aus der Welt.«

Will nickte. Natürlich. Er benahm sich wie eine Glucke. Wie eine Mutter. Wie seine Mutter.

Er tappte mißmutig in die Küche. Immerhin hatte der Alte abgewaschen – von Hand, Marga hatte ihm sicher nie erlaubt, die Geschirrspülmaschine auch nur anzurühren. Will hob die Nase und prüfte die Luft. Es roch. Es roch nach feuchten, ungeputzten Ecken und nach ... Er traute sich erst nicht, den Gedanken zu Ende zu denken.

Komm, sag's, forderte er sich auf. Es riecht. Es riecht nach vergangenen Jahrzehnten. Es riecht nach Verwahrlosung. Es riecht nach altem Mann.

Links die Schrankwand stand schon mindestens dreißig Jahre an dieser Stelle. Wenigstens war es nicht mehr das alte Küchenbüfett, das er als Kind mit Hingabe ausgeräumt hatte. Er öffnete die Schranktüren und rümpfte wieder die Nase. Das Geschirr ließ keine Ordnung erkennen, einer der Töpfe hatte keinen Henkel mehr, an einem anderen klebte dunkelbrauner Bodensatz. Und da, wo die Vorräte lagen ... Er faßte mit spitzen Fingern nach den Dosen und Tüten. Alles klebrig.

Wäre er zum Nachdenken gekommen, hätte ihn der Rausch irritiert, mit dem er sich daran machte, Ordnung zu schaffen. Er räumte sämtliche Konservendosen aus dem Schrank auf den Küchentisch; die meisten waren noch in

DM ausgezeichnet, einige Etiketten hatten sich abgelöst, andere verfärbt. Die Tüten mit getrockneten Erbsen, Linsen und Bohnen sahen nach Vorkriegsware aus, und im Reis hatten sich irgendwelche Tiere vermehrt. Oben auf der Marmelade, vor ewigen Sommern selbst eingekocht, hockte der Zucker wie weißlicher Schimmel, die drei Zuckertüten waren hart wie Beton.

Eine fast volle Tüte Mehl, die auf einem der oberen Regalböden festpappte, riß auf, bevor er sie in Sicherheit bringen konnte, und bestäubte die Küche. Will holte den Stuhl, stieg hinauf und inspizierte das Malheur. Da war was ausgelaufen.

Er rieb mit dem Finger über die rostroten Flecken und roch daran. Wahrscheinlich Tomatenmark. Wenigstens kein Fisch.

Selbst bei den Konserven, die noch etwas frischer wirkten, begann das Haltbarkeitsdatum bei der Jahreszahl mit einer Neunzehn. Tiefstes 20. Jahrhundert. Das alles gehörte in große, stabile Müllsäcke gepackt und in der Mülltonne versenkt. Aber in Karls kleiner Vorratskammer moderte lediglich eine Sammlung von HL-Plastiktüten vor sich hin. Will verschob das Problem auf später und machte sich an die andere Hälfte des Küchenschranks, wo das Geschirr stand.

Achtzehn Eierbecher unterschiedlichster Schönheit. Vier würden bleiben dürfen. Kaffeetassen ohne Henkel. Deckel ohne Töpfe. Leere Einmachgläser, Konservendosen mit sorgfältig abgeschnittenem Deckel. Plastikschüsseln, die bereits ausfransten.

In seinem Rausch hörte er nicht, daß jemand die Wohnungstür aufschloß. Er merkte noch nicht einmal, daß sein Vater in die Küche gekommen war, und zuckte zusammen, schuldbewußt, wie das Kind, das verbotenerweise den

Küchenschrank ausgeräumt hat, als der Alte »Willi! Was machst du da?« brummte.

Will richtete sich auf. »Ich mache das, was schon seit Jahren fällig ist, ich räume auf.«

Karl nahm ihm ein zum Trinkgefäß umgewidmetes Senfglas aus der Hand und stellte es zurück auf den Tisch. »Deine Mutter war immer eine gute Hausfrau.«

»Sie war Lehrerin, Vater. Keine Hausfrau.«

»Sie hatte immer alles im Griff, nur in den letzten Jahren nicht.«

»Da war sie krank. Du hättest ihr ja helfen können.«

»Marga ließ sich nicht helfen.« Karls Blick wanderte unruhig über den Tisch mit den aussortierten Konservendosen. Er griff nach einer Dose Champignons. »Willst du die etwa auch wegwerfen? Die ist doch noch völlig in Ordnung!«

Will nahm ihm die Dose aus der Hand. Karl sah ihn trotzig an, die weißen Augenbrauen zusammengezogen, aber dann ging sein Blick über Wills Schulter hinweg wieder zum Küchentisch. »Da!« Der Alte schrie fast auf und zeigte anklagend auf eine Dose Schildkrötensuppe. »Das war für Weihnachten. Das kannst du doch nicht einfach …«

»Schildkrötensuppe ist heutzutage verboten. Und außerdem ist das Verfallsdatum schon seit zwölf Jahren erreicht.«

»Na und? Das ist doch bloß eine Erfindung der Industrie, damit man alles neu kaufen muß!«

Will sah ihn verblüfft an. Sein Vater, ein Regimekritiker?

»Ach, mach was du willst«, brummte der Alte und schlurfte aus der Küche.

Will packte die nicht ganz so schweren Sachen in HL-Tüten und trug sie hinunter, um sie in die jetzt schon volle graue Mülltonne zu stopfen. In Veras Haus hätte ihm das herbe

Kritik eingetragen. Konservendosen in die Restmülltonne? Skandal! Das Müllregime in der Hansaallee schien weniger strikt zu sein. Die Papiermülltonne quoll über – weil jemand seine Pappkartons nicht zerkleinert hatte, bevor er sie hineinlegte, stellte Will beim Blick unter den Deckel fest.

Als er mit einer Rolle Müllsäcke, die er beim Drogeriemarkt um die Ecke gekauft hatte, zurückkam, saß Karl im Wohnzimmer vorm Fernseher.

»Gibt's was Neues?«

Sein Vater hörte nicht.

Aber was sollte es schon Neues geben. Über Marcus' Tod würde man mit Sicherheit nicht in den Fernsehnachrichten berichten. Oder? Wie groß müssen Prominenz oder Vergehen sein, damit man Nachrichtenstoff ist? Will ertappte sich bei dem unnützen Gedanken, daß sein Tod keiner Zeitung eine Meldung wert wäre, es sei denn, er brächte sich besonders einfallsreich ums Leben. Höchstens Julius Wechsler würden Lorbeerkränze gewunden werden – »hat mit seiner Immobilienfirma das Bild der Stadt geprägt« –, gewürzt mit ein paar Seitenhieben auf das schmutzige Geschäft der Grundstücksspekulation. Und vielleicht würde man, im Lokalteil jedenfalls, Max Winter würdigen, dessen »Gattopardo« als In-Restaurant der Bedeutenden galt.

Will versuchte die schwarze Wolke zu verscheuchen, die sich über sein Gemüt senken wollte. Nicht dran denken – an diesen blöden Spruch von den Einschlägen, die näher rükken. Daß Marcus womöglich nur der Anfang war, daß ab heute einer nach dem anderen den Abgang machen könnte, Herzinfarkt, Schlaganfall, was so im Angebot ist. Mit 50 beginnt das gefährliche Jahrzehnt; er kannte seine Stastiken. Nur Männer im Alter seines Vaters hatten gute Aussichten, noch ein paar Jährchen älter zu werden.

Er füllte einen Müllsack nach dem anderen, band sie fest zu und stellte sie vor die Wohnungstür. Eine junge Frau schleppte Einkaufstüten an ihm vorbei die Treppen hoch in die Dachwohnung über ihnen. Sie lächelte müde, als er sie grüßte. Will sah auf die Uhr. Es war schon Feierabend – für Menschen mit Festanstellung. Warum hatte niemand von den Kumpels angerufen? Und dann fiel ihm Niels Keller ein. Er brauchte eine halbe Stunde, bis er das Mobiltelefon fand, wo er es heute morgen liegengelassen hatte – neben der Kaffeemaschine. Kein Bild, kein Ton. Das lästige Teil hatte schon wieder den Geist aufgegeben.

Will fluchte auf den Akku, ging in sein Arbeitszimmer und suchte das Ladegerät. Aus dem Wohnzimmer hörte man dumpfe Explosionen und dann Maschinengewehrgetacker. Der ganze Soundtrack klang nach Zweitem Weltkrieg. Hoffentlich kamen bald die Amerikaner und machten dem Spektakel ein Ende.

Endlich hatte er das Ladegerät gefunden und eingestöpselt. Alle hatten sie angerufen in der Zwischenzeit – Thomas und Michel und Max Winter, auf der Mobilbox: »Um halb acht bei mir.« Also in einer Stunde. Im »Gattopardo«? Dann war wohl heute Ruhetag.

»Ruf mich zurück.« Das war Niels Keller. Immer kurz und knapp. »Ich brauche Hintergrund.«

Niels klang gehetzt, als er ihn endlich erreichte, so wie ein vielbeschäftigter Spürhund eben klingt.

»Marcus Saitz«, sagte er. »Du hast ihn doch gekannt, oder?«

»Seit mehr als einem Vierteljahrhundert.« Ein Vierteljahrhundert. Das wog schwerer als bloße 25 Jahre.

»Wußtest du, daß er mit fremdem Geld spekuliert hat?«

»Nein. Woher sollte ich?«

»Und daß er jede Menge faule Kredite vergeben hat? An

seine Freunde? Vielleicht auch an dich?« Niels Keller fragte, wie man offenbar fragt, wenn man schon mal einen Preis für eine Gerichtsreportage gewonnen hat.

Schön wär's, dachte Will und sagte nichts.

»Und Thomas Czernowitz. Ein Staatsanwalt, der über seine Verhältnisse lebt, ist mit einem Banker befreundet, der nicht ehrlich ist – das macht sich nicht gut, oder?«

»Niels, also wirklich.« Will mobilisierte seine ganze Ruhe. »Das ist doch bloße ...«

»Und kannst du mir sagen, welche Rolle Julius Wechsler dabei spielt? Unser Großgrundbesitzer? Ich weiß doch, daß ihr euch regelmäßig trefft!«

Spekulation, hätte Will gerne hinzugefügt, wenn Niels ihn nicht unterbrochen hätte. Jetzt sagte er gar nichts mehr. Denn er selbst hatte Niels Keller vom Stammtisch erzählt, in einer schwachen Minute, als der große Investigator mal wieder mit seinen guten Kontakten geprahlt hatte und Will auch etwas vorzeigen wollte. Das hatte man nun davon.

»Niels, ich habe keine Ahnung, wovon du redest. Denk und schreib, was du willst.« Will Bastian drückte das Gespräch weg. Wenigstens wußte er jetzt, warum Keller einen armen Wurm wie ihn anrief – normalerweise ist ein gewesener Lokalredakteur, spezialisiert ausgerechnet auf Musik und Architektur, nicht gerade der natürliche Informant eines Gerichtsreporters. Aber wenn man ein alter Freund von Julius Wechsler ist – und dem vielleicht endlich mal was angehängt werden kann –, dann ...

Will fühlte sich mies.

Das Wetter war umgeschlagen. Es nieselte, und Will schlug den Kragen seines Trenchcoats hoch gegen den eisigen Wind. Max Winters »Gattopardo« war spärlich beleuchtet, die Tische waren nicht eingedeckt, der Blumenschmuck weggeräumt. Will Bastian fühlte sich plötzlich wie zu Hause, ausgerechnet hier, in einem Restaurant, dessen Preise er sich schon lange nicht mehr leisten konnte: Das Flair des weithin bekannten und gerühmten Nobelrestaurants wirkte fadenscheinig. Es fiel auf, daß die Wände mal wieder gestrichen werden mußten. Und daß Tische und Stühle bessere Zeiten gesehen hatten. Auch Max sah müde aus, er trug keinen Anzug, sondern Jeans und einen ausgebeulten Pullover, keine Spur vom charmanten Impresario, der zu den Größen der Stadt beste Kontakte unterhielt und stets für Publicity sorgte, indem er Gutes tat.

Sie kochen alle nur mit Wasser, dachte Will und empfand eine merkwürdige Befriedigung dabei, für die er sich anständigerweise gleich wieder schämte. Zumal er wußte, wie schwer es Max mit sich und der Welt gehabt hatte. Er war nach Marcus der menschenscheueste von ihnen allen gewesen und hatte sich passenderweise einen Beruf ausgesucht, in dem er täglich seine Schüchternheit überwinden mußte.

Vielleicht war Max tatsächlich nicht mehr kreditwürdig? Das konnte natürlich bedeuten, daß Niels Kellers Anschuldigungen einen wahren Kern hatten. Marcus würde alles für seine Freunde tun, die er wie seine Familie liebte.

Alles? Auch betrügen?

Will sah das Gesicht des toten Freundes vor sich, so, wie er ausgesehen hatte, als er ihm vor fünfundzwanzig Jahren auf einer Party begegnete, bleich unter einem dunklen Lockenkopf, mit großen traurigen Augen hinter der Brille.

Alles.

Max winkte ihm zu. Julius präsidierte am Tisch vorne am Eingang vor der Bar, das Rotweinglas in der Hand, Thomas saß daneben. Nur Michel war noch nicht da.

Als Max allen eingeschenkt hatte, hob der Dicke das Glas und sagte mit schon etwas schwerer Zunge: »Auf Marcus Saitz. Alter Freund und Sportskamerad.«

Alle hoben ihr Glas und nickten einander ernst zu. »Auf Marcus. Obwohl ihm niemand erlaubt hat, einfach so den Abgang zu machen«, murmelte Max.

»Ende Gelände. Aus die Maus.« Thomas sah ins Leere und grinste ausnahmsweise nicht, wofür Will dankbar war.

»Weiß jemand was Neues?« Max rieb sich nervös die Nase.

»Niels Keller hat angerufen.« Will sah, wie Julius die Augenbrauen zusammenschob. Er mochte Keller nicht, verständlicherweise. Einer wie der war der natürliche Feind jedes Machtmenschen, der seine Geheimnisse hatte. »Er hat was von faulen Krediten erzählt, von Geschäften am Rande der Legalität.«

»Marcus? So ein Quatsch!« Michel Debus, der eben hereingekommen war und noch im Eingang stand, richtete sich zu seiner ganzen Größe auf. Michel trug noch immer Vollbart und hatte das Kreuz eines Autowerkstattbesitzers – was er im Grunde auch war mit seinem Verleih von historischen Edelkarossen. Er war der einzige aus der Runde mit einer anständigen Ausbildung und hatte schon Geld verdient, als die anderen noch studierten.

»In der Zeitung stand lediglich was von Unregelmäßigkeiten. Aber Keller ist ein Schmierfink. Das ist nix Neues«, sagte Julius gelassen.

»Weiß der Himmel.« Michel ließ sich auf den Stuhl neben ihn fallen.

»Ich hatte gehofft, Marcus hätte die Sache im Griff.« Thomas hatte sich zu Max Winter hinübergebeugt. Max machte »Sch…« und sah noch ein wenig blasser aus.

Will spürte ein wachsendes Unbehagen. »Also ist an dem Gerede was dran oder nicht?« fragte er.

Julius sah Thomas an. Der zuckte die Schultern. »Nichts Verwertbares, Will.« Aber seine Finger strichen nervös über die Tischplatte.

»Und was heißt schon faule Kredite?« Max war aufgestanden und hinter die Theke gegangen. Er hielt ein Weinglas prüfend gegen das Licht und polierte es mit dem Geschirrtuch nach.

»Wir haben einen Freund verloren. Einen guten alten Freund«, sagte Julius. »Üble Nachrede interessiert mich nicht.«

»Und was hat das überhaupt mit seinem Tod zu tun?« Michel sah aus, als ob ihm die Idee eben erst gekommen wäre. »Es war doch wohl ein Herzinfarkt?«

»Soweit man weiß«, sagte Will und griff zur Rotweinflasche.

»Schöne Scheiße.« Max sprach leise, aber das Zittern in seiner Stimme war unüberhörbar. »Und ich warte auf die Kreditzusage seiner Bank. Er wollte sich drum kümmern.«

»Selbstmord? Ihr glaubt doch nicht an Selbstmord?« Michels Stimme wechselte in die höhere Stimmlage. Warum eigentlich nicht, dachte Will. Die Midlife-crisis kann den stärksten Mann umhauen.

Aber – Marcus? Er war, soweit er wußte, der einzige von ihnen mit einer Ehe, die man als glücklich bezeichnen konnte. Der einzige, der Grund hat, sich umzubringen, ist der Loser am Tisch, dachte Will – und der heißt Will Bastian. Und der denkt nicht dran. Oder höchstens manchmal.

»Trinken wir auf Marcus und auf den Tag, an dem wir ihn kennenlernen durften«, sagte Max.

Sie alle hoben wieder ihre Gläser.

»1981«, sagte Thomas. »Was war das für ein Sommer.«

Ein verzauberter Sommer. Sie hatten Tage und Nächte am Baggersee zugebracht, geredet, geschwiegen, getrunken. Sie waren die Satelliten gewesen, die um ein Doppelgestirn kreisten. Will sah die beiden vor sich, wie sie nebeneinander saßen im Dämmerlicht, der eine mit glänzenden schwarzen, die andere mit langen blonden Haaren. Leo. Und Jenny.

»Verdammt lang her«, brummelte Julius. »Und das ist auch gut so.«

Max Winter, der mit der Flasche um den Tisch herumgegangen war, um ihnen allen nachzuschenken, seufzte auf. »Um ein paar Illusionen tut's mir schon leid.«

»Auf Marcus«, sagte Will leise. »Er war der Netteste von uns allen.«

Niemand widersprach.

»Mal wieder was von Leo gehört?« Michel klang beiläufig.

Keiner antwortete.

»Weiß jemand, was Jenny macht?«

»Keine Ahnung. Und ich will's auch nicht wissen«, sagte Max.

Will schüttelte sich. Ihm war plötzlich kalt geworden.

Leo und Jenny hatten sie alle in Bann gehalten, einen ganzen Sommer und einen halben Winter lang. Sie waren das, worüber die Freunde nicht redeten, seit fünfundzwanzig Jahre nicht. Sie waren der Zauber gewesen. Sie waren das Verhängnis geworden.

Die raison d'être. Der Fluch.

9

Es gab auch nette Journalisten. Aber die meisten nervten. Und die Pest hieß Niels Keller.

Karen hatte in der Balkontür gestanden und A-Hörnchen und B-Hörnchen beim Nüsseknacken zugesehen. Es war ein hinreißender Anblick gewesen, wie die beiden auf den Hinterläufen hockten, eine Erdnuß in die Klauen nahmen, in die Schale bissen und dann den Kern herauspulten. Als das Mobiltelefon in der Tasche ihres Morgenmantels laut gab, schauten die beiden Tiere auf – vorwurfsvoll, so kam es ihr vor – und waren mit ein paar Sätzen über die Brüstung gesprungen und verschwunden.

»Ich störe doch hoffentlich nicht?«

»Natürlich stören Sie!« Sie haßte Kellers pomadige Art.

»Aber Sie sind doch immer im Dienst, Frau Stark, oder?«

Das galt auch für seine Vorstellung von Ironie. Karen tappte auf bloßen Füßen in die Küche und goß sich eine Tasse Tee ein. Heiß war er nicht mehr.

»Der Fall Marcus Saitz fällt ja wohl in Ihren Bereich.«

»Es gibt keinen Fall Saitz.« Nur eine Akte, dachte sie.

»Sagen Sie. Und was ist mit den Unregelmäßigkeiten, von denen im Bankhaus Löwe die Rede ist?«

»Geht mich nichts an, das gehört zu den Wirtschaftsstrafsachen.« Keller war lange genug dabei, um das zu wissen.

»Wußten Sie, daß Marcus Saitz bestens befreundet war mit Ihrem Kollegen Thomas Czernowitz? Von dem bekannt ist, daß er über seine Verhältnisse lebt?«

Das war der Moment, in dem sie das Gespräch hätte beenden müssen. Thomas hatte sich tatsächlich ein bißchen zu interessiert an Saitz' Tod gezeigt. Wenn da was dran wäre …

»Und daß beide ein enges Verhältnis zu Julius Wechsler und Max Winter pflegen?«

Julius Wechsler, ein Immobilienmakler. Max Winter, Chef des »Gattopardo«, eines Restaurants, in dem sich die Einflußreichen der Stadt trafen – und die, die so taten als ob.

»Und stimmt es, daß …«

»Heben Sie sich Ihre Fragen für den Fall auf, daß wir einen Fall haben, Keller.« Endlich reagierte sie und drückte den Ausknopf.

Als sie aus dem Haus ging, schneite es. Der Tag fing schlecht an. Und er ging so weiter. Die Razzia in einem verkommenen Haus im Bahnhofsviertel, das bis in den letzten Winkel mit illegalen Einwanderern vollgestopft war, raubte ihr für heute den letzten Rest an Lebensfreude. Sie ging zu Fuß durch die Stadt zurück und hoffte, das würde sie aufheitern. Aber der Tag blieb bleiern, und die ausgemergelten Drogenkranken auf der Münchner Straße kamen ihr heute noch trostloser vor. Sie war gründlich deprimiert, als sie im Justizgebäude C ankam.

Karen horchte auf das Echo ihrer Schritte, während sie durch den langen Flur lief. Klangen sie noch immer aktiv, ehrgeizig, bestimmt? Oder schon so erschöpft, wie sie sich fühlte?

Dabei gehörte sie doch sonst nicht zur »Alles wird schlimmer«-Fraktion. Wenn Freunde den Tod von Silvi und Sven zum Anlaß nahmen, Vermutungen über die zunehmende Häufigkeit brutaler Gewaltakte an Kindern anzustellen, widersprach sie. Ebenso, wenn jemand flächendeckende Gentests für Männer forderte oder eine rigorosere Ausländerpolitik. Deutschland war eine Insel des Friedens, verglichen mit all den Ländern, in denen ein schwacher Staat mit korrupten Eliten zusammentraf oder Menschen von ethnischer Reinheit träumten oder der Nachbar in der Straßenbahn neben dir imstande war, eine Selbstmordbombe zu zünden.

Deutschland war ein Paradies. Sie wußte das besser als viele – weil sie die Schattenseiten kannte.

Wir glauben so fest ans Böse, daß wir für das Gute kein Auge mehr haben, dachte sie und beschleunigte ihren Schritt. Hermano Ortiz-Soto de Ortega sprang zur Seite und machte einen ironischen Kratzfuß, als sie an ihm vorübersegelte.

Andererseits – wenn sie an die Gesichter der beiden Frauen dachte, vorhin, bei der Razzia, die allein in einem schmutzstarrenden Zimmer auf bloßen Matratzen gelegen hatten, zu krank, um sich rechtzeitig aus dem Staub zu machen ...

Im Paradies faulten die Äpfel auf den Bäumen. Die Schicksale, die sie sich in den letzten Wochen aus den dürftigen Mitteilungen zwischen zwei Aktendeckeln zusammengereimt hatte, deprimierten sie zutiefst. Die Frauen, die sich aus den osteuropäischen Anrainerstaaten nach Deutschland hatten locken lassen, mußten für ihren Mut und ihren Aufbruchwillen zahlen – mit sexueller Gefügigkeit und so viel Geld, daß sie auf Jahre hinaus die Sklaven von Schleppern und Zuhältern sein dürften. Und niemanden schien das sonderlich aufzuregen. Deutsche gab es kaum noch im Reinigungsgeschäft.

Karen ließ den PC hochfahren und checkte die E-Mails. Nichts von Belang. Gunter ließ sie wieder einmal am ausgestreckten Arm verhungern, auf ihre letzte Mail hatte sie keine Antwort gekriegt. Sie lehnte sich zurück und versuchte, die Beine auf den Schreibtisch zu legen, aber irgendein freundlicher Mensch hatte ihr den üblichen Stapel Akten und Laufmappen genau dahin auf den Tisch geknallt, wo er im Weg war.

Sie guckte die Vorgänge oberflächlich durch und nahm dann eine Mappe heraus. Die Sache Saitz. Die Idioten von der Abteilung XIV hatten ihr den Vorgang einfach wieder zurückgeschickt. Arbeitet hier eigentlich niemand außer mir? fragte sie sich, nicht zum ersten Mal. Hatten die Kollegen Tomaten auf den Augen?

Den gelben Post-it-Zettel sah sie erst, als sie die Laufmappe wutentbrannt auf den Boden geworfen hatte. »Das dürfte dich interessieren. Wg. Putz. Manfred Wenzel.«

Was hatte Saitz mit der Putzfrauenaffäre zu tun? Sie wippte auf dem Schreibtischstuhl unschlüssig hin und her, bückte sich dann und holte die Mappe wieder hoch.

Wahrscheinlich hatte Saitz ebenfalls Schmiergelder genommen, das paßte zu seinem Profil. Auch vom Putzunternehmen, das im Bankhaus Löwe tätig war? Die Pollux Facility Management GmbH, wenn sie sich richtig erinnerte. Der Name hatte nicht auf ihrer Liste gestanden – bislang hatte sie keinen Anhaltspunkt dafür, daß Pollux zu den Firmen gehörte, die osteuropäische Frauen ausbeuteten.

Karen schlug die Mappe auf. Irgend jemand hatte Überstunden gemacht. Sie kannte den Namen der ermittelnden Beamten nicht – wahrscheinlich waren die beiden neu im Revier. Ihren Eifer würde man ihnen bald abgewöhnt haben. Schade eigentlich.

Die Pollux GmbH war vor vierzehn Jahren gegründet worden, alleinige Teilhaberin: Johanna Maurer, geboren am 31. Januar 1960, unverheiratet, keine Kinder. Die Firma zahlte Tariflöhne, Schwarzarbeiter waren nicht entdeckt worden, die Türkinnen, Serbinnen und Kroaten, die dort arbeiteten, hatten eine gültige Arbeitserlaubnis.

Also uninteressant.

Karen klappte den Aktendeckel zu – und gleich wieder

auf. Hinter dem Bericht über Pollux lag ein weiteres Blatt. Man hatte sich die Frau genauer angesehen, die Marcus Saitz gefunden hatte. Dalia Sonnenschein. Nicht aus Litauen oder aus Lettland. »Geboren 2. Juli 1974 in Dietzenbach. Mutter Margot S., Sekretärin. Vater Felix S., Steuerberater. Gewaltsamer Tod des Vaters am 3. November 1981. Man erkannte auf Notwehr. Bewährungsstrafe für Margot S.«

Jetzt wußte sie, warum ihr der Name bekannt vorgekommen war. Sieben Jahre war die kleine Dalia gewesen zum Zeitpunkt des Todes des Vaters. Ihre Mutter saß im Untersuchungsgefängnis, Verwandte, die das Kind hätten aufnehmen können, gab es nicht. Karen war noch Studentin gewesen, als der Fall durch die Zeitungen ging. Im Seminar hatte man erbittert darüber gestritten, ob es moralisch zu rechtfertigen sei, einen gewalttätigen Mann in Selbstjustiz zu töten. Es war sogar die Rede davon gewesen, daß womöglich das Kind, nicht die Mutter, ursächlich für den Tod des Vaters war. Was machte das aus einer Siebenjährigen?

»Dalia S. studierte nach dem Abitur Betriebswirtschaftslehre in Heidelberg und brach das Studium im Wintersemester 1996 ab. Seither wechselnde Beschäftigungen als Putzhilfe, letzte Festanstellungen u.a. in Unna-Königsborn, Alzenau, Grünberg, Buchholz, Bramsche.«

Eine Putzfrau mit einem derartigen Mobilitätsradius war ihr noch nicht untergekommen. Karen schob den Aktenstapel zur Seite, legte die Beine auf den Schreibtisch und las weiter. Auch keine, die Betriebswirtschaft studiert hatte, und zwar immerhin bis zum 6. Semester. Mußte da nicht was hängengeblieben sein?

»Bei der Staatsanwaltschaft Osnabrück ist eine Anzeige wegen Erpressung eines Geschäftsmannes aus Bramsche anhängig.« Es war etwas hängengeblieben.

Karen legte die Aktenmappe behutsam oben auf den Stapel mit den dringenden Sachen, stand auf und ging zum Fenster. Du sollst keine Vorurteile haben, dachte sie. Zum Beispiel gegen Putzfrauen. Bloß weil eine Frau so tut, als habe sie ein Spatzenhirn, ist sie noch nicht dumm. Manfred Wenzel hatte vor Jahren eine Gruppe von polnischen Putzfrauen auffliegen lassen, die ihre Arbeitgeber ausspionierten, um deren Wohnungen dann von ihren Männern ausräumen zu lassen. Dumm war das nicht – jedenfalls nicht, bis eine der Frauen die Putzstelle ein wenig zu häufig gewechselt hatte und es irgendwann auffiel, daß immer dann, wenn sie gekündigt hatte, ein Einbruch stattfand.

Dalia Sonnenschein. Eine Frau mit Köpfchen. Sie hatte zugegeben, im Zimmer von Marcus Saitz alles gründlich gesäubert zu haben, was als Spurenträger in Frage gekommen wäre. Vielleicht hatte sie dafür einen ganz anderen Grund als den, den sie alle angenommen hatten: nämlich, daß sie ein bißchen beschränkt war?

Ihr Gespräch mit dem Kollegen von der Kripo war kurz. Sie waren sich einig, daß man Dalia Sonnenschein noch einiges zu fragen hatte, bevor sie das Verfahren Saitz einstellen konnten.

Karen lehnte sich zurück und blickte aus dem Fenster. Über den Himmel trieben weiße Wolkenfetzen. Wahrscheinlich würde sie auch heute wieder bis in die Puppen am Schreibtisch sitzen. Aber es war ja niemand da, der nach ihr Sehnsucht hatte. Noch nicht einmal ihr alter Freund Paul Bremer. Der war mit seiner Liebsten verreist.

Ich reiße mich nicht um Arbeit, dachte Karen. Die Arbeit reißt sich um mich.

Eine halbe Stunde lang genoß sie das Gefühl tiefen Selbstmitleids. Auch das konnte einem bekanntlich niemand abnehmen. Selbst ist die Frau.

10

Wie Insekten strömten die Angestellten aus ihren Bauten, Hunderte und Hunderte schwarzer Gestalten, alle sahen gleich aus. Sie schwärmten aus auf die Straßen und Plätze und besetzten die Inseln der Gastlichkeit neben der Alten Oper und auf der Freßgaß'. Dalia genoß das tägliche Feierabendschauspiel mit einer Mischung aus Unbehagen und Faszination.

Die Männer gingen in Kampfformation nebeneinander her, wichen erst im letzten Moment aus, wenn jemand ihnen entgegenkam, lachten und schwatzten und hatten keinen Blick für alle anderen, die nicht ihrer Spezies angehörten. Kein einziger dieser Jungs in den dunklen Anzügen mit den braven Frisuren fiel auf, alle waren gleich blaß und redeten zu viel – in einem Business-Slang, den sie noch von der Uni her kannte, der abgrundtief banale Vorgänge zu wichtigen Entscheidungen vergoldete. Sie flockten aus zu den Stehtischen auf der Freßgaß; die Plätze direkt vor den Cafés hatten die älteren Männer erobert, die mehr verdienten als die jungen.

»Nein, ist der schön!«

Eine ältere Frau hatte sich vor Wotan aufgebaut und die Hände andächtig aneinandergelegt.

Wotan, wirf dich in Positur, dachte Dalia. »Das ist ein English Bulldog.«

»Und wie heißt der schöne Kerl?«

Wotan versuchte doch tatsächlich zu lächeln und zeigte spitze Zähnchen.

»Wotan von der Hasenheide.«

Ihr Mann zog die Frau weiter. Sie hatte Anstalten gemacht, den weißen Hund mit den unnatürlich blauen Augen zu streicheln, und das ging ihm wohl zu weit.

Es war plötzlich wieder warm geworden, ein Apriltag mit Vorschau auf den Mai. Dalia ließ Wotan an einem Stehtisch vor ihrem Lieblings-Feinkostgeschäft Wache halten und holte sich ein Mettbrötchen. Die drei Jungmänner nebenan stritten mit großer Geste über eine Frage, bei der jeder das letzte Wort haben wollte. Beim Stilleren der drei stand wahrscheinlich ein Foto der Freundin neben dem Computermonitor im Hasenställchen. Der Lauteste war ein Kandidat fürs Großraumbüro: durchsetzungsstark. Wahrscheinlich unordentlich. Und der dritte …

Dalia Sonnenschein hatte eine Philosophie der Büroangestellten entwickelt, die sie liebevoll pflegte und bei Gelegenheit ausbaute. Nichts war einfacher, als männliche und weibliche Arbeitsstätten zu unterscheiden. Frauen liebten ihren Arbeitsplatz gemütlich und lüfteten selten. Insbesondere die Sekretärinnen staffierten ihre Arbeitsstätte aus, als ob sie zum Plätzchenbacken ins Büro gingen. Die braven Frauen tranken Kamillentee, hielten ihren Schreibtisch supersauber, mit ihnen hatte man kaum Arbeit. Neben dem blitzblanken Monitor standen Familienbilder in knallbunten Farben, ein Stofftier oder ein Väschen mit Plastikrosen, die jemand auf dem Rummelplatz geschossen hatte. Die Post-it-Zettel am Monitorrand erinnerten an so gesunde Dinge wie den Lauftreff am Montag und Yoga am Mittwoch. Der Eingangskorb war fast leer, die Laufmappen lagen auf Kante, die Teetasse war abgewaschen, und ein wahrscheinlich selbstgehäkeltes Tuch über der Lehne des Schreibtischstuhls deutete darauf hin, daß die hier arbeitende Person empfindlich gegen Zugluft war.

Selbstverständlich hielt man eine Topfpflanze. Dalia haßte Topfpflanzen.

Die lässigeren Damen gingen regelmäßig nach draußen zum Rauchen und hinterließen an ihrem Arbeitsplatz trotz Parfümschwaden den einschlägigen Geruch. Sie pflegten ihre Kaffeetassen nicht abzuwaschen, an denen Spuren von Lippenstift klebten. Der Schreibtisch wies keine für Außenstehende erkennbare Ordnung auf. Anstelle von Familienbildern hingen an der Pinnwand Witzzeichnungen und Fotos muskulöser Männer. Oder geistreiche Sinnsprüche zum Verhältnis der Geschlechter. Einen davon, gefunden in einem Büro in Unna, hatte sie behalten: »Was ist schlimm daran, wenn zwei Männer in einem Ford Fiesta mit 150 Stundenkilometern gegen eine Betonmauer fahren? Die Platzverschwendung. Da hätten fünf reingepaßt.«

Im Papierkorb dieser Damen fanden sich Frauenzeitschriften, gebrauchte Damenstrümpfe und leere Zigarettenschachteln. Oder ein angegessenes Brötchen.

Männer – nun, die meisten waren eklig. Sie hatten Pornohefte und Whiskyflaschen in den Schreibtischschubladen, mailten einander schlechte Witze oder pinnten grelle Karikaturen an die Wand, die dort hängenblieben, bis sie vergilbt waren. Und was sich alles in den Papierkörben fand!

Besser wurde es, je höher einer aufgestiegen war in der Hierarchie, am besten da, wohin es noch keine Frau geschafft hatte. Marcus Saitz war so einer gewesen: Sein Büro wirkte stets aufgeräumt, weshalb es ihr auch kein Problem bereitet hatte, ihn auszuspionieren. Sie wußte mittlerweile, wie Männer sich tarnten. Die meisten waren so einfallslos, daß sie sich fragte, wie es ihnen gelang, ihre krummen Touren geheimzuhalten. Wahrscheinlich nur, weil die anderen Männer genauso beschränkt waren – oder eitlerweise einfach nicht glauben wollten, daß ein Geschlechtsgenosse so blöd sein konnte.

Sie tupfte sich mit der Papierserviette den Mund ab, lockte Wotan und ging über den großen Platz vor der Alten Oper hinüber in die Parkanlage. Auf den Bäumen schwatzten Vögel und in den Zwillingstürmen der Deutschen Bank spiegelte sich der Abendhimmel. Die Stadt war auf eine unromantische Weise schön. Dalia liebte es, im Dämmerlicht hinüber- und hinaufzusehen zu den Hochhäusern, in denen Lichter aus- und andere wieder angingen. Noch fuhren Radfahrer durch den Park, den man auf den Resten der alten Wallanlage errichtet hatte. Aber unter den Bäumen war das Licht schon gedämpft, schien das Rauschen des Feierabendverkehrs leiser zu werden.

Wotan verharrte, stellte die Öhrchen auf und hechtete mit einem für seine Statur rührend eleganten Satz unter den Busch am Wegesrand. Sie wartete eine Weile, bis sie sanft an der Hundeleine zog. Der stämmige weiße Hund hatte den Kopf tief im Vorjahreslaub vergraben und wedelte zur Antwort verträumt mit dem Stummelschwanz. Was der Geruchssinn eines Hundes wohl für Welten entwarf? Und erschienen sie ihm in bunt oder schwarzweiß?

Sie stellte sich eine wilde Kakophonie der Farben und Formen vor, zu dem das Hundehirn die olfaktorischen Eindrücke zusammensetzte. Oder zeichnete es eine präzise Topographie der Geruchslandschaft, komponiert aus vermodertem Laub, Hasenkot und Männerpisse?

Sie schüttelte sich und zog den Hund weiter. Ihr war nicht wohl. Sie hatte das Gefühl, einen Fehler gemacht zu haben. Aber welchen? Sie hatte sich nichts zuschulden kommen lassen. Noch nichts. Und davon mal abgesehen: Wer verdächtigt schon eine Putzfrau?

Andererseits ... Sie hatte etwas mitgehen lassen, etwas, das der Tote in der Hand gehalten hatte. Sie hatte es vorhin nach dem Waschen ihrer Arbeitskleidung in der Waschmaschine gefunden. Es war eine Art Amulett. Wichtig? Wahrscheinlich nicht.

Der Weg nach Hause führte wie ein Querschnitt durch die Stadt. Vor den Cafés am Opernplatz wurden von Herbst bis Frühjahr die gasflaschenbetriebenen Wärmestrahler entzündet, damit die Flaneure im besten Mittelalter draußen sitzen konnten bei ihrem Apero oder Champagnercocktail. Normalerweise ging sie durch die Freßgaß' Richtung Hauptwache, manchmal auch durch die Goethestraße, der Schaufenster wegen. Nur heute nicht – wenn sie sich Sorgen machte, hatte sie keinen Spaß daran, ihr Geld für einen Kaschmirpullover von Strenesse auszugeben oder für ein Jackett von Rena Lange. Dabei war genug Kohle da – sie mußte schon längst nicht mehr leben von dem bißchen Putzlohn bei Pollux.

Sie ließ Wotan an den Straßenbäumen an der Hauptwache schnuppern, da, wo halbwüchsige Buben ihre Skateboards ausreizten. Dann kämpfte sie sich über die Zeil, über die umsatzstärkste Einkaufsmeile der Republik. Wotan hielt sich ganz dicht an ihren Beinen, aus Furcht vor Radfahrern, Skatern, Betrunkenen und Jungs in der Pubertät. Aber vielleicht wollte er umgekehrt sie beschützen?

Zu viele Menschen, zu wenig Platz. Zu viel Nähe, zu wenig Fluchtmöglichkeiten. Wotan gab ein tiefes Grollen von sich. Der Mann vor ihr zerrte mit rotem Gesicht seine unerzogene Töle weg, die einen Bulldog offenbar für ein leichtes Fressen hielt, nur weil er ein paar Handbreit kleiner war.

Dalia schob sich durch die Menschenmassen und flüchtete in eine Seitenstraße. In der Töngesgasse ließ sie Wotan an den Auslagen von Samen-Andreas schnuppern und lief dann in den schützenden Hafen ein. Als sie die Tür zum Café Mozart hinter sich zufallen ließ, atmete sie auf.

Sie glitt in einen der dunkelroten Ledersessel. Wotan rollte sich zu ihren Füßen zusammen. Inka, die Bedienung mit dem enormen Busen, dem dicken Pferdeschwanz und dem wunderbaren Lächeln, begrüßte sie wie eine alte Bekannte und fragte: »Wie immer?«

Dalia nickte und spürte, wie ihr die Kehle eng wurde. Die zwei Worte rührten und verschreckten sie zugleich. Sie waren der Anfang vom Ende. Sie waren der Beginn eines Gefühls, vor dem sie seit Jahren flüchtete. Es nannte sich Heimatgefühl.

Inka brachte ihr ein Glas Riesling. Sie seufzte, während sie den ersten Schluck nahm.

Das Leben kann großartig sein. Wenn man es noch hat.

11

Will versuchte wegzulaufen. Seine Füße waren unendlich schwer, seine Beine ließen sich kaum heben, dabei mußte er rennen, er mußte weg, er mußte schneller sein als sie. Um ihn herum knallte es, Rauchschwaden stiegen auf, grelle Lichtblitze blendeten ihn.

Lauf, rief eine Stimme hinter ihm. Lauf doch endlich! Jemand packte ihn am Arm, er sah in Leos Gesicht, in dessen weitaufgerissene Augen. Lauf weg, flüsterte er.

Will erwachte mit einem gequälten Laut. Sekundenlang wußte er nicht, wo er war. Seine Hand tastete nach rechts, dort, wo Vera lag. Dann warf er die naßgeschwitze Bettdecke von sich und horchte in die Dunkelheit. Vera lag nicht da. Er lebte nicht mehr mit ihr zusammen. Er wohnte in der Wohnung seines Vaters. Auf nackten Füßen ging er über den Flur zum Klo. Vor Karls Zimmer blieb er stehen und horchte. Der Alte schnarchte wie ein mittelständisches Sägewerk.

Als er vor der Kloschüssel stand, spürte er die kühle Nachtluft auf der feuchten Brust. Er hatte seit Jahren nicht mehr so geträumt – nicht mehr *davon* geträumt.

Er lag lange wach und schlief erst ein, als es Zeit war aufzustehen. Diesmal saß Karl bereits beim Frühstück, als Will es endlich aus dem Bett schaffte. Er hörte das Geräusch schon auf dem Weg zum Bad, ein Geräusch, das ihm seit seiner Kindheit vertraut war. Sein Vater saß am Frühstückstisch und las die Zeitung, wie nur Karl Bastian die Zeitung zu lesen vermochte.

Und ich, dachte Will.

Du liest die Zeitung, als ob du sie totschlagen willst, hatte Vera das genannt, das Zeitungsvernichten, das er jeden Morgen betrieb. Irgendwann begann sie so früh aufzustehen, daß sie sich knapp verfehlten. »Deshalb«, hatte sie erklärt, als es ihm endlich aufgefallen war.

Deshalb. Weil Will die Zeitung ausgebreitet in beide Hände nahm, sie ruckartig nach vorne in Richtung auf sein Gesicht zog, bis sich der Knick in der Mitte umkehrte und er sie wieder zusammenfalten konnte, sofern er sie nicht erst noch geradeziehen mußte, mit einem zweiten knallenden Geräusch. Andere blätterten um. Aber Will hatte von seinem Vater eine Technik gelernt, die im Prinzip die unangenehme Notwendigkeit vermied, die Zeitung irgendwo abzulegen, um sie umzublättern. Der Vorzug dieser Methode war ihr Nachteil: Wenn man diesen Akt mit entsprechender Inbrunst ausführte, entstand dabei ein Geräusch wie die Explosion eines Knallfrosches.

»Und wenn du dann auch noch auf deine Kollegen schimpfst – ich kann das einfach nicht mehr hören.«

»So ein Mist«, hörte Will seinen Vater zischen, als er wieder aus dem Bad kam. »So ein abgrundtiefer Blödsinn.« Das Zeitungspapier rauschte wie ein ärgerlicher Schwarm Rabenvögel.

Entweder hatte er sich die Technik des Zeitungslesens schon frühzeitig von seinem Vater abgeguckt – oder sie waren einander noch ähnlicher, als er eh schon befürchtete. Kann man Gesten vererben? Schlechte Angewohnheiten? Eine ganz bestimmte Geräuschentfaltung beim Zeitunglesen? Die Art, wie jemand Auto fährt?

Will stieg in die Jeans und zog sich den Pullover über, den er immer trug, wenn es irgend etwas Praktisches im Haushalt zu erledigen gab.

Es stimmte: Er fuhr Auto, wie sein Vater es getan hatte, als er noch Lust dazu hatte – aggressiv und laut schimpfend, besonders über Frauen am Steuer. Und kürzlich war ihm aufgefallen, daß er neuerdings nicht nur die Küchenplatte nach dem Reinigen mit einem Papierküchentuch trockenrieb, sondern das benutzte Tuch auch noch liegenließ, fürs nächste Mal – wie Mutter. Genauso sparsam. Ach was: geizig.

»Hier! Hör dir das an!« Karl grüßte nicht, als Will in die Küche kam, sondern las gleich irgend etwas vor, das ihn schrecklich aufregte. Will hörte nicht hin, setzte sich müde an den Küchentisch, goß sich einen Kaffee ein, nahm die Tasse zwischen beide Hände und guckte seinem Vater beim Zeitungslesen zu. Sein Vater, der so eindeutig sein Vater war, wie man es sich wünschen konnte – oder eben nicht.

Er war ihm ähnlich. Er wurde ihm immer ähnlicher.

Vielleicht war das ja nicht weiter schlimm, ihm ähnlich zu sein – schließlich *bin* ich nicht mein Vater, dachte Will. Irgendwo mußte die Sache mit der Erblichkeit ihre Grenzen haben. Es gab ja auch kein Mörder-Gen – noch nicht einmal ein Verbrecher-Gen.

So hatte er es gelernt. Alles andere war Biologismus, Determinismus, Rassismus, was auch immer, jedenfalls abzulehnen. Um so mehr hatte es ihn gewundert, daß der Kollege von der Wissenschaftsredaktion bedenklich den Kopf schüttelte, als sie sich vor einigen Monaten beim Kaffee über die Entschlüsselung des Genoms unterhielten. »Ich hab' ja früher auch geglaubt – Kultur statt Natur – und alles andere ist reaktionärer Mist«, hatte der Kollege gemurmelt. »Aber ich fürchte mittlerweile ...«

Was? Will biß in sein Quarkbrot. Daß der menschliche Wille nicht wirklich frei ist und daß auch der moderne Mensch einem urtümlichen Programm seiner Zellen folgt?

Schon gut, aber was hatte das mit absonderlichen Angewohnheiten beim Zeitungslesen zu tun und mit schlechten Manieren beim Autofahren?

Ein Räuspern ließ ihn aufblicken. Sein Vater hatte die Zeitung wieder halbwegs ordentlich zusammengefaltet und sah ihn an. »Ich weiß nicht, wie man die Geschirrspülmaschine bedient, das hat immer deine Mutter übernommen.« Der Alte zuckte mit den Schultern.

»Ich mach das schon«, sagte Will.

»Nein, nein«, sagte Karl. »Ich will, daß du es mir zeigst.«

Karl Bastian lernte schnell. Er belud die Geschirrspülmaschine, nachdem Will runter in die Drogerie gelaufen und Salz und Klarspüler nachgefüllt hatte. Wie durch ein Wunder tat es das betagte Modell noch. Die Waschmaschine beherrschte Karl ohne fremde Hilfe. Er lieh seinem Sohn ein Paar Unterhosen – blütenweiße Schießer Feinripp Classic. Er wienerte das Spülbecken und polierte die Tischplatte. Er holte ein Paket Hackfleisch aus dem Tiefkühlfach und fragte ganz schüchtern, ob Will später mitessen wolle, es gäbe Spaghetti Bolognese.

Das hast du nun davon, dachte Will. Du hast es geahnt. Du hast es *gewußt.* Das schlimmste am Zusammenleben mit dem Alten waren nicht dessen schlechte Laune, die alten Angewohnheiten und die Erinnerungen an eine nicht gerade glückliche Vater-Sohn-Beziehung. Das schlimmste war nicht die Gewißheit, daß Karl klapprig werden und irgendwann sterben würde, heute, morgen oder womöglich erst in einigen Jahren. Das schlimmste war nicht der Geruch in der Wohnung, dieser Altmännergeruch nach ungelüftetem Bettzeug und aufgewärmtem Essen – »Mach das Fenster zu«, hatte der Alte vorhin gerufen, als er zu lüften versuchte, »es zieht wie Hechtsuppe«.

Das schlimmste war die Liebe. Er liebte seinen Vater – obwohl er sich nicht vorzustellen vermochte, daß es Gründe dafür geben könnte.

»Du siehst schlecht aus.« Karl klang amüsiert. »Hast du nicht mal behauptet, unrasierte Männer wirkten alt?«

Sein Vater stand vor ihm, in der Unterhose, die lange graue Hose mit der eisernen Bügelfalte über dem Arm. Will wollte nicht hinsehen, aber die Beine des Alten erschreckten ihn. Sie waren weiß, kein Wunder, wann waren sie schon mal an der Sonne? Es waren die bläulichen Knoten an den dünnen Oberschenkeln und an den Waden, die übel aussahen. War ihm bislang nicht aufgefallen. Er ließ den Blick nach oben gehen. Die weiße Schießer hing wie ein Faltenröckchen über den eingefallenen Lenden, einen Arsch hatte der Alte auch nicht mehr.

»Noch nie einen Mann in Unterhose gesehen, oder kannst du mir mal helfen?« Karl hielt seinem Sohn die lange Hose entgegen, genauer: das linke Hosenbein. Der Saum war ausgetreten und hing hinten herab.

»Hast du irgendwo Nadel und Faden?« Will traute sich das bißchen Nähen noch zu.

»Brauch ich nicht. Du sollst nur halten.« Karl schob den Stoff da, wo der Saum ausgetreten war, nach innen und hielt den neuen Saum mit Daumen und Zeigefinger in Position. »Hier.«

Will gehorchte. Obwohl: Die Hose gehörte in die Reinigung. Und in die Hände einer türkischen Änderungsschneiderei. Aber nicht in seine.

»Leg die Hose auf den Tisch, dann komm ich besser dran.« Der Alte schob Zeitung und Kaffeetasse zur Seite. Er hielt einen Bürohefter in beiden Händen, ein großes, schweres Gerät. Und dann tackerte er den Saum fest.

Will war sprachlos. Er sah auf und in die blitzenden Augen seines Vaters.

»Für die Löcher in den Hosentaschen nehme ich Hansaplast.«

Will nickte. Es gab also doch noch Probleme im Leben, die man lösen konnte.

Karl trieb sich irgendwo herum. Will versuchte Ordnung in das eigene Leben zu bringen. Das Schlimmste waren die Telefongespräche, obwohl die meisten sehr freundlich begannen. Die Kollegin vom Hauptstadtblatt etwa, mit der er nach manchem Konzert noch einen Sekt getrunken hatte, fragte, was er denn so mache, und klang fast so, als ob sie ihm auf die Schulter klopfen wolle für den mutigen Beschluß, frei zu arbeiten: »Ach, es ist schon wunderbar, wenn man sein eigener Herr ist. Keine Konferenzen. Keine neidischen Kollegen.«

Will stimmte aus vollem Herzen zu. Es war wunderbar, von all dem alltäglichen Kleinkram verschont zu sein, mit dem der gemeine Arbeitnehmer terrorisiert wurde. Es war herrlich, ungestört arbeiten zu können. Und es war furchtbar, so entsetzlich allein zu sein dabei.

»Mach mir ein Angebot, wenn du was hast. Du weißt doch – ihr Freien seid das Salz in der Suppe«, sagte Barbara zum Schluß. Daß er ihr bereits einen Beitrag angeboten hatte, mußte sie glatt übersehen haben.

Er führte noch zwei, drei ähnliche Telefongespräche, bevor er sich der leichten Depression hingab, die sich seit den frühen Morgenstunden ankündigte. Er hatte keinen Job und keine Beziehung und war gestrandet bei einem Mann, den er liebte, ohne es zu wollen. Du hast kein Problem, sagte sich Will Bastian. Du bist das Problem.

Als er am späten Nachmittag hörte, wie jemand die Wohnungstür aufschloß und Minuten später sein Vater den Kopf zur Tür hineinstreckte und »Stör ich?« fragte, war Will so erleichtert, daß er »Ich arbeite!« grummelte und so tat, als würde er in tiefer Konzentration am Schreibtisch sitzen. Fünf Minuten später ging er in die Küche, wo Karl die Kaffeemaschine eingeschaltet hatte. Kein Vergleich mit dem Espresso, den er früher getrunken hatte. Aber besser als nichts.

Später machten sie sich einträchtig ans Abendessen – Will würfelte die Zwiebeln und arbeitete seinem Vater zu, der versuchte, aus den spärlichen Zutaten eine anständige Bolognese zusammenzurühren. Schließlich setzte Karl das Wasser auf und schüttete eine ganze Packung Spaghetti hinein. Will hatte sich verkniffen, das Ablaufdatum auf der Packung zu überprüfen. Er wollte diesen zarten Frieden nicht stören. Und er war kindisch froh darüber, nicht allein zu sein.

Als es klingelte, sprintete Karl aus der Küche zur Wohnungstür. Will hätte sehr schnell sein müssen, um schneller zu sein. Er horchte dem Alten hinterher. Es war der Paketdienst. »Können Sie das tragen? Das ist verdammt schwer!« hörte er eine Frauenstimme. »Lassen Sie sich Goldbarren nach Hause liefern oder wollen Sie Blei gießen?« Will schämte sich fast seiner Neugier, die er ebenso erstaunlich wie unangemessen fand. Die Paketbotin rief heiter »Viel Spaß damit!« und schloß die Wohnungstür hinter sich. Als Will in den Flur trat, sah er, wie Karl versuchte, das Paket wie eine Jagdbeute übers Parkett in sein Zimmer zu schleifen. »Kann ich dir helfen?« Die Frage war scheinheilig. Der Alte schüttelte trotzig das weiße Haupt. Dennoch bückte sich Will und schob die Kiste von der anderen Seite. Sein Respekt vor modernen Paketbotinnen wuchs.

In seinem Zimmer richtete Karl sich auf, strich sich das

Haar aus dem verschwitzten Gesicht und sagte: »Danke, Willi.«

»Soll ich dir...« Wills Neugier war mitnichten gestillt. Das Paket schien von einem Privatmann aufgegeben worden zu sein, Karlheinz Braun stand auf dem Absender, der Handschrift nach ein weder sehr gebildeter noch sehr junger Mann.

»Wie ich schon sagte: Danke!«

Jedenfalls läßt sich der Alte keine Plastik-Barbie von Beate Uhse schicken, dachte Will und fragte sich, wie lange er selbst wohl den frauenlosen Zustand ertragen würde ohne – na ja: Gegenmaßnahmen.

In der Zwischenzeit waren die Spaghetti weich gekocht – windelweich. Und die Bolognese war angebrannt, was gut so war, da mußte man nicht nachwürzen. Will aß und schwieg. Dafür, daß sein Vater das Kochen erst nach dem Tod seiner Frau hatte lernen müssen, verdiente der Alte eigentlich ein Lob.

»Schmeckt hervorragend, Vater.«

Karl brummte zufrieden und schnitt sich eine weitere Portion Spaghetti klein. Will goß sich vom Rotspon seines Vaters ein. Mittlerweile war es ihm fast egal, was er trank.

Du läßt nach, Will, dachte er, als er nach dem Essen mit dem Alten auf dem Balkon stand und die Zigarette rauchte, die Karl ihm angeboten hatte. Billigen Rotwein trinken und Zigaretten rauchen – das war der Anfang vom Ende. Immerhin war der Ausblick spektakulär: Man sah von hier aus auf die hellerleuchteten Spitzen der Türme von Commerzbank und Helaba, in denen gelbe Wolkenfetzen hingen. Die beiden Feen, dachte Will. Die böse und die gute, wobei er sich nicht entscheiden konnte, welche was war.

Karl sog andächtig an seiner Kippe und starrte in den

Nachthimmel. Ob er an die Zeit dachte, als noch keiner der Bankentürme die Sicht versperrte? Damals hatte er seinem Sohn lange Vorträge über Freiheit und Kapitalismus gehalten, die wenigen Male, die Will noch nach Hause kam – und auch das nur seiner Mutter wegen.

Der freie Himmel war nicht gemeint. Niemand trauerte dem ungehinderten Blick auf den Horizont weniger nach als Karl Bastian. Die Hochhausskyline Frankfurts war sein ganzer Stolz. Die Zwillingstürme der Deutschen Bank, das erste wirklich große Hochhaus Frankfurts – das war die Verwirklichung seines Lebenstraums gewesen. Und sein Sohn, ausgerechnet sein Sohn, wohnte damals in einem der Häuser, deren Bewohner nichts Besseres im Sinn hatten, als diesen Symbolen von Freiheit und Kapitalismus im Weg zu stehen. Die *er* baute, mit Herzblut, wenn auch nicht mit den eigenen Händen. Karl Bastian persönlich.

Unmengen Tonnen Stahl. Unvorstellbare Mengen Beton. Karl Bastian hatte für seine Firma ganze Flotten von Transportbetonlastern organisiert, die rund um die Uhr ihr flüssiges Unheil in die Fundamente entleerten. Will hatte die Zahlen noch heute im Ohr, die sein Vater damals herunterzubeten pflegte bei jedem Besuch. Und er hörte noch immer das Geräusch der riesigen Rammen, mit denen man die Anker für das ungeheure Bauwerk ins Erdreich rammte. Keiner seiner Freunde hätte damals zugegeben, daß diese männliche Gewalt faszinierend sein konnte. Davon schwärmte die ältere Generation. Einer wie sein Vater.

Karl Bastian machte in Beton, nein: Er *war* Beton. Er war all das, was man in den 80er Jahren bekämpfte, wenn man jung war und für die Friedensbewegung eintrat: ein autoritärer Sack im falschen Beruf. Will kannte die Familienlegende in- und auswendig, sein Vater hatte sie immer wieder erzählt, als ob er sein Glück nicht glauben konnte. Wie er nach Krieg und Gefangenschaft bei einem Bauunternehmer untergekommen war. Wie in den 50er Jahren Geschick und glückliche Umstände dem Sohn dieses Mannes zu einer der märchenhaften Karrieren verhalfen, die nur in der deutschen Nachkriegszeit möglich waren. Wie Karl, der als Lagerarbeiter begonnen hatte, immer dabei war beim unaufhaltsamen Aufstieg des unwesentlich jüngeren Mannes, den er Hänschen nannte. »Wir haben diese Stadt wieder aufgebaut«, pflegte er zu sagen bei sonntäglichen Spaziergängen durch Frankfurt, die Will als Kind inbrünstig gehaßt hatte. Und manchmal sagte er nicht »wir«, dann sagte er »ich«. Eben, hatte Will schon damals gedacht. Leider.

Sie stritten sich, seit er dreizehn war. Der Streit zum Abschied war nur der vorerst letzte in einer langen Reihe unglücklicher Momente, unter denen Marga am meisten litt.

Damals hatte er sich dem alten Betonkopf haushoch überlegen gefühlt. Heute war er sich nicht sicher, ob der Alte nicht etwas gespürt hatte. Etwas geahnt hatte von dem Drama, auf das Will und seine Freunde zusteuerten.

Nach der Zigarette zog Karl sich in sein Zimmer vor die Glotze zurück. Will setzte sich vor den Schreibtisch und versuchte seine Gedanken zu ordnen, merkte aber bald, daß er doch nur wieder an die Zimmerdecke starrte. Der Wasserfleck erinnerte an ein malignes Melanom – äußerst bösartig und schnell wirkend. Es schien zu wachsen, während er nach oben starrte und der Fernseher nebenan immer lauter plärrte. Er war vom Regen in die Traufe geraten – die Familie Wagner konnte kaum schlimmer sein. Irgendwann hielt er es nicht mehr aus und ging hinüber. Von Karl sah man nur das weiße Haar, das über die Lehne des Ledersessels stand wie der Bürzel einer Gans. Er stellte den Fernseher leiser und nahm dem selig schlummernden alten Herrn das halbvolle Weinglas aus der Hand, das er noch immer fast senkrecht hielt.

In der Ecke neben dem Kleiderschrank stand das geöffnete Paket. Will lugte in den leeren Karton. Der Geruch, der daraus aufstieg, erinnerte ihn an feuchte Kellerräume. An Rost und zerbröselnden Putz. Was ließ der Alte sich schikken? Sein Blick wanderte durchs Zimmer. Nichts war zu sehen, was nicht schon vorher dagewesen wäre oder was zu dem Karton paßte. Sein Blick ging zum Fernseher. Auf dem Bildschirm weinende Frauen. Wütend schreiende Männer. Tief fliegende Hubschrauber, Uniformierte mit Schutzschilden. Die Tagesschau war längst vorbei, es mußte sich um irgendeine andere Nachrichtensendung handeln.

Und dann ... Offenbar ein Trauerzug, der sich durch ein verschlafenes Dorf bewegte. Will stellte den Ton wieder lauter. Eine Stimme aus dem Off erzählte etwas von einem tragischen Unglück. Alte und junge Frauen und Männer, dazwischen ein paar junge Kerle mit Motorradhelm und Palästinensertuch. Die Köpfe der Menschen senkten sich, einige schlossen die Augen, faßten einander an den Händen. Andere schienen zu beten.

Eine Schweigeminute, die der Kommentator aus dem Off mit Erklärungen überbrückte. Ein junger Demonstrant – wogegen? Das hatte Will nicht mitgekriegt – hatte sich an Eisenbahnschienen gekettet und war von einem Zug überfahren worden. Der Mann verlor beide Beine.

Auf dem Bildschirm sah man die Polizei anrücken, sie bildeten einen Kessel um die Demonstranten. Aus einem Lautsprecherwagen dröhnte blechern die Aufforderung, freiwillig und friedlich zu gehen. Dreimal. Wie es sich gehört. Einige

Demonstranten riefen durch ein Megaphon. Andere, vor allem Ältere, gingen.

Will stand auf. Er wußte ja, was kam. Das, was immer kam. Dann schaltete er den Fernseher aus.

Es hatte sich wenig geändert seit damals. Die gleichen Rituale, die gleichen Schlachten, die gleichen Legenden. Die gleichen Kämpfe zwischen Vätern und Söhnen, die den Alten vor allem eines verweigern wollten: ihr Recht auf Ewigkeit.

Vor fünfundzwanzig Jahren kämpften die Söhne gegen die Väter in Brokdorf, auf Friedensmärschen, in besetzten alten Häusern, gegen die Startbahn West. Gegen Männer wie Karl Bastian, die nach der Unsicherheit der Kriegsjahre sichere, stabile, unverrückbare und vor allem blitzblank saubere Verhältnisse schaffen wollten. Sicherheit und Stabilität bis in alle Ewigkeit. Verhältnisse aus Beton mit dem Charme und der Langlebigkeit von Reptilien.

Will jedenfalls würde nichts hinterlassen. Kein Kind, keinen Baum, wahrscheinlich noch nicht einmal ein Buch. Nichts, auf das er zeigen konnte, kein »Das ist von mir«. Man kann das, dachte er und grinste unwillkürlich, auch als Wiedergutmachung sehen.

12

Sie standen am Empfang und unterhielten sich mit Johanna Maurer, zwei Männer, der eine vielleicht Anfang dreißig, der andere älter. Als sich alle drei zugleich umdrehten und ihr entgegensahen, wußte Dalia Bescheid. Dennoch sank ihr das Herz in die Magengrube.

»Interessant, was man über Sie erfährt, Dalia.« Die Maurer lächelte, fast heiter sah sie aus.

Dalia hob die Schultern, ließ sie wieder fallen und sagte erstmal nichts.

»Kriminaloberkommissar Deitmer«, sagte der Ältere und hielt ihr einen Ausweis hin. »Und das ist mein Kollege, Gert Gieseking.«

»Wir brauchen Ihre Hilfe, Frau Sonnenschein«, sagte der Jüngere. Das sagen sie immer. Dalia blickte zum Empfang hinüber. In Milans Gesicht sah sie bestätigt, was sie gestern schon befürchtet hatte: Er mißtraute ihr. Taten das jetzt alle? Johanna Maurer lächelte noch immer.

»Ich – habe Dienst jetzt«, sagte Dalia lahm.

»Gehen Sie nur, Kindchen. Es ist wichtiger, bei den Ermittlungen zu helfen.« Hörte sie richtig? Die Chefin wurde ironisch!

»Ich habe schon alles gesagt. Ich habe dem nichts hinzuzufügen.«

»Das können wir sicherlich besser beurteilen, Frau Sonnenschein.« Der Ältere hielt ihr die Tür auf.

»Sie können in den Konferenzraum im ersten Stock links gehen«, rief Milan ihnen hinterher.

Dalia war mulmig zumute, als sie mit den beiden Bullen vor dem Aufzug stand. Mama hatte sich damals bei der ersten Vernehmung vor Angst in die Hose gemacht. Das konnte ihr nicht passieren, aber sie spürte ein verdächtig flaues Gefühl in der Magengrube.

Im Konferenzraum standen hellblau bezogene Stühle um einen ovalen Tisch.

»Setzen Sie sich doch, Frau Sonnenschein«, sagte Gieseking und versuchte sich an einer einladenden Geste. Sie setzte sich mit dem Rücken zur Tür. Vollautomatisch fuhr ihr Finger über einen dunklen Fleck in der rechten Ecke des Tischs. Eingebrannt, wahrscheinlich von einer Zigarette. Das ließ sich nicht mehr entfernen.

»Du hast die Putzfrauenkrankheit«, hatte der Mann gespottet, mit dem sie ein paar Monate lang zusammengewesen war, damals in Alzenau. Natürlich. Sie sah jedes Staubflöckchen und jeden Fettfleck und war es gewohnt, daß die Kloschüssel fabrikneu aussah. Das legt man nicht mehr ab, nach all den Jahren, aber Henry hatte es irritiert, daß sie auch in seiner Wohnung mit dem Ärmel über das Polster fuhr, bevor sie sich in den Sessel fallen ließ. Henry hatte ihr Wotan geschenkt, als sie sich trennten. Die Begründung war typisch Henry – »nur ein Hund ist ergeben genug für dich« –, aber Wotan hatte sie ihm nie vergessen.

Deitmer machte den scharfen, Gieseking den lieben Bullen. Die Angelegenheit dauerte eineinhalb Stunden, weil insbesondere Deitmer sich Mühe gab, jede Frage an sie in möglichst vielen Varianten zu wiederholen. Dalia rettete sich in die Vorstellung, daß die beiden sich beim täglichen Bohren dicker Bretter entsetzlich langweilten.

»Sie haben also bei der Firma Neuwirth GmbH und Co KG geputzt. In Bramsche. Mindener Straße 132.«

Ja. Natürlich. Das alles war aktenkundig.

»Sie werden beschuldigt, den Prokuristen der Firma, Herrn Herbert Sager, verleumdet und erpreßt zu haben.«

Bramsche hatte sie selbst verbockt. Sie hatte den Prokuristen falsch eingeschätzt – der stand lieber zu seinen kleinen Betrügereien, als sein Scherflein zu ihrem künftigen Lebensunterhalt beizutragen, wie andere anständige Männer es vor und nach ihm taten.

»Kommen Sie, Dalia, das ist doch nicht das erste und einzige Mal gewesen, oder?«

Dalia? Was nahm der Kerl sich heraus? Dalia senkte den Kopf und versuchte, sich ihre Wut nicht anmerken zu lassen. Immer schön schüchtern und unterwürfig bleiben.

Gieseking verlas eine erstaunlich komplette Liste der Putzstellen, die sie in den letzten fünf Jahren angetreten und genutzt hatte.

Sie leugnete alles. Sie weinte ein bißchen. Sie zeigte für Bramsche Reue, Reue und nochmals Reue.

»Haben Sie vielleicht …«

Jetzt kam die Frage nach Marcus Saitz. Aber sie war ja noch gar nicht so weit gewesen, ihm die Daumenschrauben anzulegen. Dalia bestritt auch nur die Absicht oder gar den Versuch.

Endlich gaben die Bullen auf. Ihr zitterten die Knie, als sie den Konferenzraum verließ, jovial begleitet von den beiden Männern, die ihr zur Auflage machten, den ermittelnden Behörden auch weiterhin zur Verfügung zu stehen. Sie waren ihr auf der Spur, so viel war klar. Und einfach abhauen ging auch nicht, kein Gedanke daran, ihre Siebensachen zu packen, Wotan an die Leine zu nehmen und den Ort zu wechseln.

Für ein paar Sekunden hatte sie Angst – ein Gefühl, das sie sich eigentlich schon vor Jahren abgewöhnt hatte.

Johanna Maurer trug nicht zu ihrer Beruhigung bei. Als Dalia Stunden später bei der Pollux Facility Management GmbH vorsprach, begrüßte man sie am Empfang wie immer. Die Sekretärin meldete sie sofort bei der Chefin an, ohne das Gesicht zu verziehen. Und die Chefin selbst lächelte ihr verschwörerisch entgegen.

»Ich habe Sie doch richtig eingeschätzt, Dalia«, sagte sie und hielt ihr die Hand hin, bevor sie ihr den Besuchersessel zurechtrückte.

»Sie werden mir kündigen wollen, ich verstehe das, ich kann auch sofort aufhören, es macht wirklich gar nichts …« Sie verhaspelte sich. Aber sie wollte nur eines: raus hier und nie wieder das Haifischlächeln der Dame da hinter dem Schreibtisch sehen.

»Warum sollte ich Ihnen kündigen? Noch gilt für Sie die Unschuldsvermutung. Danke, Verena.« Die Sekretärin war hereingekommen und stellte das Tablett mit der Teekanne und den beiden Tassen in Reichweite.

»Richtig ist nur, daß Sie im Bankhaus Löwe nicht weiter arbeiten können. Es hat sich bereits herumgesprochen, daß Sie von der Polizei verhört worden sind. Und Sie wissen doch, wie beschränkt manche Weiber sind: Gül und Marija wollen nicht mehr mit Ihnen zusammenarbeiten. Weil Sie Saitz gefunden haben, gelten Sie als vom Tode berührt.«

Johanna Maurer machte eine wegwerfende Handbewegung, sie hielt natürlich gar nichts von abergläubischen Weibern. »Sie wechseln die Schicht. Sie fangen Montag abend woanders an.« Die Maurer machte eine Pause und sah Dalia erwartungsvoll an. Dalia rührte keinen Gesichtsmuskel. »Wollen Sie wissen, wo?«

»Natürlich, Frau Maurer.« Sollte sie vielleicht »Danke, zu gütig« sagen?

»Bei der Staatsanwaltschaft. Da gibt es nichts zu erpressen. Treffpunkt sechs Uhr, Porzellanhofstraße, vor dem Eingang Gebäude C. Dragutin wird Sie einweisen.«

Die Maurer schien noch immer erwartungsvoll zu gucken. Endlich sagte Dalia, was die Frau offenbar hören wollte.

»Danke.«

Johanna Maurers Lächeln vertiefte sich. Das würde Dalia im Gedächtnis behalten in den nächsten Tagen. Dieses Lächeln.

13

1981

Marcus Saitz hatte Angst. Seit er es wußte, hatte er Magenschmerzen, jeden Morgen. Manchmal gab es kurz vor dem Aufwachen noch einen Moment der Unschuld, in dem er das heitere Gefühl hatte, alles sei gut und das Leben liege vor ihm wie ein sonnenbeschienener Fluß. Aber dann fiel es ihm wieder ein, und sein Magen zog sich zusammen, als ob eine Faust nach ihm griff und ihn zusammenquetschte.

Er sah nicht auf, während er sich die Zähne putzte. Er sah auch beim Rasieren nicht in den Spiegel, überprüfte nur mit den Fingerspitzen, ob der ungnädig surrende Rasierer auch alle Härchen erfaßt hatten. Er wollte sein Gesicht nicht sehen, die kurzsichtigen Augen und den Mund, der aussah, als ob er sich gleich zum Weinen verziehen würde. Er brauchte das bißchen Haltung, das er noch hatte. Heute mußte sie wieder ins Krankenhaus, und er hatte versprochen, sie zu fahren.

»Zwei Wochen, länger nicht. Kann ich dich allein lassen, Großer?«

Natürlich konnte sie. Er wäre fast wütend geworden. Andere in seinem Alter waren schon längst ausgezogen, nur er hockte noch in Ginnheim, in dem häßlichen Reihenhaus aus den 60er Jahren, ein Andenken an seinen Vater, der sich vor fünfzehn Jahren, wenigstens nicht ganz ohne Gegenleistung aus dem Staub gemacht hatte. Nicht er konnte nicht allein sein, *sie* wollte er nicht allein lassen.

In der Küche roch es nach Kaffee und Zigarettenrauch. Sie

saß schon am Tisch und zog an einer Zigarette, ganz käsig und hohlwangig sah ihr Gesicht aus, wie eine Totenmaske. »Bill Haley ist tot«, sagte sie. »Und mir geht's auch schon ganz schlecht.«

Marcus lächelte pflichtbewußt. »Hast du was gegessen?« fragte er.

Sie schüttelte den Kopf. Sie behielt kaum noch was bei sich seit einigen Wochen. Das Geräusch war schwer zu ertragen, wenn sie ins Bad lief und sich übergab.

Marcus schob den Brotkorb von sich weg, den sie auf den Tisch gestellt hatte. Die Butter war warm geworden und gelb an den Rändern. Es lohnte sich nicht, auch nur irgend etwas einzukaufen, wenn niemand mehr aß. In diesem Haus verging jedem der Appetit.

»Hast du gepackt?«

Sie nickte. Sie hatte schließlich Routine. Und jetzt hätte er wirklich fast geheult.

Vier Jahre lang hatten sie an das Wunder geglaubt. Vier Jahre lang tat Dorothea Saitz so, als ob sie gesund sei. Geheilt. Vier Jahre lang hatten sie beide die Zeichen übersehen, daß der Krebs noch lebte – und wie der weiterlebte und sich ernährte von ihrem schwachen Körper!

Marcus räumte die Butter wieder in den Kühlschrank und wickelte das Brot in Plastikfolie.

»Iß doch was«, sagte sie mechanisch, wie sie es immer sagte, »studieren ist Schwerarbeit.«

Er war zu Hause wohnen geblieben, obwohl seine Kommilitonen ungläubig guckten und die wenigen Mädchen, mit denen er ausging, mitleidig lächelten. Er studierte mit einer Verbissenheit, die ihm selbst manchmal peinlich war. Er ging abends ungern in die Kneipe, besuchte keine der zahllosen Veranstaltungen der Friedensbewegung und Atomkraftgegner, machte alle Seminarscheine rechtzeitig, ließ keine Vorlesung aus und ärgerte sich, wenn wieder mal ein Trupp von Typen in Lederjacken das Seminar sprengte und ihnen irgendein weltbewegendes Thema aufschwatzen wollten, das sie gefälligst zu beschäftigten hatte.

Er war ein angepaßter Spießer, na klar. Er mochte keine Jeans und keine Lederjacken und kein dummes Geschwätz. Nur die Haare schnitt er sich nicht, die langen Locken, die seine Mutter so liebte.

»Mutterfixiert« hatte ihn mal eine genannt, an deren Namen er sich nicht erinnerte.

Er konnte mit solchen Vokabeln nichts anfangen. Was hieß schon fixiert, wenn man eine Mutter hatte, deren Tage gezählt waren? Dorothea sagte »Tu mir den Gefallen«, und er tat, was sie wünschte. Es war ja nicht mehr viel Zeit dafür.

Auf der Rückfahrt vom Nordwestkrankenhaus hörte er Nachrichten. Bill Haley war tot, sie hatte recht gehabt. Die Karten für alle acht Konzerte von Pink Floyd in der Dortmunder Westfalenhalle waren ausverkauft, meldete die Nachrichtensprecherin mit Grabesstimme. Und der Februar 1981 war kalt und würde kalt bleiben.

Marcus hatte Angst. Vor den Besuchen im Krankenhaus. Vor dem Anruf, der womöglich irgendwann kam. Und vor dem Garten, in den sie im Herbst tütenweise Blumenzwiebeln gesetzt hatte, Krokusse und Narzissen und Tulpen, so, als ob sie sichergehen wollte, daß er sich noch an sie erinnerte, wenn es sie nicht mehr gab.

Dorothea Saitz hielt bis zu den ersten Narzissen durch. Der Anruf kam, als er nicht zu Hause war. Den Anrufbeantworter hörte er erst am nächsten Morgen ab, da lebte sie schon nicht mehr. Im Garten röteten sich die Spitzen der Tulpen.

Danach sah er die Welt nur noch in Schwarzweiß. Bis Will Bastian kam. Als Will ihn im Sommer das erste Mal mit an den Baggersee nahm, war Marcus' Haut bis zum Hals weiß wie ein Kinderarsch. Am Abend hatte er einen Sonnenbrand. Und eine neue Familie. Julius, der Kopf. Michel, das Gefühl. Max, die Empfindsamkeit. Will, das Herz, das er unter Melancholie zu verstecken versuchte.

»Ihr seid meine Familie«, sagte er irgendwann, als er schon ziemlich viel getrunken hatte. Er meinte das bitterernst. Seiner Familie ist man treu bis in den Tod.

ABER EINES ABENDS
WIRD EIN GESCHREI SEIN
AM HAFEN

1

»Die Kohlrouladen sind gut hier«, sagte Karl Bastian und schmatzte voller Vorfreude. Will konnte gerade noch ein Schaudern unterdrücken. Das Kaufhausrestaurant, bildete er sich ein, roch nach Königsberger Klopsen und 4711, nach Mottenkugeln in den Wintermanteltaschen und Taft Extrastark. Hier sahen 70jährige auch so aus. Der einzige Jüngere hieß Will Bastian, der »Nichts wie weg« dachte, kaum war er seinem Vater hierhin gefolgt.

Mit Ekel betrachtete er das senfbraune Tablett, das Karl ihm in die Hand drückte. Dennoch trottete er ihm hinterher, der wie ein witternder Fuchs an den Vitrinen vorbeistrich, in denen Kartoffelsalat in Remouladensauce braune Ränder ansetzte. Wie kam man mit Anstand hier wieder raus? Nur ohne. Die einsamen Damen mit den aufgeplüschten Haaren und die schweigenden Paare mit den schlechtsitzenden Gebissen hatten es nicht verdient, daß ein urbaner Loser wie er sich über ihr Geschick und ihren Geschmack erhob.

Resigniert fischte er sich eine Art Salat aus der Vitrine, während der Alte die Frau hinter dem Tresen beschwatzte, ihm ein gigantisches Schnitzel mit einer Extraportion zerkocht wirkendem Gemüse auf den Teller zu tun.

»Davon kriegste nix auf die Rippen«, kommentierte Karl das Gesundheitsessen seines Sohnes und ließ sich ihm gegenüber an einem Tisch nieder, der klebrig aussah und auf dem ein Topf mit einer Art Katzengras vor sich hin welkte.

Man hatte hier einen Hang zu Gummibäumen und falschem Buchs und zu aufgesetztem südländischen Flair.

Will antwortete nicht. Er war ja selbst schuld. Sein Vater konnte im Grunde nicht kochen, und Will, der Mann, der in Veras Küche den Ruf eines abgefeimten Meisterkochs genossen hatte, wollte nicht kochen. Nicht in dieser Küche. Nicht in der Küche seiner Eltern, in der kein Messer scharf war und keine Pfanne brauchbar, in der die Hitze des Gas-Backofens nicht mehr regulierbar und der große Brenner gleich ganz ausgefallen war.

»Ich geh immer ins Kaufhaus«, hatte Karl fröhlich gesagt, als sich die Frage nach einer gewissen Grundernährung stellte. Will hatte in einem Anfall von Neugier ja gesagt. Das hatte er nun davon. Ein Trost jedenfalls blieb ihm: Wenn er lediglich seinem Vater die Treue hielt, würden ihm eheliche Szenen wie die am Nebentisch erspart bleiben.

»Hast du an Besteck gedacht?« Frau an Mann. Der grunzte zur Antwort, erhob sich schwerfällig und holte sich welches.

»Beklecker dich nicht wieder.« Frau an Mann, dem vor Schreck über ihre scharfe Stimme das Stückchen Putengulasch von der Gabel rutschte und in die Sauce auf dem Teller klatschte.

»Deine Pillen.« Frau an Mann, lauter. »Nun trink doch was dazu.« Der Mann grunzte wieder.

Will wäre am liebsten aufgestanden, hätte sich vor den griesgrämig kauenden Alten postiert und »Schluß mit der Erniedrigung und Beleidigung wehrloser älterer Herren!« gerufen.

»Willi! Was starrst du denn so?« Karl blickte ihn tadelnd an. »Das macht man nicht.«

Natürlich nicht. Hier hatten alle klappernde Gebisse und zitternde Hände. Will versuchte sich seiner abfälligen Gedanken zu schämen und spießte zwei angetrocknete Gurkenscheiben auf die Gabel.

Sein Vater putzte in Windeseile den Teller leer, beäugte mißbilligend die Reste von Wills Salatsammlung und zeigte ihm dann, wie man das Tablett korrekt entsorgte.

»Was ist? Kommst du mit?«

Will nickte ergeben. Sein Vater hatte ihm auf dem Weg hierhin eine Strategie erläutert, die das Raffinement des ehemals leitenden Angestellten eines großen Bauunternehmens mit der Sparsamkeit eines Sozialhilfeempfängers vermählte: Er machte sich jede Woche mit den Sonderangeboten der Supermärkte und Kaufhäuser vertraut, merkte vor, welche Hose oder welcher Pullover ihn reizte, und wartete dann auf den Zeitpunkt, an dem die eh schon verbilligte Ware ein weiteres Mal herabgesetzt wurde.

»Aber dann!« sagte er mit leuchtenden Augen.

Will hatte mit einer Mischung aus Entsetzen und Bewunderung beobachtet, wie gezielt sein Vater morgens die Zeitung und die Postwurfsendungen analysierte, insbesondere die bunten Beilagen, wo »alles schweinebillig« war. Zu »Hammerpreisen«. »Jeder Preis ein Sonderangebot«. »Nimm vier – zahl drei«. »Geht nicht, gibt's nicht«. Karl Bastian wußte hundertprozentig, wo was gerade am günstigsten zu haben war – aus sportlichen Gründen, nicht etwa, weil seine Rente mehr nicht hergab. Zumal er auch noch eine stattliche Witwerpension erhielt, Marga war, als Lehrerin, schließlich Beamtin gewesen.

Nimm dir ein Beispiel, hatte Will sich gesagt. Spar dich reich! Aber ihm fehlten Talent und Neigung dazu. Noch langte sein Geld für die nächsten drei Monate – und bevor er von der Altersversorgung seines Vaters leben mußte, würde ihm schon was einfallen. Und wenn es Straßenmusik wäre.

Sein Magen murrte, während er seinem Vater die Rolltreppen hinunter folgte. Dies war nicht der Kosmos, in dem er sich länger als nötig aufhalten wollte. Zu seiner Erleichterung war die Windjacke bereits weg, auf die der Alte spekuliert hatte, man konnte also endlich raus aus diesem Einkaufsparadies, in dessen viel zu warmer Luft es nach Mensch roch, nach zu viel davon.

Als sie aus den Kaufhaustüren traten, schien eine kräftige Aprilsonne. Der Wind blies ihnen die senfverschmierten Pappteller vom Würstchenstand entgegen, während sie über die Zeil schlenderten. Karl grüßte mal hierhin, mal dorthin, als ob die größte Einkaufsmeile Deutschlands die Hauptstraße von Kleinkleckersdorf wäre. »Dem gehörte mal die Tankstelle an der Eschersheimer«, sagte er, oder: »Das ist der Seniorchef vom Schuhgeschäft Balthus, da sind wir früher immer hingegangen, du auch, erinnerst du dich noch?« Heute befand sich dort ein Laden mit Teenagermode, einer von viel zu vielen.

Will erinnerte sich nicht; er wollte sich nicht erinnern. Das war schließlich der große Vorteil der Großstadt: ihre Anonymität. Ihre Wandelbarkeit. Nichts war sicher, alles in Bewegung.

Heute wurde wieder abgerissen, was noch in den 60er Jahren als Höhepunkt der Baukunst galt. Und wenn man Glück hat, dachte Will, würde man auch den Abbruch des selbstverliebten Architektentraums noch erleben, der an dessen Stelle entstehen sollte. Weshalb es nur konsequent war, daß man das Thurn-und-Taxis-Palais in Frankfurts Mitte rekonstruieren wollte, das nach dem Krieg abgerissen worden war, um Platz für das Neue zu schaffen, das heute als veraltet galt. So war Frankfurt.

Nein, er suchte nicht nach Wärme und Heimat – oder

jedenfalls nicht hier. Frankfurt war die Stadt, aus der man sich am bequemsten entfernen konnte, weil nichts einen hielt. Deshalb konnte man ja auch bleiben. So wie er, der, wenn er nicht aufpaßte, zum Urgestein mutieren würde, wie schon Karl eines war.

Der Alte bot ihm großzügig an, ihn ins Museum für moderne Kunst einzuladen. Karl kam selbstverständlich kostenlos rein, ein Seniorenprivileg, dessen tieferer Grund Will entfallen war. Altersarmut konnte es jedenfalls nicht sein. Aber Will lotste den Alten zum Bauernmarkt auf der Konstablerwache.

Die triste Freifläche östlich vom Stadtkern, umgeben von einer eher charakterlosen Kaufhausarchitektur, für die Karl Bastian sich schamloserweise ebenfalls verantwortlich erklärte, wurde zweimal in der Woche zu einem der lebendigsten Orte, die Frankfurt aufzuweisen hatte. Früher hatte Will hier regelmäßig eingekauft, früher, als er noch kochte – so lange war das gar nicht her. Entsagungsvoll grüßte er den blonden Schäfer von der Herbertsmühle, die machten einen großartigen Ziegencamembert. Fast hätte er den Käse wieder dort gekauft, für heute abend, aber Karl bevorzugte ein gutes Stück Leerdammer aus dem HL. Und das war schließlich billiger.

Als sie beim Vogelsbergbauern angelangt waren, dem Stand mit den besten Bratwürsten des Marktes, ließ der Alte sich nicht lange nötigen. Da ging immer noch was rein in die Figur, sogar nach dem Riesenschnitzel im Kaufhausrestaurant.

Und zum Schluß ließ er sich zu einem Glas am Winzerausschank überreden. Zwei soignierte Frankfurter rückten an ihrem Stehtisch die Rotweingläser ein wenig zur Seite, damit Karl und Will die ihren dazustellen konnten. Hier standen überwiegend Menschen der Generation 50plus, der er sich mit Riesenschritten näherte und die das Geld und die Zeit hatten, sich schon am Nachmittag die Kante zu geben.

Die Zeit hatte er schon heute.

»Das machen wir jetzt öfter«, sagte Karl nach dem zweiten Schoppen.

»Von *deiner* Rente«, sagte Will.

»Wovon sonst?«

Karl war nicht mehr nüchtern, und Will wurde melancholisch. Das Leben schien gurgelnd davonzurinnen und mit einem letzten Seufzer wegzusacken. Erst nach dem dritten Glas Weißburgunder hob sich seine Stimmung langsam wieder.

2

Dalia Sonnenschein mochte keine Beamten. Die hatten nur Vorteile, wenn man sie heiraten wollte: sichere Pension, großzügige Krankenkasse, auch für Familienangehörige. Und deshalb war sie über Johanna Maurers Angebot, die Putzstelle zu wechseln, nur bedingt erfreut. Putzen bei den Frankfurter Staatsanwälten legte ja fast schon einen anständigen Lebenswandel nahe.

Nicht, daß es keine Handhabe gegen Staatsdiener gäbe – im Gegenteil: Schon ein Hauch von Vorteilsnahme konnte sie den Beamtenstatus kosten. Aber vom Erpressungsspielraum her ging es in der freien Wirtschaft ergiebiger zu. Beamte verdienten einfach weniger, waren meistens geizig und wahrscheinlich auch nicht phantasiebegabt genug, um den Vorteil zu erkennen, der in der einfachen Maßnahme bestand, ein bißchen Geld für viel Stillschweigen zu zahlen.

Sie musterte das Zimmer, in dem sie gerade stand. Zimmer 130. Hier hauste eine Staatsanwältin, Dr. Karen Stark, dem Türschild zufolge. Ein Sittenbild staatsanwaltlichen Diensteifers, dachte Dalia. Der Schreibtisch war völlig zugemüllt und es grenzte an ein Wunder, daß seine Besitzerin in diesem Chaos noch Platz gefunden hatte für eine Vase mit frischen Blumen. Wenigstens schien sie keine Kettenraucherin zu sein.

Dalia näherte sich vorsichtig dem zentralen Möbelstück des Zimmers, das in diesem Zustand wenigstens nicht geputzt werden mußte, wollte man nicht eine womöglich geheiligte

Ordnung zerstören. Auf der Tischplatte erhoben sich mehrere Haufen, deren Wichtigkeit man wahrscheinlich nach der relativen Nähe zum Schreibtischsessel bestimmen konnte. Vorne rechts lagen Akten und Laufmappen, hinten links Fachzeitschriften und Fotokopien, Kataloge und … Dalia hob mit spitzen Fingern die oberste Lage der Papierhalde hoch. Eine Frauenzeitschrift, zwei Jahre alt. Wahrscheinlich eine Nummer mit einer Diätempfehlung, das war so üblich bei Frauen.

Der PC lief noch, das war ebenfalls üblich. Bei Frauen. Und wahrscheinlich würde man das Paßwort unter der Computertastatur finden. Tatsächlich. »Crime«! Wie einfallsreich.

»Crime« also. Dalia bewegte die Maus und wartete, bis der Computer wieder hochgefahren war. Dann gab sie das Paßwort ein. Bingo. Das E-Mail-Programm enthielt einige interessante Unterordner – der eine hieß »Gunter«. Daß die Dame es nicht zu einem ordnungsgemäßen Ehemann und Kindern gebracht hatte, entnahm sie dem Fehlen von einschlägigen Fotografien neben dem Monitor. Also hatte sie einen Liebhaber. Obwohl Dalia normalerweise nur an den außerehelichen Beziehungen erpreßbarer Männer interessiert war, scheute sie sich nicht im geringsten, dem Liebesleben der Frau nachzuspionieren. Der Ordner »Gunter« war trostlos. Er schrieb spärlich, sie viel zu oft. Nachdem sie die dritte der E-Mail gelesen hatte, gab Dalia keinen Pfifferling mehr auf die Beziehung. Der Mann zog sich zurück, die Frau drehte am Rad – das war ein Spiel, das selten gut ging.

Dalia schloß das E-Mail-Programm wieder. Liebe hatte sie von der Agenda gestrichen. Liebe war bestenfalls schnell vorbei, im schlimmsten Fall viel zu schmerzhaft. Der letzte Mann, der ihr nähergekommen war, ein studierter Aushilfskellner aus Fulda, war nach einiger Zeit türeschlagend gegangen, weil sie »die Zähne nicht auseinanderkriegte«, wie er sich ausdrückte. Er konnte ja nicht ahnen, daß die Männer, denen sie etwas zu sagen hatte, damit keineswegs glücklicher waren.

Ob man wenigstens aus den Fällen etwas machen konnte, die so eine Staatsanwältin bearbeitete? Dalia öffnete einen der Aktendeckel. Sie erschrak, als sie sah, mit welchem Fall die Staatsanwältin befaßt war, fühlte sich ertappt, verfolgt, durchschaut. Bis sie merkte, daß es um alles andere ging als um die kleinen Erpressereien einer Putze aus Dietzenbach.

Es ging um Frauen aus Lettland ... aus Litauen ... aus der Ukraine. Um Schlepper. Um sexuelle Nötigung. Und um Löhne von schlappen 700 Euro im Monat. Dalia blätterte weiter. Sie erkannte die Namen der Konkurrenten von Johanna Maurer, aber Pollux war nicht dabei. Es beruhigte sie. Andererseits wäre ihr wahrscheinlich schon längst aufgefallen, wenn die Maurer Illegale beschäftigte. Sie bezahlte immerhin Tariflohn und war zwar eine unangenehme Type – aber das ist noch nicht kriminell. Dalia lächelte unfroh und blätterte weiter.

Es wurde offenbar auch gegen Hotelmanager ermittelt, die von Reinigungsunternehmen Schmiergelder verlangten für den Zuschlag bei lukrativen Putzaufträgen. Dalia ertappte sich dabei, wie sie den Kopf schüttelte, während sie weiterlas. Wenn Johanna Maurer keine Illegalen beschäftigte, konnte sie mit den Dumpingpreisen nicht mithalten, die andere Unternehmen anboten. Also ... Sie erinnerte sich, die Maurer einmal auf dem Weg zum Geschäftsführer des Bankhauses Löwe gesehen zu haben, mit einer Mappe unterm Arm. Hatte auch sie Schmiergelder gezahlt, damit sie den Putzauftrag behielt?

Als die Tür aufging, hätte sie fast den Stapel auf dem Schreibtisch ins Rutschen gebracht. Sie stützte sich mit dem linken Unterarm auf das fragile Gebilde und versuchte mit der rechten Hand, die Ordner wieder geradezurücken.

»Noch nicht fertig?« Die Maurer stand in der Tür.

»Der Schreibtisch ...« Dalia machte eine hilflose Geste.

»Lassen Sie den Sauhaufen so liegen und kümmern Sie sich um den Rest«, sagte Johanna Maurer knapp und zog die Tür wieder hinter sich zu.

Dalia wischte Staub, brachte die Waschgelegenheit auf Hochglanz und saugte den Fußboden. Dann verließ sie den Raum. Auf dem Türschild ein Zimmer weiter stand »StA Thomas Czernowitz«. Sie öffnete die Tür und trat ein.

Ein hübscherer Kontrast war nicht vorstellbar. Der Schreibtisch war aufgeräumt, der Terminkalender lag auf Kante und die Kaffeetasse schien bereits abgewaschen worden zu sein. Der PC war offenbar ausgeschaltet. Sie trat näher. Unter dem Monitor das übliche: Fotos. Aber die paßten nicht zu ihrer Vorstellung von einem braven Staatsdiener – das Foto einer teuer ausgestatteten Frau vor einem Haus, das luxuriös zu nennen eine Untertreibung war. Daneben das Foto eines braungebrannten Mannes vor einem Auto, das ebenfalls nach Kohle aussah. Dalia vermutete, daß es sich um den Staatsanwalt selbst handelte, der mit seinen Statussymbolen angab.

Thomas Czernowitz weckte ihr Interesse. Wer so viel Reichtum vorzeigte, lohnte sich – zum einen, weil er etwas hatte. Und zum anderen ... Sie öffnete die Schreibtischschublade und durchblätterte vorsichtig den Stapel Papier, der darin lag. Alles ordentlich. Nur eines war nicht ordentlich: die Finanzen des Staatsanwaltes. Fast hätte sie gepfiffen, als sie den Brief durchlas. Dieser hier hatte, wenn sie das alles richtig interpretierte, nichts mehr. Nein: Er hatte weniger als nichts. Aber auch daraus konnte man noch etwas machen. Wer auf so großem Fuß lebte, obwohl er pleite war, hatte Interesse daran, daß niemand davon erfuhr.

Also Thomas Czernowitz, dachte Dalia und lächelte. Die Zeit für einen anständigen Beruf war noch nicht gekommen.

3

Draußen regnete es. Will versuchte sich auf eine Aufgabe zu konzentrieren, der er schon seit Tagen auswich. »Wenn du unbedingt weiter aufräumen willst, dann guck mal in den Schrank im Wohnzimmer, Willi«, hatte sein Vater gestern nach dem Frühstück gesagt. Will hatte das Gefühl, diese Szene schon einmal erlebt zu haben – mit Vera, die ihm eine Aufgabe nach der anderen zuschob, weil er, wie sie annahm, ja sowieso nichts Besseres zu tun hatte. Das schien auch sein Vater vorauszusetzen. »Die Unterlagen deiner Mutter werden dich vielleicht interessieren. Und dann nimm dir meinen Kleiderschrank vor, da hängen noch ihre Sachen.«

An den Kleiderschrank seiner Eltern hatte er sich gestern schon gewagt. Es roch nach den Anzügen seines Vaters, in denen Zigarettenrauch hing und Essensdunst. Will war froh, daß ihm nicht der Duft seiner Mutter entgegenströmte. Schlimm genug, daß er sich an die Kostüme erinnerte, die sie immer trug, wenn sie zur Schule ging. Sie hielt nichts von Jeans und Pullovern, die jüngere Kolleginnen bevorzugten: »Ich bin ihre Lehrerin, nicht ihr Kumpel.«

Will hatte den Kleiderschrank gleich wieder zugemacht. Sein Vater schaffte es seit Jahren nicht, sich von dem zu trennen, was ihn jeden Tag an sie erinnern mußte – und jetzt sollte der Sohn ran? Ausgerechnet. Er war wie wahrscheinlich alle Söhne: Er hatte seine Mutter abgöttisch geliebt und seinen Vater – na ja: er hatte ihn übersehen, im besten Fall.

Was bleibt vom Leben eines Menschen? Nichts als Asche – oder gutgenährte Würmer.

Oder das, was Marga noch zu ihren Lebzeiten sorgfältig in der Anrichte im Wohnzimmer verstaut hatte. Will öffnete die beiden Türen weit. Auf dem mittleren Regalbrett lag ein Stapel von verblaßten Gebrauchsanweisungen für Geräte, die es längst nicht mehr gab im Haushalt seines Vaters. Will legte den Stapel beiseite. Das konnte man wegwerfen. Auf dem obersten Regalbrett lagen Briefe. Er hob Päckchen für Päckchen heraus. Die meisten hatte seine Mutter mitsamt den Umschlägen aufbewahrt, für jeden Absender ein eigenes Bündel. Die Briefe, die mit einem roten Geschenkband zusammengebunden waren, stammten von Will. Sie mußte jede schriftliche Äußerung von ihm gesammelt haben, auch die kindlichen Zeichnungen und Gedichte, die er ihr einst gewidmet hatte. Will spürte eine sanfte Hitze im Gesicht. Der Gedanke daran war ihm peinlich und rührte ihn zugleich.

Auf dem Bord darunter stapelten sich Ordner und Dokumentenmappen. Er griff eine heraus. Marga Bastian hatte die Geschichte ihrer Krankheit aufgeschrieben und mit allen ärztlichen Unterlagen sorgfältig geordnet und abgelegt. Selbst darin war sie noch penibel. Will spürte, wie ihm die Kehle eng wurde. Aber zu flennen begann er erst, als er in einer Ecke einen kleinen, prall gefüllten Ordner fand und ihn aufschlug. Lottoscheine, ausgefüllt in der klaren Handschrift seiner Mutter. Sie hatte jede Woche gespielt und alle Scheine aufgehoben.

Will wischte sich die Tränen aus den Augenwinkeln. Sie mußte nicht auf Glück im Spiel hoffen, sie hatte alles, was sie brauchte – und das Leben, das sie viel zu früh abgeben mußte, gewinnt man nicht im Lotto. Sie hatte unter Garantie nur für ihn gespielt, für ihren nichtsnutzigen Sohn, der sich mit brotloser Kunst abgab. Er stellte den Ordner zurück und griff nach unten, dahin, wo die Fotoalben und Tagebücher lagen.

Im zweiten Fotoalbum blätterte er, bis er es nicht mehr aushielt. Will auf dem Arm seiner Mutter, nach der Geburt, sie war ganz bleich und durchsichtig auf dem Foto. Will an Mutters Hand, Will mit Schultüte, Will vor seiner ersten Reise allein. Und Marga, die zum Schluß wieder so durchsichtig aussah wie zu Anfang. Sie war erst 71, als sie starb und hatte bis fast zuletzt so getan, als ob sie ewig leben würde. Will erinnerte sich an die heftigen Debatten, als sein Vater sie zu einer Weltreise überreden wollte. »Meine letzte Reise? Die trete ich allein an«, hatte sie gesagt und versucht zu lächeln dabei.

Will klappte das Fotoalbum zu. Er glaubte zu wissen, was sich gehörte. Oder was sich nicht gehörte. Es paßte jedenfalls nicht, daß Karl Bastian mit seinen fast 83 Jahren das Leben in vollen Zügen genoß, während sein Sohn, fünfunddreißig Jahre jünger, zu Hause saß und in Fotoalben blätterte. Und *Erinnerungsarbeit* leistete.

Vera hätte das gut gefunden. Vera machte sich ja immer Sorgen, wenn man sich nicht genug um das kümmerte, was sie unter der Überschrift »Das wichtigste Betriebskapital bist du selbst!« abhandelte. Es war ihr zuzutrauen, daß sie just in diesem Moment liebevoll an ihn dachte und sich fragte, wie es ihm wohl erging ohne sie.

Nicht so gut, um ehrlich zu sein.

Bei ihm tickte zwar keine biologische Uhr, und Männer, hieß es, kriegen ja irgendwie immer eine Frau ab. Aber er hatte dennoch das Gefühl, daß etwas zu Ende gegangen war mit dem Auszug aus der gemeinsamen Wohnung, aus der er nicht viel mehr als einen Korkenzieher mitgebracht hatte, den er nicht mehr brauchen würde, wenn er weiterhin den billigen Roten seines Vaters trank – der hatte Schraubverschluß.

Ein Lebensabschnitt war zu Ende, in dem er sich noch eingebildet hatte, es würde stetig vorwärtsgehen. Das Leben schien in Bewegung, alles war möglich – jetzt noch diese Hürde nehmen, schnell noch jenen Widerstand überwinden, und dann …

Und dann.

Und dann – was? Der Moment war niemals gekommen, in dem er sich hätte zufrieden zurücklehnen können, weil er erreicht gehabt hätte, was erstrebenswert war. Das lag zum einen daran, daß er nie recht gewußt hatte, wonach er eigentlich streben sollte. Und zum anderen …

Ich bin schon lange steril, Vera, dachte er.

Er sah keine Zukunft vor sich und blickte noch nicht einmal auf eine interessante Vergangenheit zurück. Wenn es hochkam, schlug er sich durch, mehr schlecht als recht. Ohne Lottogewinn. Er spielte gar nicht erst.

Vera würde sich in ihren schlimmsten Befürchtungen bestätigt sehen, wenn sie sehen könnte, wie er mit seinem Vater abends auf dem Balkon saß, den Roten aus Wassergläsern trank und Karls Zigaretten rauchte. Ja, er rauchte wieder, noch schnorrte er bei dem Alten, aber bald würde er sich die erste eigene Schachtel kaufen. Dann würde er schon nachmittags eine rauchen, nicht mehr auf den Abend warten. Dann die erste vor dem Mittagessen. Dann nach dem Frühstück. Und dann …

Sechs Jahre Verzicht vergebens. Er hatte sich die Kippen unter Qualen abgewöhnt, damals, in jenem leuchtenden Frühjahr, als er bei Vera einzog. »Wenn du den Gilb in den Gardinen fürchtest – ich kann ja draußen rauchen«, hatte er großmütig angeboten. Arbeiten, ohne regelmäßige Nikotinzufuhr? Unmöglich. Journalisten rauchen nun mal, auch die vom Lokalteil, das gehört zum Berufsbild.

»Ich mag nicht, wie du riechst nach acht Stunden im Büro und all der Raucherei.« Sie hatte ihm den Hals geküßt. »Ich will *dich* riechen, sonst nichts.« Er hatte das damals unwiderstehlich gefunden und eines Nachts um Mitternacht in einem feierlichen Ritual die letzte Schachtel Marlboro im Main versenkt. Sie war seiner Erinnerung nach die erste und einzige Frau, der er ein solches Opfer gebracht hatte.

Aber jetzt ... diese paar Minuten abends auf dem Balkon – schweigend trinken, Rauch in den Nachthimmel pusten ... Es gefiel ihm. Es machte weich und vertraut. Er hatte mehr als einmal daran gedacht, Karl zu fragen nach – na ja: nach was? Wer bist du, Vater? Hast du Marga geliebt? Und wer war sie, die meine Mutter war?

Aber interessierte das den Alten überhaupt?

Will stand auf und verzog das Gesicht, während er die Teile zusammensuchte, die er für den DSL-Anschluß brauchte, eine Neuerung in Karls Wohnung, auf der er bestanden hatte.

Das war der Nachteil, wenn man sich erinnert: Man wird unweigerlich sentimental. Und obwohl er sich nie auch nur im geringsten für sein frühkindliches Dasein interessiert hatte, ganz zu schweigen von irgendwelchen Traumata, aus denen alle Welt irgend etwas ableitete, überfielen ihn Szenen aus der Kindheit neuerdings am hellichten Tag. Der kleine Will, der jeden Morgen Magenschmerzen hatte, wenn er in die Schule mußte. Der sich vor der Clique fürchtete, die die Klasse terrorisierte. Der den Musiklehrer, seinen einzigen Freund, quälte, nur weil die anderen es auch taten.

Er war ein trauriger kleiner Feigling gewesen, und daran hatte sich auch später nichts geändert.

Will Bastian kniete sich, mit der Taschenlampe in der Hand, vor den Telefonanschluß in der vorderen linken Ecke seines Zimmers. Er wußte zwar nicht, was er tat, wenn er jenen Stecker in diese Buchse steckte. Aber alle Welt schien davon auszugehen, daß nichts leichter war, als sich den Zugang zur großen weiten Netzwelt selbst zusammenzustöpseln. Meistens endete ein solches Unterfangen in zahlreichen Fehlversuchen und entsetzlichem Frust, dennoch hatte er gehofft, es würde ihn ablenken von der ewigen Grübelei. Aber der Film ließ sich nicht anhalten.

Will beim Fußballspielen. Will mit gebrochenem Nasenbein. Will, das erste Mal besoffen. Will mit seiner ersten Freundin. Will nach dem Abitur. Will als Erstsemester.

Und dann …

Sein Hirn spielte ihm unablässig Bilder aus dem Sommer 1981 vor, einem Sommer, der im nachhinein aus Tausenden von warmen Nächten zu bestehen schien, aus Abertausenden von Worten und Berührungen und Augenblicken.

Die Fünf, wie sie sich nannten, obwohl sie bald sechs und schließlich sieben waren – nein, acht mit Jenny –, hatten den ganzen Sommer am Baggersee verbracht, hatten geredet und geschwiegen und waren einander nah gewesen. Geständnisse von Schwäche und Sehnsucht, später schweigendes Einverständnis. Und wenn niemand mehr etwas sagte und das Feuer niedergebrannt war und eine weitere Korbflasche leer, waren sie eingeschlafen.

Will erhob sich und sammelte die Verpackungen der elektronischen Teile ein, die er hoffentlich auf die einzig wahre und richtige Weise verbunden hatte.

Er spürte es wie damals in der Magengrube, dieses Gefühl einer überwältigenden Macht. Ein Gefühl wie die erste Liebe. Die endet immer tragisch.

»Und? Klappt's?«

Will hatte seinen Vater nicht bemerkt, der ihm über die Schulter schaute und nach Schlaf roch.

»Bist du im Netz?«

»Weiß noch nicht.« Will sah auf. »Willst du auch?«

Das Strahlen in Karls Gesicht verwunderte ihn. »Wenn ich darf?« sagte der Alte.

Wenn du kannst, dachte Will. Und wenn es geht. Er rief Firefox auf und starrte ungläubig auf den Bildschirm. Mit allem hatte er gerechnet – aber nicht damit, daß es funktionierte.

Er überließ seinem Vater den Stuhl vor dem Notebook. Karls Finger flogen über die Tastatur. Will wollte sich gerade wundern über die Zielstrebigkeit, mit der sich der Alte über den Computer hermachte, als das Handy klingelte. Thomas Czernowitz war dran.

Seltsam. Er ließ sich aufs Bett fallen. Es war nach acht Uhr abends, da rief man nicht mehr an als erwachsener Mensch. Da saß man beim Essen. Oder mit der Gattin vorm Fernseher. Die Zeiten waren längst vorüber, als man einander noch nach Mitternacht anrufen konnte, wenn man Liebeskummer hatte oder Probleme beim Job. Wann fing das an, daß sich seine Bekannten plötzlich so verhielten, wie es seine Eltern immer gepredigt hatten – Ruhe ist nach 20 Uhr die vornehmste Bürgerpflicht?

Als die ersten Kinder kamen, vermutete Will. Als die alten Freunde und Kollegen nicht mehr in die Kneipe konnten, weil sie die Kleinen zu hüten hatten, die Ehefrau besuchte eine Fortbildung oder war mit ihren Freundinnen verabredet. Und wenn sie dann einliefen, hatten sie schon gegen elf Uhr dicke Augen und gähnten – »Sarah weckt uns jeden morgen um fünf, du weißt ja«.

»Thomas! Was ist los?«

»Tut mir leid, daß ich dich störe, so spät noch.«

Aber mich doch nicht, hätte Will fast gesagt. Ich habe keine Kinder und keine Gattin und noch nicht einmal einen eigenen Fernseher.

»Ich würde gerne mit dir reden.« Czerno klang erstaunlich hilflos.

»Wann immer, wo immer«, sagte Will und kam sich großmütig vor.

Thomas lachte, verschluckte sich und sagte heiser »Danke.«

Die Midlife-crisis, dachte Will. Es trifft jeden.

Er hörte ein Geräusch, als ob jemand Thomas' Zimmer betrat. Che mußte die Hand auf den Hörer gelegt haben, denn er hörte nur ein gedämpftes »Ach, du bist es! Moment, ich telefoniere noch.«

Dann war Thomas wieder dran, er hatte plötzlich ein Lächeln in der Stimme. Sie verabredeten sich für morgen, 19 Uhr, im »Carpe Diem«, einer Kneipe in der Klingerstraße gegenüber vom alten Gerichtsgebäude, einem wilhelminischen Kasten aus Klinkern und Sandstein. Will legte das Handy beiseite und starrte an die Decke, die langsam zu seiner Lieblingsaussicht zu werden schien. Thomas hatte fast wieder so wie damals geklungen, viel weicher und weniger selbstgewiß – und ohne auch nur einen seiner dummen Witze zu machen. Wurde man so, mit dem Älterwerden? So nachgiebig, so durchlässig, so verletzbar?

Will seufzte auf. Irgend etwas mußte man doch haben vom Älterwerden außer Falten und Kraftlosigkeit, wenigstens ein bißchen Altersweisheit, Gelassenheit, inneres Gleichgewicht. Statt dessen plagten ihn immer noch die Selbstzweifel. Sogar Thomas hatte am Telefon verloren wie ein Erstsemester geklungen, ein Mann, der immerhin ein erfolgreiches Berufsleben vorweisen konnte, im Unterschied zu ihm.

Oder hatte ihn der Tod von Marcus so erschüttert? Das Leben ist endlich, dachte Will. Aber laß es nicht zu früh sein.

Er hörte Karl zufrieden brummen. Der alte Herr guckte lächelnd auf den Bildschirm des Notebooks, bewegte die Maus und drückte die Tasten mit Feingefühl und sichtbarer Könnerschaft.

Mein Vater, dachte Will. Ein Rätsel.

4

Sie ging jeden Abend zuerst auf den Balkon. Und jeden Abend stellte Karen Stark fest, daß nur noch die Schalen von den Erdnüssen übrig waren, die sie morgens in einen großen Blumenuntersetzer gelegt hatte. Nur die Tiere selbst ließen sich nicht mehr blicken, seit jenem Morgen, an dem sie der Anruf von Niels Keller vertrieben hatte. Auch das nahm sie ihm persönlich übel.

Sie zupfte gedankenverloren die Vogelmiere aus dem Blumenkasten, in den sie lila Petunien gesetzt hatte, eine Farbe, die sie eigentlich nicht mochte. Aber die Petunien dufteten, und sie hatte keine Zeit gehabt, sich nach ästhetischen Kriterien zu richten bei ihren wenigen Streifzügen über den Frankfurter Bauernmarkt. Und Gunter hatte sie schön gefunden. Aber fand er nicht alles schön, schon um gute Stimmung zu machen?

Jedenfalls waren die Eichhörnchen gekommen und wieder gegangen, hatten genommen, was sie ihnen bot, und zeigten darüber hinaus kein weiteres Interesse an einer Begegnung. Warum sie das so unendlich traurig stimmte, wußte sie nicht.

Karen streifte die Schuhe von ihren Füßen und tappte barfuß in die Küche. Ein Blick in den Kühlschrank machte ihr klar, daß sie ihr Leben ändern mußte. Du verkommst, dachte sie mit plötzlicher Bitterkeit. Du gibst dich auf. Und ausgerechnet aus einem Grund, der sich weder lohnt noch weiterhilft. Kein Mann mag es, wenn man sich für ihn aufgibt. Uralte lebenspraktische Weisheit. Dazu brauchte man keinen feministischen Grundkurs.

Man gibt sich nicht auf für einen Mann, basta. Auch wenn er Gunter Carstens heißt, schmale, weiße, unendlich zärtliche Finger hat, mit denen er Leichen seziert und einen berührt, wie keiner vor ihm. Und …

Nicht daran denken. An seine Bewegungen, an seine Berührungen. An seine Augen, an seine Zunge.

»Der Flug war ausgebucht. Dabei wünschte ich mir nichts sehnlicher, als endlich wieder bei dir zu sein …«

Und nicht schon wieder vor Sehnsucht heulen. Gunter hatte heute morgen so wie immer geklungen – ganz nah und ganz weit weg zugleich. Aber warum bildete sie sich plötzlich ein, er sei in Wirklichkeit nur nebenan? Seither kreisten ihre Gedanken nur um eines: Sie sah ihn zu Hause in seinem Wohnzimmer sitzen. Er war nie nach Chicago geflogen.

Es war ihr gleich aufgefallen, letzte Woche, als sie ihn zum Flughafen hatte bringen wollen. Er war nervös gewesen, hatte behauptet, der Flug gehe viel zu früh, ihm sei lieber, sie schliefe aus.

Sie war gerührt gewesen über seine Rücksichtnahme. Wenn es aber gar keine Rücksicht war? Wenn er einen anderen Grund hatte?

Immerhin lag noch eine Flasche Grauburgunder im Kühlschrank. Sie holte ein Glas aus dem Schrank und setzte den Korkenzieher an. Das bißchen, was sie heute nicht gegessen hatte, konnte sie auch trinken.

Der erste Schluck lockte nicht ihre Lebensgeister hervor, sondern erstaunlich heiße und bereitwillig fließende Tränen. Du bist überarbeitet, dachte sie. Du hast nichts gegessen. Du kriegst deine Tage.

Aber das war es nicht. Sicher, sie war die Elendsgeschichten leid, die bei ihr auf dem Schreibtisch landeten. Aber vor allem hatte sie ihr eigenes Elend leid. Entweder keine Liebe oder eine unglückliche – das schien die Grundmelodie in ihrem Leben zu werden. Unweigerlich. Und das ist langweilig, dachte sie und nahm einen weiteren Schluck. Entwürdigend. Und völlig, völ-lig un-nö-tig.

Zum hundertunddreiundsiebzigsten Mal verfluchte sie die Erfindung des Mobiltelefons. Nur Ahnungslose glauben, den anderen damit jederzeit erreichen zu können. Sie kannte mittlerweile alle Ausreden, die Männer erfinden, wenn sie gar nicht daran denken, erreichbar zu sein.

»Der Akku war schon wieder leer!«

»Es hat sich einfach ausgeschaltet, ich hab' das erst gar nicht bemerkt!«

»Da muß ich gerade im Funkloch gewesen sein, als du angerufen hast!«

Und wenn man endlich zu den Kerlen durchdrang, wußte man nicht, wo sie waren. Stand er wirklich auf einer verkehrsumtosten Kreuzung mitten in Berlin? Oder auf dem Balkon seiner Geliebten, womöglich hier in Frankfurt, zwei Häuser weiter? War er wirklich mitten in der Sitzung rausgegangen, um sie von der Toilette aus anzurufen? Oder war er zu Hause, im Badezimmer, um sich den Lippenstift der anderen Frau von der Wange zu wischen?

Sie war eifersüchtig, und sie wußte nicht, ob sie überhaupt einen Anlaß dafür hatte. Sie wußte nur, daß er ihr erzählen konnte, was er wollte, und daß ihr nichts blieb, als ihm zu glauben oder sich von Mißtrauen zerfressen zu lassen.

Kürzlich hatte sie ihn angerufen, etwas, das sie sonst vermied, schon um nicht hören zu müssen, er habe keine Zeit. Eine schläfrige Frauenstimme meldete sich mit einem aufreizenden »Jaaa?« Sie hatte in Panik das Gespräch unterbrochen und seine Nummer gleich noch einmal angewählt. Diesmal hörte sie die Ansage seiner Mobilbox, bei der er sich räusperte, bevor er seinen Namen sagte.

Sie hatte ihm nichts aufgesprochen, was hätte sie auch sagen sollen? Gunter, wenn ich dich anrufe, meldet sich eine fremde Frau?

Eifersucht ist dumm, sagte sie sich. Krank. Albern. Unwürdig.

Sie ging hinüber zum Fenster und sah hinaus, auf das Gebäude gegenüber. Es schneite. Noch nicht einmal der Frühling hielt, was er verspricht.

Da war diese Postkarte gewesen. Sie hatten samstags beim Frühstück gesessen, in seiner Wohnung. Er hatte die Zeitung geholt und die Post, und als er die Zeitung auf den Tisch legte, war eine Postkarte herausgefallen. Sie hatte nicht spionieren wollen. Aber sie konnte gar nicht anders als sie lesen. »Liebster …«, fing sie an.

Er hatte ihr die Karte aus der Hand genommen. »Ines. Die Gute«, hatte er leichthin gesagt. »Eine uralte Freundin.«

Eifersucht macht häßlich.

Karen leerte das Glas und ging hinüber in ihr Arbeitszimmer. Und das einzige, was gegen Liebeskummer hilft, ist Arbeit.

Aber sie konnte sich auf nichts konzentrieren. Irgendwie hing alles mit der einen, der einzigen Frage zusammen: Was macht die Liebe aus den Menschen? Thomas Czernowitz, zum Beispiel. Wenn es stimmte, daß er sich von seinem Freund Marcus Saitz Geld beschaffen ließ … Sie wußte, daß er im Börsencrash des Jahres 2000 reichlich Geld in den Sand gesetzt hatte. Sie wußte, daß seine Frau unersättlich war. Sie fand sie noch nicht einmal schön. Aber ein Mann wie Czerno schien alles aufs Spiel zu setzen, nur, damit eine anämische Blondine ihn nicht anschmollte.

Was will der Mann? Sie stellte sich die Frage nicht zum ersten Mal. Ein Abziehbild oder eine Verbündete?

Sie griff zum Schreibblock und zum Filzstift und begann ein Spiel, das ihr noch immer geholfen hatte, den Kopf klar zu kriegen. Hier, in diesem Kringel, stand Thomas Czernowitz, dort seine Frau, hier Marcus Saitz. Nach einer halben Stunde machte sie sich ernsthaft Sorgen um Che. Und um die Reputation der Frankfurter Staatsanwaltschaft.

Und die ging sie etwas an. Die Liebe konnte man nicht erzwingen. Aber der Beruf war ihr Leben.

5

»Carpe Diem«. Bestimmt war der Name witzig gemeint, und wenigstens hieß die Kneipe nicht »Zur letzten Instanz«, dachte Will, als er den Raum betrat. Viel Holz, viel schwarzes Leder, weiches Licht, dezente Loungemusik. Jedenfalls setzte der Name auf ein akademisches oder wenigstens gebildetes Publikum, womöglich auf all die armen Staatsanwälte, die bis acht, neun Uhr abends über Akten gebeugt in ihren Kämmerchen sitzen, bis sie fast erblindet sind, und auf die niemand zu Hause mit einem Abendessen wartet.

Will Bastian setzte sich an einen freien Tisch am Fenster, nachdem er dem Barkeeper zugelächelt hatte. Am Nachbartisch saß ein älteres Pärchen und hielt Hand – aber was hieß schon älter? Die beiden waren etwa so alt wie er. Und frisch verliebt. Oder – immer noch?

Will fragte sich nicht zum ersten Mal, wie wohl andere Menschen lebten und liebten. Leute, die anders waren als er, die Kinder hatten, Verantwortung übernahmen. Und nicht wegliefen, ein Vorwurf, den Vera ihm immer wieder gemacht hatte. Wie wäre sein Leben verlaufen, wenn er seine erste Freundin geheiratet hätte? Sie waren beide 18 gewesen, damals. Er war ihr erster Mann und sie seine erste Frau. Sie hätten zusammenbleiben können, Kinder kriegen, gemeinsam etwas aufbauen. Hätten sie sich satt, nach fast dreißig Jahren? Oder würden sie in der Gewißheit zusammen leben, daß nichts Besseres mehr kommt?

Will bestellte ein Bier, blickte aus dem Fenster den Passanten nach, versank in seinen Gedanken und wurde erst unruhig, als Thomas auch nach einer Stunde noch nicht erschienen war. Es waren nur ein paar Schritte vom »Carpe Diem« zu den Justizgebäuden, Thomas hatte es also nicht weit. Möglich, daß er aufgehalten worden war. Will ging vor die Tür und rief ihn an. Nach sechsmaligem Klingeln wurde der Anruf offenbar an den Pförtner weitergeleitet.

»Herr Czernowitz? Zimmer C 129 ... Der ist bei mir noch nicht vorbeigekommen. Der müßte noch da sein«, meinte eine interesselose Stimme.

»Aber er geht nicht an den Apparat.«

»Dann ist er vielleicht mal – na, Sie wissen schon.« Der Mann am Telefon lachte auch noch.

Will ging zurück und bestellte ein zweites Pils. Thomas war immer schon unzuverlässig gewesen. Oder – hatte man sich womöglich doch in Thomas' Büro verabredet? Alzheimer, dachte Will. Du hast ein Hirn wie Harzer Roller. Er trank aus, zahlte und ging. Das Wetter war umgeschlagen, vorhin hatte es geschneit, jetzt drisselte Graupel auf den feucht glänzenden Asphalt. Will hob die Schultern und stemmte sich in den nassen Wind.

Das Gerichtsgebäude war auf fast allen Fluren erleuchtet. Als sich eine Seitentür öffnete, aus der ein Mann einen Müllsack zog, schlüpfte er, dankbar für die Abkürzung, hinein und nahm die Treppe hoch zum ersten Stock. Oben wäre er fast mit einer türkisch aussehenden jungen Frau zusammengestoßen, die einen Wagen vor sich herschob, vollbeladen mit Papierhandtüchern und Klopapierrollen. Sie zeigte stumm zum linken Flur, als er sie nach Zimmer 129 fragte.

Vor einigen der Türen hockten graue Müllsäcke, die meisten Türen standen weit offen. Nur die nicht, neben der Thomas' Name stand. Er ist also tatsächlich noch da, dachte Will und drückte die Klinke hinunter.

Er sah erst gar nicht, daß jemand in der Tür stand, so klein war sie. Sie mußte die Tür im selben Moment wie er von innen geöffnet haben, jedenfalls standen sie sich plötzlich so nah gegenüber, daß sie sich fast berührt hätten. Er glaubte, ihren Duft zu riechen, eine Mischung aus Orangenblüten und Putzmittel. Ihre Augen waren groß und hatten eine seltsame Farbe. Grün? Gelb? Katzenaugen? Die kleine Person trug einen Pferdeschwanz, einen blauweißen Kittel, darunter Jeans. Sie hob die beiden Hände in den rosa Handschuhen, die linke zur Faust geballt, als ob sie nicht wußte, ob sie kämpferisch grüßen oder sich ergeben sollte.

»Entschuldigung«, sagte Will.

»Macht nichts.« Ihre dunkle Stimme paßte nicht zu ihrer Größe. »Ich hatte vergessen, daß ich erst das Sekretariat putzen wollte.«

Dann war sie an ihm vorbei. Er sah ihr hinterher und schob endlich die Tür ganz auf. Thomas war nicht in seinem Zimmer, natürlich nicht, sonst wäre ja die Putzfrau nicht schon hineingegangen. Lüften müßte man mal, dachte Will. Es roch nach verschmurgeltem Kaffee und Parfum. Auf dem Boden stand ein blauer Putzeimer. Als Will sich bückte, um den Eimer aus dem Weg zu stellen, sah er den kleinen glitzernden Gegenstand. Eine Art Amulett. Und dann sah er die Hand neben dem Gegenstand. Er atmete tief durch, richtete sich auf und ging langsam um den Schreibtisch herum.

Thomas lag auf dem Boden und rührte sich nicht. Sein Kopf war nach hinten gefallen, der Mund stand weit offen und die Augen … die Augen waren schmale Schlitze, hinter denen man Pupillen ohne Glanz sah. Will ging langsam in die Knie.

Das ist alles nicht wahr, dachte er und: Ein Arzt. Er braucht einen Arzt.

Seine Finger griffen nach dem Amulett. Ein fünfzackiger Stern, dessen Spitzen miteinander verbunden waren. Er hielt die Luft an und stieß sie dann geräuschvoll aus. Er kannte das Zeichen, es nannte sich Pentakel. Eigentlich nichts Besonderes: Jeder fliegende Händler hatte so was im Angebot, jeder anständige Esoterik-Shop bot Pentakel für alle Fälle an. Aber es konnte kein Zufall sein, daß eines neben Thomas' Leiche lag. Sie alle hatten damals ein Pentakel bei sich gehabt. Leo hatte dafür gesorgt – als Zeichen für ihre Verbundenheit.

Wills Gedanken jagten einander im Kreis. Was, wenn Leo zurückgekommen war und ... Aber warum? Und warum jetzt?

Draußen polterte etwas gegen die Tür. Er stand hastig auf, als ob er nicht gesehen werden wollte neben dem Toten. Er sollte die Polizei anrufen. Oder hinauslaufen und Bescheid sagen.

Er betrachtete das Amulett, das auf seiner Handfläche lag, steckte es in die Sakkotasche und beugte sich hinunter zu Thomas, um ihm ein letztes Mal die Wange zu streicheln. In diesem Moment wurde die Tür aufgerissen. Will sah hoch. Die türkische Putzfrau, der er vor dem Aufzug begegnet war, stand im Zimmer und hielt sich die Hand vor den Mund.

»Holen Sie die Polizei!« wollte er sagen, als sie zu schreien begann.

6

1981

Es war lausig kalt. Und wenn Vreni nicht darauf bestanden hätte, wäre er nicht mitgefahren. Mach das beste draus, dachte Thomas Czernowitz, und kuschelte sich in seinen gefütterten Parka. Als sie in den Sonderzug nach Hamburg gestiegen waren, hatte er nach dem Abteil gesucht, in dem die hübschesten Mädchen saßen. Und auf dem Busbahnhof in Hamburg hatte er sich sofort Gabi und Hans und die anderen ausgeguckt, schon weil sie bereits jetzt die Flachmänner kreisen ließen.

Nach einer endlosen Warterei, dadurch versüßt, daß er Vreni wärmen durfte, fuhren die Busse los. Als sie die Autobahn verließen und auf die Landstraße Richtung Wilster Marsch einbogen, hatte Thomas zum ersten Mal das Gefühl, an etwas irgendwie Großem teilzunehmen: Es ging nur noch im Schrittempo voran, vor ihnen und hinter ihnen eine endlose Schlange aus Bussen und Personenwagen. Als sie durch ein Örtchen namens Stördorf fuhren, grölte der ganze Bus.

»Wie viele wir wohl sind?« fragte Vreni. »Zwanzigtausend?«

»100 000«, sagte Hans, der das Ohr an einem kleinen Transistorradio hatte, und strahlte. 100 000 also hatten sich aufgemacht an diesem 28. Februar 1981, bei klirrender Kälte, um sich auf einer Baustelle in trostloser Einöde zu treffen. Wahnsinn, dachte Thomas.

Jetzt fuhren die Busse so langsam, daß man während der

Fahrt aussteigen und nebenherlaufen konnte. Erst stellten sich die Männer an den Straßenrand, um zu pinkeln. Dann hockten plötzlich die Frauen mit nackten Ärschen in der flachen Marschlandschaft, in der es weder Baum noch Strauch gab. Was für ein Anblick! Thomas nahm Vreni noch fester in den Arm.

Dann ging es nicht mehr weiter. »Alles aussteigen«, rief der Busfahrer, der aussah, als ob er ihnen Frostbeulen an den Hals wünschte.

Am liebsten wäre Thomas Czernowitz im Bus geblieben, mit Vreni und Gabi und Hans und den anderen, aber alles zog die Mäntel an, griff sich die Rucksäcke und strömte hinaus in die brutal kalte Luft, die selbst der strahlende Sonnenschein nicht erwärmte. Wie die Hasen hoppelten sie über Feldwege und verharschte Wiesen. Nicht mein Ding, dachte Thomas, half Vreni über Weidezäune und vereiste Gräben und hielt sie nach jedem Sprung länger im Arm als unbedingt nötig.

Je näher sie kamen, desto lauter kreisten die Hubschrauber über ihnen. Von ferne hörte man Trillerpfeifen und Sprechchöre, ein Feuerwerk aus Silvesterraketen und Signalpistolen zuckte über den Himmel und Vreni und Gabi und ein paar andere riefen »Atomkraft nein danke«. Thomas war durchgefroren, und er fragte sich langsam, wie sie eigentlich zurückkommen sollten aus dieser gottverlassenen Gegend. Er wußte jetzt schon nicht mehr, wo ihr Bus stand und ob der Busfahrer überhaupt auf sie wartete.

Und wo war denn nun die Baustelle dieses blödsinnigen Atomkraftwerks?

In das Geknatter der Hubschrauber und den etwas dünnen Sprechchor mischte sich plötzlich ein seltsamer melancholischer Laut, wie die Sirene einer alter Dampflok klang das, ein Sehnsuchtston, der Thomas frösteln ließ. Er blieb stehen und sah sich um.

»Da vorne!« Vreni stieß ihn in die Seite. Die Strahlen der kalten Sonne trafen auf etwas Goldglänzendes, das Blitze zurücksandte, weshalb Thomas nicht gleich erkannte, was die Gruppe von Demonstranten weit vor ihnen mit sich trug. Dem einen melancholischen Ton gesellte sich ein anderer hinzu, ein tiefer, röhrender Huster. Als ob ein Riese rülpst. Und dann drang ein satter Bläsersound zu ihnen herüber. Vreni und Gabi begannen zu laufen, die Männer sahen sich an, als ob sie ihre Weiber für verrückt hielten, und liefen hinterher.

Es waren mehr als zehn Personen, Männer überwiegend, die ihre Blasinstrumente in den kalten Wind hielten und ein Stück spielten, das Thomas kannte von der Platte, die Vreni auflegte, wenn sie in kämpferischer Stimmung war. Der Mann mit der Tuba beeindruckte ihn. Das Gerät mußte ganz schön schwer sein. Unten, am Knie des großen Blasinstruments, hatten sich Eiszapfen gebildet. Der Mann trug Handschuhe, von denen die Fingerspitzen abgeschnitten waren, so wie all die anderen mit den Saxophonen, Posaunen, Trompeten und Querflöten.

Es machte sogar ihm Spaß, hinter dem Trupp herzulaufen, wie die Kinder hinter dem Rattenfänger, obwohl er nicht den Eindruck hatte, daß sie dem Bauzaun näher kamen. Irgendwann – es mußte weit nach Mittag sein, Vreni klagte über die Kälte, und er hatte Hunger – flutete die Menschenmenge vor ihnen zurück. Jetzt mußten sie umkehren und zurücklaufen, um nicht niedergerissen zu werden von den Fliehenden, von denen einige klatschnaß geworden waren.

Wasserwerfer. In dieser Kälte.

Ihr kleiner Trupp lief mit der Stampede durchnäßter und

verstörter Demonstranten, bis irgendeiner »Hier geht's lang!« rief und sie sich einem kleineren Verband anschlossen. Wieder ging es im Stolperschritt über verharschte Wiesen und vereiste Feldwege. Vreni fing an zu weinen. Und Thomas wußte mit eisiger Klarheit, daß sie ihren Bus nicht wiederfinden würden. Er hatte blödsinnigerweise einen Schal und ein Buch auf dem Sitz liegengelassen.

Gegen Abend erreichten sie ein Dorf, »Kleinarentsee« stand auf dem Schild am Dorfeingang. Das Dorf war menschenleer, und eine Kneipe gab es bestimmt auch nicht. Alle lachten hysterisch, als sie ein Haus entdeckten, bei dem die Fensterläden noch nicht fest verschlossen waren. Im Lichtschein sahen sie eine junge Frau mit zwei Kindern am Küchentisch sitzen und Kartoffeln schälen. Weil Vreni so schön betteln konnte, chauffierte die Frau sie in einem nach nassem Hund riechenden Kombi bis Wilster.

In dieser Nacht schlief Thomas das letzte Mal mit Vreni.

Im Frühjahr verliebte er sich in Doro, obwohl sie nicht mit ihm ins Bett wollte. Eva wollte, aber mit der mochte Thomas nicht. Und dann traf er Jenny.

Jenny war die Frau, die er nie verlieren wollte. Aber er verlor sie, nur wenig später. Er tauschte Jenny gegen Will und Michel und Julius. Und er verlor sie an Leo, dem er das nie verzeihen würde. Der Sommer wurde Sehnsucht und unerfüllte Wünsche, und er endete mit Dauerlauf und Frühgymnastik. Und mit dem kältesten Winter, den Thomas je erlebt hatte.

7

Sie war heute morgen spät dran. Karen fühlte sich schuldbewußt, als sie die Kollegen auf dem Flur stehen sah. Viel zu lange und auch noch vergeblich hatte sie auf das Wiederauftauchen von A-Hörnchen und B-Hörnchen gewartet, nachdem sie schon um sechs vom Knuspern und Rascheln auf dem Balkon wach geworden war.

Als Karen näher kam, wunderte sie sich über die ernsten Gesichter. »Ist wer gestorben?« sagte sie spöttisch zu H_2O, der mitten auf dem Flur stand und den Kopf schüttelte in einer Parodie der Fassungslosigkeit.

»Es ist schrecklich.« H_2O sah sie vorwurfsvoll an.

»Was ist schrecklich?«

Manfred Wenzel nahm sie am Arm und ging mit ihr zur Seite. »Thomas Czernowitz ist gestern abend in seinem Büro tot aufgefunden worden.«

Fast hätte auch sie den Kopf geschüttelt. »Todesursache?«

»Aglaia hat ihn sich in der Nacht noch vorgenommen. Er ist erwürgt worden. Kompression der Carotiden, Kehlkopfbruch. Auf den ersten Blick nicht zu erkennen. Sehr geschickt gemacht.«

Karen schluckte. Erwürgen ist nicht unbedingt schwierig – sofern man es richtig anstellt, ist das Opfer bereits in Ohnmacht gefallen, wenn man ihm den Kehlkopf zerdrückt. Keine Zeit für Gegenwehr.

»Die Spurensicherung hat sich die Knie wund gearbeitet. Verwertbare Spuren gibt es nicht, nur das übliche.«

Karen nickte. Der Tod eines Kollegen nahm alle mit, und niemand wollte sich vorwerfen lassen, es sei nicht alles Erdenkliche getan worden. »Wer hat ihn gefunden?«

»Ein Mann namens Will Bastian, der angeblich mit ihm verabredet war.«

»Verdachtsmomente?«

Wenzel zuckte die schmalen Schultern. »Der Mann ist noch nicht 48, wohnhaft in Frankfurt, Journalist, nicht verheiratet, keine Kinder. Ein Freund von Thomas, seit fünfundzwanzig Jahren. Nichts spricht dafür, daß Bastian seinen Freund erwürgt hat, außer der Tatsache, daß er um die Tatzeit am richtigen Ort aufgetaucht ist.«

»Die Polizei …«

»Rotiert. Größtmögliches Aufgebot. Pressekonferenz heute nachmittag.«

Karen nickte. Das war ein Fall, in dem man mit erheblichem öffentlichen Interesse rechnen mußte. Es war besser, man stellte sich gleich darauf ein.

Heute kehrte keine Ruhe ein im 1. Stock von Justizgebäude C. Man war es einem Kollegen schuldig, daß man alle Kräfte bündelte, um seinen Mörder zu fassen. Zacharias verteilte die Zuständigkeiten und versammelte alle zum Rapport, eine Stunde vor der für 16 Uhr einberaumten Pressekonferenz.

Der Abteilungsleiter hatte Karen die Vertretung des toten Kollegen übertragen. Sie gab Czernos Dezernentenkennziffer in den Computer ein und überprüfte die Fälle, die er zuletzt bearbeitet hatte. Es passierte nicht eben häufig, daß ein verurteilter Verbrecher sich rächt – und auch noch am Staatsanwalt, nicht am Richter. Aber denkbar war alles – auch, daß jemand glaubte, der Tod des ermittelnden Staatsanwalts könne ein laufendes Strafverfahren aufhalten.

»Ich habe nur in einem Fall noch keinen Rücklauf.« Der wegen Scheckbetrugs verurteilte Afghane war abgeschoben worden, und die dortigen Behörden konnten nicht sagen, wo er sich aufhielt. »In allen anderen Fällen geht es um Bagatelldelikte oder die Beschuldigten sitzen ein oder sie haben für die in Frage kommende Tatzeit ein Alibi.«

»Keine Russenmafia? Keine jugoslawische Verschwörung?« OStA Zacharias bemühte sich um Witz, während er seinen Füllfederhalter noch hektischer als sonst gegen die Vorderzähne tippen ließ. Karen glaubte ihn zu verstehen: Wenn Staatsanwälte schon öffentliche Aufmerksamkeit genossen, dann sollte man sie wenigstens als unermüdliche Kämpfer für saubere Verhältnisse wahrnehmen. Und nicht etwa als Männer mit einem eher zwielichtigen Privatleben.

Darum hatte sich Manfred Wenzel gekümmert.

»In Thomas' Lage wäre ein als Unfall getarnter Selbstmord eine gute Entscheidung gewesen – er hatte nichts als Schulden, aber eine hohe Lebensversicherung abgeschlossen, die der holden Eveline ein schönes Leben bescheren sollte. Jedenfalls für ein paar Jahre.« Wenzels Stimme war nicht frei von einer gewissen Häme. Er hatte solche Probleme nicht: Sein Freund war Unternehmensberater und verdiente mehr als er.

»Ein Auftragsmord?« fragte Eva Daun.

»Traust du das unserer schönen Witwe zu?« Manfred zog ironisch die Augenbrauen hoch.

»Natürlich. Du nicht?« Eva Daun mochte Czernos Luxusweib genausowenig wie Karen Eveline ausstehen konnte. Allein der Name!

»Schon – aber sie hat für die mutmaßliche Tatzeit ein Alibi. Kosmetikbehandlung mit anschließender Pediküre.« Wenzel machte beim »ü« einen Kußmund.

»Was ist mit der Putzfrau, die ihn gefunden hat?« Eva

Daun beugte sich vor. Der Mörder ist immer der Gärtner, dachte Karen spöttisch.

»Eine Frau namens Hatice Cebe, Türkin. Beschäftigte bei der Pollux Facility Management GmbH. Sie hat gesehen, wie Will Bastian neben dem Toten stand.«

»Der war's«, sagte H_2O unvermittelt.

»Wieso sollte er?« Manfred Wenzel lächelte H_2O milde zu. Karen wünschte, sie könnte mit der abteilungseigenen Nervensäge ebenso gelassen umgehen. »Der Mann sagt aus, daß er dem toten Freund zum Abschied die Wange gestreichelt habe, bevor er Alarm schlagen wollte. Dem kann man wenig entgegenhalten. Zumal ein Motiv weit und breit nicht in Sicht ist.«

Karen spürte, wie sich ein Gedanke aus der Tiefe der Erinnerung hervorarbeiten wollte bis in ihren Arbeitsspeicher. Aber der Groschen fiel erst mitten in der Pressekonferenz.

Seltamerweise beim Anblick von Niels Keller, der in der ersten Reihe saß und sie fett angrinste.

Saitz. Und Czerno. Und ein Mann namens Will Bastian. Und – die Firma Pollux. Die putzte auch im Bankhaus Löwe. Karen merkte gar nicht, daß sie Löcher in die Luft starrte, bis Wenzel sie leise anstupste. »Mund zu«, flüsterte er.

Dann war die Pressekonferenz zu Ende.

Karen ging leicht benommen in ihr Büro zurück. Vielleicht war an der Sache Saitz mehr dran, als sie vermutet hatte.

Das Telefon klingelte. Das »Ja«, das sie in den Hörer bellte, mußte abschreckend geklungen haben, Gunter jedenfalls wirkte fast kleinlaut.

»Ich bin morgen mittag um 14.10 Uhr da, Flug LH 433 aus Chicago. Holst du mich ab? Oder – willst du mich nicht mehr sehen?«

Was für eine Frage! Gewollt hätte sie schon. Aber diesmal hatte *sie* keine Zeit.

8

Dalia wartete darauf, daß die Bombe endlich hochging. Das war der Grund für ihre Unruhe, nicht der Frühling, der Wotan weit mehr interessierte als sie. Sie lief ihm hinterher, während er durch den Grüneburgpark pflügte, als ob er sich um die Schlittenhundlizenz bewarb. Etwas anderes wußte sie nicht mit sich anzufangen: Heute war ihr freier Tag, und leider gab es sonst nichts, was sie von ihren Gedanken ablenkte.

Was sollte sie tun? Sie war die einzige, die den Tod des Bankers mit dem Tod des Staatsanwalts in Verbindung bringen konnte. Der Staatsanwalt war nicht an einem Herzinfarkt gestorben. Dem hatte jemand nachgeholfen. Vielleicht galt das auch für Saitz? Neben beiden hatte ein Amulett gelegen – eine Art Davidstern, wenn auch nur mit fünf statt sechs Zacken. Aber das erste hatte sie eingesteckt. Sie hatte eine entscheidende Spur verwischt.

Und – was wäre, wenn sie dem Mörder begegnet war?

Sie mußte zur Polizei gehen.

Sie wollte ums Verrecken nicht zur Polizei gehen.

Sie hatte den Mann nur eine Schrecksekunde lang gesehen, wie er in der Tür zum Zimmer von Thomas Czernowitz stand, aber sein Gesicht konnte sie noch immer abrufen: große graublaue Augen, eine Boxernase, scharfe Linien zwischen Nasenflügeln und Mundwinkeln. Dichte dunkle Haare. Ein interessantes Gesicht. Pech, daß Hatice ihn erwischt hatte, wie er über der Leiche stand. »Wie eine Vaaampir«, hatte sie atemlos berichtet und sich theatralisch geschüttelt. Die Polizei hatte den Mann mitgenommen. Stand er unter Verdacht?

Der Staatsanwalt war noch nicht lange tot gewesen, er hatte sich noch warm angefühlt. Schon deshalb hatte sie nicht diejenige sein wollen, die ihn fand – den zweiten Toten in so kurzer Zeit. Aber – wenn der Mann mit den grauen Augen unter Tatverdacht stand, hätte er dann nicht von der Frau erzählt, die ihm aus dem Zimmer des Toten entgegengekommen war? Sein Alibi, sozusagen? Eine Frau, deren Beschreibung denkbar einfach war – »ich hätte sie fast übersehen, so klein war sie«? Er mußte den Mund gehalten haben, sonst wären sie längst bei ihr gewesen.

Die Erklärung war wahrscheinlich ganz einfach. Sicher waren auch für ihn Putzfrauen unsichtbar. Für ein paar Sekunden bedauerte sie, was sie sich normalerweise zunutze machte.

Wotan hatte seine Untersuchung der Stiefmütterchenrabatte abgeschlossen und zog an der Leine. Der Radler, der sie klingelnd überholt hatte, drehte sich nach ihr um und rief: »Träum im Bett, nicht auf dem Fahrradweg!« Dalia streckte ihm die Zunge heraus, aber sie war nicht mit voller Konzentration bei der Sache, sonst hätte sie ihm noch eine saftige Beleidigung hinterhergerufen.

Was wäre, wenn er doch noch etwas sagte? »Ein bißchen viel Zufall, Frau Sonnenschein, finden Sie nicht?« Sie hörte die ölige Stimme des Kriminaloberkommissars, der sie vernommen hatte. Deitmer, wenn sie sich richtig erinnerte. »Sie finden bei Ihrer verdienstvollen Tätigkeit nicht nur eine Leiche – das kann schon mal vorkommen. Sondern schon eine Woche später eine zweite! Und die ist noch warm. Sind Sie nur eine Erpresserin oder auch eine Mörderin?«

Wotan zog so heftig an der Leine, daß er zu keuchen begann. Sie folgte ihm im Laufschritt zu einem Gebüsch neben dem Ententeich. Mit wütendem Gequake und wildem Geflatter löste sich ein Entenpärchen aus dem Gebüsch. Brüten die schon? fragte sich Dalia. Oder waren die noch bei den vorbereitenden Übungen?

Wotan kläffte begeistert. Eine Mutter mit Kinderwagen, die einer Horde quarrender und scharrender Enten Brotbrocken aus einer Tüte servierte, schaute strafend zu ihnen herüber.

Es ist noch viel schlimmer, lieber Herr Deitmer, dachte Dalia. Wenn der Staatsanwalt ermordet worden ist, dann gilt das auch für den Banker. Und ich habe mir nicht nur große Mühe gegeben, alle möglichen Spuren weitgehend auszutilgen, ich habe auch ein Beweismittel unterschlagen, das eine Verbindung zwischen den beiden Toten herstellt. Der Banker hatte ein Amulett in der Faust, das habe ich mitgenommen. Beim Staatsanwalt lag genau so ein Exemplar auf dem Boden. Das habe ich liegengelassen. Aber da niemand von dem ersten Amulett weiß, wird auch niemand Schlüsse daraus ziehen.

Dalia atmete tief ein und stieß die Luft geräuschvoll wieder aus. Einerseits war sie froh darüber, daß auf diese Weise weitere unangenehme Fragen ausbleiben würden. Aber andererseits war ihr die Vorstellung unangenehm, einen Mörder zu decken.

Das führte zur nächsten Überlegung: Was bezweckte der Mörder, wenn er ein so auffälliges Indiz hinterließ? Eine Botschaft übermitteln? Dann war der Mörder vielleicht, umgekehrt, frustriert darüber, daß niemand seine sorgfältig gelegte Spur zur Kenntnis nahm?

Was für Schlüsse hätte man denn aus dem Anhänger ziehen können? Eine Art Davidstern ... Wer markiert damit seine Opfer? Ein Antisemit, der die beiden Männer für Juden hielt? Der eine, ausgerechnet, mit Geldverleih befaßt?

Dalia runzelte die Stirn. Es hatte keinen Sinn – ihre Phantasie reichte nicht aus, sich das Kalkül eines Mörders vorzustellen. Ihr Ding war Erpressung. Gewalt mochte sie nicht.

Wotan scharrte in einem weiteren Blumenbeet, vom Gartenamt frisch bepflanzt. Sie konnte ihn gerade noch wegziehen von dieser verführerischen Einladung zur Untat. Aus Protest kackte er mitten auf den Fahrradweg. Kurz dachte sie daran, sich stellvertretend für den Rüpel von vorhin an allen Fahrradfahrern zu rächen, holte dann aber doch die Plastiktüte für Hundegeschäfte aus der Tasche.

Viel unangenehmer war die Vorstellung, daß der Mörder sie womöglich kannte. Es hatte ja in der Zeitung gestanden, daß Saitz von einer Reinigungskraft der Firma Pollux gefunden worden war – zwar nicht, von welcher, aber das war sicherlich herauszufinden. Wenn der Mörder also annehmen mußte, daß sie das Amulett an sich genommen hatte ...

Und ... sie hielt die Luft an. Und wenn der Mörder es absichtlich so eingerichtet hatte, daß sie auch den zweiten Toten fand? Der Gedanke machte ihr plötzlich und unerwartet angst.

Wotan preßte sich an ihr Bein und winselte leise. Sie beugte sich zu ihm hinunter und streichelte sein seidiges Fell. Der Hund merkte immer, wenn sie sich Sorgen machte. Auch wenn es unnötige waren. Und diese hier waren völlig unnötig: Niemand wußte, daß sie das kleine runde Ding an sich genommen hatte. Und niemand wußte, daß das Ding überhaupt von Bedeutung war – auch in den Berichten über den Tod des Staatsanwalts war nicht die Rede gewesen von einem Amulett, das neben der Hand des Toten gelegen hatte. Vielleicht verschwieg man das bewußt. Vielleicht nahm man es nicht weiter wichtig. Vielleicht hatte der Mann mit den grauen Augen das Amulett an sich genommen. Dalia lächelte in sich hinein. Dann war er wenigstens nicht der Mörder.

Um so seltsamer, daß er sie nicht erwähnt zu haben schien. Um so besser, dachte sie und schlug den Weg zur Alten Oper ein. Als sie und Wotan vor dem prächtigen alten Gebäude ankamen, strich eine Windböe über den großen Platz und die Sonne fand eine Lücke zwischen den Wolken. Die koreanischen Touristen senkten wie auf Kommando ihre Kameras und nahmen sie beide aufs Korn. Die Leute in den Straßencafés reckten die Hälse nach ihr und dem Hund. Sie wußte, welche Wirkung sie hatten, der weiße Hund und die viel zu kleine Frau mit den wehenden dunklen Haaren.

Henry hatte sie »Schneewittchen und ihr Zwerg« getauft.

9

»Thomas ist erwürgt worden, das steht ja wohl fest.«

Julius sagte das seltsam ungerührt, als ob er den Wert eines entmieteten Wohnhauses taxierte. Will ließ sich neben ihn in den Stuhl fallen und beneidete den Dicken um seine Ruhe. Max tigerte durch den Clubraum des »Dionysos«, von den gelb verglasten Fenstern mit den verstaubten Grünpflanzen zur Gastraumtür und zurück. Michel rauchte Kette. Als Iannis den Kopf zur Tür reinstreckte, leerte Will das Bierglas und hob die Hand. Das wäre dann sein drittes Pils – aber wofür sollte er nüchtern bleiben?

Max blieb stehen, stemmte sich mit den Handflächen auf den Tisch, senkte den Rumpf, schob das Kinn vor und starrte Julius und Will an. Und dann flüsterte er: »Wer ist der nächste?«

»Was redest du da?« Der Dicke klang wegwerfend.

»Thomas ist ermordet worden. Glaubst du vielleicht immer noch, daß Marcus' Tod ein Zufall war?« Max' Stimme überschlug sich fast.

Will fühlte in seiner Jackentasche nach dem Amulett. Wie kam das Ding neben die Leiche? Hatte Thomas das Pentakel all die Jahre über stets bei sich getragen? Als Erinnerung an damals? Will hätte fast aufgelacht. Kaum zu glauben. Und – wieso sollte es ihm ausgerechnet im Sterben aus der Hand gefallen sein?

»Che ist ermordet worden, Julius, und ich bin mir sicher, daß auch Marcus umgebracht worden ist. Verstehst du nicht?«

»Und wenn es so wäre?« sagte Julius leise. »Was schließen wir daraus?«

Will spürte, wie sein Magen sich hob, als er das Bier betrachtete, das Iannis vor ihn hingestellt hatte. Du hättest etwas essen sollen, dachte er und stellte sich einen Teller Gyros vor, was ihm nicht besser bekam als das innere Bild einer ordentlichen Portion Moussaka. Der Abend würde schlimm enden und der Morgen danach furchtbar sein.

Seine Hand glitt zum wiederholten Mal in die Jackentasche. Dann umfaßten seine Finger das Amulett. Er legte das Ding auf den Tisch.

Max blieb stehen, stocksteif, wie ein witternder Straßenköter. Michel beugte sich vor und zog die Augenbrauen zusammen. Julius legte die Hand auf den kleinen Gegenstand, hob ihn auf, hielt ihn auf Armeslänge von sich gestreckt, betrachtete ihn mit zugekniffenen Augen und legte ihn dann wieder zurück. »Ein Pentakel.«

»Ach du meine Güte«, sagte Michel. »Diese schwachsinnige Idee von Leo. Ich glaube, ich habe meines damals weggeworfen. Danach.«

Julius machte eine abwehrende Handbewegung, senkte das Kinn auf die Brust und schob das Amulett hin und her. »Deines?«

Will schüttelte den Kopf.

»Also was dann?«

Will sah ihn an.

»Na sag schon. Was ist damit?« Julius' Stimme war energisch geworden.

»Es lag neben Thomas' Leiche«, sagte Will.

Und dann redeten alle durcheinander, bis Julius gebieterisch den Arm hob und die flache Hand auf die Tischplatte klatschen ließ. Wie brave Untergebene drehten sich alle zu ihm hin.

»Wer weiß noch davon?«

»Niemand.« Außer dem Mörder, dachte Will.

»Auch nicht die Polizei?« Julius sah ihn aus zusammengekniffenen Augen an.

»Was hätte ich der Polizei erzählen sollen? Daß wir vor fünfundzwanzig Jahren eine Art Geheimbund gegründet haben, den Leo Pentakel genannt hat? Und daß jeder von uns so ein bescheuertes Amulett bei sich trug? Und soll ich mich von denen fragen lassen, wo denn meines hingekommen ist? Vielleicht neben die Hand eines Toten?« Will versuchte spöttisch zu klingen.

Julius schüttelte den Kopf. »Ich weiß nicht, worauf du hinauswillst«, sagte er langsam.

»Ist doch klar. Das ist ein Zeichen. Ein Zeichen von Leo. Leo ist zurück.« Max' Stimme zitterte.

»Ich verstehe nichts! Gar nichts!« sagte Michel hilflos.

Kein Wunder, dachte Will. Wir haben seit fünfundzwanzig Jahren nicht darüber geredet.

»Leo ist zurückgekommen und nimmt Rache.« Max lehnte sich über den Tisch. Will bildete sich ein, seine Angst zu riechen.

»Wofür denn?« Michel krümmte sich auf seinem Stuhl.

»Als ob du das nicht wüßtest! Irgend jemand hat Leo damals verpfiffen, sonst wären die Bullen nicht so schnell auf ihn gekommen. Einer von uns.«

Wer sonst? dachte Will.

Julius seufzte und schob das Amulett in die Mitte des Tisches. »Rache hätte Leo früher haben können.«

Max schob das Kinn vor. »Ich jedenfalls wüßte langsam gerne, wer der Feigling war.«

»Keiner von uns«, stammelte Michel.

»Michel! Warum haben wir wohl gezahlt, all die Jahre

über? Tu doch nicht so, als ob das der reine Liebesdienst an Leo war!«

»Wir hatten ein schlechtes Gewissen. Er war schließlich der einzige, den es erwischt hat.« Es hätte uns alle erwischen können, dachte Will. Aber wir haben trotzdem mitgemacht. Wir wären Leo überallhin gefolgt. Wie die braven Lämmer.

Max hatte sich wieder aufgerichtet und schüttelte störrisch den Kopf. »Wir haben uns erpressen lassen, weil niemand von uns wirklich wissen wollte, wer ihn damals verpfiffen hat. Aus – Männerfreundschaft.« Er spuckte das Wort aus wie ein ekliges Insekt.

»Leo hat sich die Scheiße selbst eingebrockt, Max. Und wir haben getan, was anständig war. Wenigstens hat es gelangt für ein Häuschen auf Gomera. Gegönnt sei's ihm.«

Man sah Julius an, was er von einer Hütte auf Gomera hielt. Besser als nichts, dachte Will und ärgerte sich für einen Moment über den Dicken, der mehr Geld hatte, als er ausgeben konnte.

Max sah Julius an und schüttelte langsam den Kopf. »Leo war ein Spinner. Aber einer, der seinen Freund verrät, ist noch schlimmer. Und dieser Feigling wird dafür sorgen, daß wir alle dran glauben müssen. *Alle.*« Max flüsterte fast.

Niemand sagte etwas. Michel spielte unruhig mit einem Bierfilz, Julius ließ den Rotwein länger im Glas kreisen als gut für den Stoff war. Und Will spürte dem tiefen Unbehagen nach, das vom Magen ausstrahlte. Bislang hatten sie zusammengehalten. Sie hatten die Zähne zusammengebissen und gezahlt und ihre mehr oder weniger großen Schuldgefühle gehätschelt. Will jedenfalls hatte sich oft genug gefragt, warum er die Tragödie damals nicht verhindert hatte. Warum er sich nicht früher eingestand, was er heute wußte: Leo war verrückt und Jenny seine neurotische Prophetin gewesen.

»*Wer war es?*« Max flüsterte noch immer. »Ich will nicht sterben, bloß weil einer von uns ein verdammter Feigling ist!«

Da geht sie hin, die fünfundzwanzig Jahre alte Freundschaft, dachte Will. Wir werden uns zerfleischen, bei lebendigem Leib, bis wir niemanden mehr brauchen, der uns vom Leben zum Tod befördert. Wir werden Leo die Arbeit abnehmen.

Überrascht registrierte er, daß auch er im Grunde davon überzeugt war, daß Leo die beiden Freunde auf dem Gewissen hatte. Und er glaubte sogar, sein Motiv zu verstehen: Leo nahm nicht Rache für einen uralten Verrat, er nahm Rache für ein verpfuschtes Leben.

»Max!« Julius streckte beschwichtigend eine Hand nach ihm aus, aber Max wich zurück. »Wie sollen wir denn herausfinden, wer von uns damals zur Polizei gegangen ist? Dachtest du an Wahrheitsdrogen? Oder an Daumenschrauben?«

Max schüttelte den Kopf wie ein trotziges Kind.

»Und was, wenn es Marcus war? Oder Thomas? Die können nichts mehr zugeben!«

Max zog die Schultern hoch. Und dann sah er auf. Will traf der Blick, mit dem er ihn ansah, wie eine Ohrfeige.

»Du warst damals gegen den ganzen Quatsch, stimmt's? Du warst nicht so besoffen von Jenny, oder? Und – du warst dabei. Du wußtest alles.«

Will nickte.

»Dann gib endlich zu, daß du ihn verpfiffen hast!«

Julius schüttelte den Kopf. »Max! Was bringt denn das? Wer wegen eines fünfundzwanzig Jahre alten Verrats seine alten Freunde umbringen will, ist sowieso nicht mehr ganz dicht! Soll Will sich vielleicht opfern für uns?«

»Wer ist der nächste?« Max griff mit zitternden Fingern nach dem Rotweinglas. »Wie wär's mit dir, Julius?«

»Unsinn. Wir sollten Leo fragen«, sagte Julius und versuchte fest zu klingen.

»Wenn du weißt, wo man ihn finden kann!«

»Jenny«, sagte Michel. »Sie wird es wissen.«

»Und wo finden wir sie?«

»Find es raus, Will.« Julius nickte ihm zu. »Das ist dein Fachgebiet.«

Will schüttelte den Kopf. Er wußte auch nicht, wo Jenny war. Und was sollte er sie fragen? Was ihr sagen? Daß wir ihren geliebten Leo für einen Doppelmörder halten?

10

»Und warum ist dieser Saitz nicht gleich obduziert worden?« Gunter legte ihr seinen Bericht neben den Kaffeebecher, als ob er ihr einen Vorwurf machen wollte.

»Also lag ich richtig?« Karen nickte zu Eva Daun hinüber, die ihr Tablett durch die ganze Kantine getragen hatte, nur um sich in ihrer Nähe niederzulassen. Wie konnte man nur so neugierig sein.

Der attraktivste Rechtsmediziner, den sie kannte, und der es in ihren Augen auch dann war, wenn er, wie jetzt, professionell kühl blieb, seufzte. »Das Gleiche wie beim Kollegen Czernowitz. Kompression der Karotiden, zerstörter Larynx, und so weiter und so fort.«

»Also erwürgt.«

»Du sagst es.«

Karen rührte in ihrem Kaffee. »Es gab keine äußerlichen Anzeichen für Gewalteinwirkung. Der Notarzt wollte uns nur Arbeit machen, du kennst ihn doch, Siggi Leitner.«

»Der Notarzt hat sich wahrscheinlich gesagt, daß Herztod bei einem gesund wirkenden und offenbar nicht übergewichtigen Mann in so jungen Jahren keine wirklich plausible Diagnose ist.«

Karen seufzte innerlich auf. Er hatte ja recht.

»Wie gesagt, es gab nichts …«

»Es ist wirklich eine Katastrophe in diesem Land.« Gunter blickte starr geradeaus und ballte die Fäuste. »Wir freuen uns jedes Jahr über die sinkende Zahl der Kapitalverbrechen und fragen uns nicht, ob das vielleicht auch daran liegt, daß die Dunkelziffer täglich steigt. Wer will denn noch wissen, wie viele alte Menschen von ihren Angehörigen umgebracht werden? Die Mörder können sich völlig unbeobachtet fühlen. Wenn nicht mehr obduziert wird …«

Sie waren einer Meinung in diesem Punkt, schon immer gewesen. Viele gerichtsmedizinische Institute waren in den letzten Jahren geschlossen worden, die noch praktizierenden forensischen Abteilungen waren völlig überlastet, und wenn die Ermittlungsbehörden nicht furchtbar erpicht auf eine Untersuchung waren, fiel sie heutzutage flach. Ohne den Fall Thomas Czernowitz hätte man den Fall Saitz nicht wieder aufgerollt – und das auch nur, weil es eine Verbindung zwischen beiden gab, die Czerno nicht gut aussehen ließ.

»Und findest du das in Ordnung, daß ihr bei euren eigenen Leuten Druck macht, aber andere Fälle schleifen laßt?« Gunters Lippen waren zusammengepreßt.

»Du weißt doch, daß Aglaia alle Hände zu tun hatte. Wenn du dagewesen wärst …«

»Ach! Und jetzt bin ich schuld?« Er lächelte immer noch nicht.

»Quatsch!« Am liebsten hätte sie ihn geschüttelt.

Er legte die Hände um den Kaffeebecher und sah sie an. Dann versuchte er ein vorsichtiges Lächeln. »Erzähl«, sagte er. »Wenn du magst.«

»Wir haben nicht den blassesten Schimmer, was die beiden Morde verbindet, und wir haben nicht den geringsten Hinweis auf den möglichen Täter.« Sie zählte alles auf, was sie wußte. Das plausibelste Motiv lag noch am ehesten in den Geldgeschäften, die Marcus getätigt hatte – zu Gunsten, unter anderem, von Thomas Czernowitz. Der Kredit, den er für Max Winter eingefädelt hatte, um dessen »Gattopardo« es angesichts der Summe, die im Spiel gewesen war, nicht zum besten zu stehen schien, war nicht mehr zustandegekommen. Und was Julius Wechsler mit alledem zu tun hatte, war noch unklar. Sicher war nur, daß Wechsler ebenso zum Freundeskreis des Toten gehört hatte wie Will Bastian, der ihn fand.

Gunter stellte ein paar knappe Fragen und schwieg dann.

»Sieht ganz so aus, als ob du auf einen dritten Toten warten müßtest.«

Das war das Problem.

Sie wagte nicht, ihn allzu innig anzusehen auf dem Weg zurück zum Büro. Er drückte ihr die Hand und sagte leise: »Ich will dich sehen. Bald«, bevor er sich vor dem Eingang zu Gebäude C verabschiedete. Ihr Herz flatterte, sobald er außer Sicht war.

Die Beziehung zu ihm war und blieb ihr ein Rätsel. Natürlich hatte sie ihn abgeholt vom Flughafen, als er aus Chicago zurückkam, obwohl ihr Stolz sie bis zur letzten Minute daran hindern wollte. Natürlich war sie viel zu schnell gefahren auf dem Weg zum Terminal, und es war ein Wunder, daß sie sich nicht verfehlt hatten. Als sie vor ihm stand, lächelte er sie an, als ob sie das Ziel all seiner Wünsche wäre. Ihr wurde warm beim Gedanken daran.

»Ich dachte schon …« Für einen Moment hatte er traurig ausgesehen.

»Was dachtest du?« Sie hatte zurückgelächelt.

»Daß du …« Er hob die Schultern und ließ sie wieder fallen.

Männer. Meister der Kommunikation.

»Daß ich dich nicht wiedersehen wollte? So ein Unsinn.«

Sie hatten einander umfaßt, während sie zum Parkhaus gingen. Plötzlich war er wieder ganz nah gewesen. Man verstehe die Männer.

Oder die Frauen.

Die Beerdigung von Thomas Czernowitz fand unter einem unpassend blauen Himmel statt. Karen hatte sich die Trauerreden erspart und wartete vor der Totenhalle, bis der Sarg hinausgetragen wurde, dahinter schritt die trauernde Witwe. Eveline hatte sich gekleidet wie Jacqueline Kennedy bei der Beerdigung des amerikanischen Präsidenten, sogar einen entzückenden kleinen Schleier hatte sie angelegt und ein Spitzentüchlein vor den Mund gepreßt.

Karen folgte dem Trauerzug den Lebensbaumweg entlang. Das Laub der Birken leuchtete und schimmerte, aber die Luft roch nach welkenden Blumen, Weihrauch und feuchter Erde und nicht nach Frühling. Linker Hand lag das Grabmal der Hedwig Babel (1919–2001). »Schaffen und Streben war ihre Zierde im Leben« stand auf dem imposanten Stein. Paßt, dachte Karen. Und offenbar wird man sogar alt dabei. Aber der Gedanke, daß sich der Sinn des Lebens darin erschöpfen könnte, war nicht eben erheiternd.

Thomas Czernowitz' letzte Ruhestätte lag am Ende des Verlängerten Gruftenwegs. Als sie dort ankam, stand Eveline mit umflortem Blick neben dem offenen Grab und nahm die Parade ab. Karen mußte sich überwinden, der Frau ein »Herzliches Beileid« zuzumurmeln, aber die ganze Abteilung war zum Kondolieren angetreten, und es wäre aufgefallen, wenn sie sich entzogen hätte.

Zacharias hatte einen pompösen Kranz bestellen lassen mit einer dunkelroten Schleife, auf der »Um ihren geschätzten Kollegen trauern …« stand, darunter die Namen aller aus der Abteilung. Der von Zacharias war ein bißchen größer geschrieben als die der anderen.

Karen warf das Sträußchen Vergißmeinnicht, das sie noch schnell gekauft hatte, auf den Sarg und ließ beherzt drei Schaufeln Sand folgen. Thomas tat ihr leid. Er hatte ein anderes Leben verdient. Einen anderen Tod. Eine andere Frau.

Sie hörte den Sand auf den Sarg prallen und blickte dem Geräusch hinterher. Ihr stockte der Atem. Unten in der Grube stand ein pompöser Kasten aus Mahagoni, mit einer Art Leopardenfellimitation verziert. Eveline bewies wie immer keinen Geschmack – aber sie hatte wenigstens keine Kosten gescheut.

Und warum auch nicht? Thomas hatte sie schließlich auch mit seinem Tod noch reich beschenkt. Karen ersparte sich einen bösen Blick auf die dekorativ trauernde Witwe, ging hinüber zur Wegkreuzung und wartete auf Manfred Wenzel, der zu spät gekommen war und jetzt am Ende der Schlange stand.

Czerno hatte mehr Freunde gehabt, als sie ihm zugetraut hätte. Aber vielleicht waren gar nicht alle, die hier standen, seine Freunde. Es gibt Menschen, die zu jeder Beerdigung gehen. Und es gibt Menschen, die bevorzugt zu Beerdigungen gehen, wenn im Sarg das prominente Opfer einer Gewalttat liegt. Zum Beispiel Journalisten, dachte sie verächtlich, als hinter ihr eine nur allzu vertraute Stimme ertönte.

»Sehen Sie, da hinten, den Dicken? Was, meinen Sie, macht unser Lieblingsspekulant Julius Wechsler auf der Beerdigung eines anständigen Staatsanwalts?«

»Würden Sie bitte Ihre Pfote von meiner Schulter nehmen, Herr Keller?« Sie schüttelte seine feuchtwarme Pranke ab.

»Ein anständiger Staatsanwalt, der mit einem Banker befreundet war, der es mit seinem Job nicht so genau nahm, bevor er ebenfalls das Zeitliche segnete?«

»Herr Keller, Sie sagen mir nichts Neues.«

»Und da hinten, sehen Sie den? Auch ein Freund von Thomas Czernowitz.«

Max Winter. Der Besitzer vom »Gattopardo«. Dort hatte sie sich mit Gunter getroffen, damals, bei ihrem ersten Date. Sie spürte eine ebenso plötzliche wie heftige Sehnsucht nach einer Berührung. In diesem Moment vibrierte ihr Mobiltelefon. Sie nahm es aus der Jackentasche. Eine SMS. »Miss you, chéri.« Von Gunter.

»Verliebt, gnädige Frau?« flüsterte Keller. Sie drehte sich um. Er grinste sie an.

»Ich betrachte unser Gespräch als beendet«, sagte sie und versuchte, hoheitsvoll davonzuschreiten.

Auf dem Weg zurück ins Büro tippte sie ein »Wish you were here« in ihr Handy. Es gab nur zwei Sorten von Menschen ihres Alters, die mit einer derartigen Schnelligkeit Botschaften per Handy verschicken konnten, hatte Gunter mal gesagt: Politiker und Verliebte.

In der Abteilung II hatte niemand etwas dagegen, daß sie nach Verbindungen zwischen der Sache Saitz und der Sache Czernowitz suchte. Es hatte sowieso niemand etwas dagegen, wenn jemand sich Arbeit machte, die jeder andere gern vermieden hätte. Sie arbeiteten alle zuviel, das galt sogar für den nicht übermäßig fleißigen Kollegen H_2O. Das einzige Problem lag, wie immer, bei den ausführenden Organen.

Wenn sie es sich hätte aussuchen können, hätte sie nicht ausgerechnet mit Deitmer und Gieseking zusammengearbeitet. Die beiden waren bekannt für ihren Hang zur Obstruktion – der ganz besonders dann zum Tragen kam, wenn sie glaubten, einem jungen und ihrer Meinung nach übereifrigen Staatsanwalt zeigen zu müssen, wo der Hammer hängt. Noch schlimmer wurde es, wenn der Staatsanwalt eine Staatsanwältin war. Und ganz furchtbar, wenn es sich dabei um Karen Stark handelte.

Der Konflikt war uralt. Die Staatsanwaltschaft war nach deutschem Recht zwar die Herrin des Verfahrens und konnte daher darüber bestimmen, was und wie ermittelt wurde. Aber die Polizei hatte sich schon immer überlegen gefühlt, beherrschte sie doch das praktische Instrumentarium der Ermittlungsarbeit, von der Vernehmungstechnik bis zur Spurensicherung und -auswertung. Deitmer hatte sie das stets spüren lassen. Einmal, als blutige Anfängerin, hatte sie versucht, Einfluß zu nehmen und auf Kollegen bestanden, mit denen sie konnte. Sie hatte auf Granit gebissen. Natürlich ließ sich die Polizei nicht in ihre interne Aufgabenverteilung reinreden. Von niemandem. Erst recht nicht von ihr.

Seufzend griff Karen zum Hörer und machte Deitmer klar, was sie von ihm wollte. Er sträubte sich diesmal nur etwa zehn Minuten lang. Das ließ hoffen.

11

Die beiden Männer lächelten verbindlich, als Will die Wohnungstür öffnete. Der eine war vielleicht in Wills Alter, der andere mit den kurzen blonden Haaren, der sich hinter seinem Kollegen hielt, wirkte wesentlich jünger. »Kriminaloberkommissar Deitmer«, sagte der Ältere und hielt ihm einen Ausweis hin. »Und das ist mein Kollege Gieseking. Dürfen wir reinkommen?«

Will erinnerte sich vage daran, daß niemand die Polizei in seine Wohnung lassen mußte, wenn sie nicht einen entsprechenden Schrieb vorlegen konnte.

»Worum geht's?« fragte er zurück, obwohl er es sich denken konnte. Hinter ihm klappte eine Tür. Bleib, wo du bist, Karl, dachte Will hilflos.

»Wenn es die Zeugen Jehovas sind, dann sag ihnen, wir glauben nix«, brummelte Karl, drängte sich an Will vorbei und riß die Wohnungstür weit auf.

Deitmer hielt ihm seinen Ausweis hin wie dem Teufel das Kruzifix und wiederholte sein Sprüchlein.

»Na, dann kommen Sie doch rein!« rief Karl mit der Bonhommie des guten Staatsbürgers, der sich keiner Schuld bewußt ist – aber man weiß ja nie … »Hab ich was verbrochen?«

Er streckte dem Kripomann die Hand hin und sagte: »Karl Bastian.«

Der schüttelte die dargebotene Hand und lächelte wieder. »Es geht um Ihren Sohn, Herr Bastian.«

»Um Willi?« Karl blickte ihn scharf an. Will spürte Karls

Gedanken wie ein Seebeben. Die Intimität der letzten Tage war in Sekunden fortgespült, das alte Mißtrauen wieder hell erwacht. Willi Bastian hat Mist gebaut, dachte der Alte. Wie immer. Der Nichtsnutz. Was war von ihm auch anderes zu erwarten.

»Laß mal, Vater, ich ...«

»Es geht nur um eine Zeugenaussage Ihres Sohnes, Herr Bastian«, sagte der jüngere der beiden Kripoleute zuckersüß.

»In welcher Angelegenheit?«

»Im Mordfall Thomas Czernowitz.«

»Mord?« Karls Gesicht wurde rot. Er sah Will anklagend an.

»Ich bin noch nicht dazu gekommen, es dir zu sagen«, murmelte Will kleinlaut und fühlte sich wie ein Zwölfjähriger.

»Vielleicht – wenn wir mit Ihrem Sohn allein sprechen dürften?« Deitmer klang ganz sanft. Aber Karl schien zu spüren, daß diese Sanftheit trügerisch war, und zog sich murmelnd in sein Zimmer zurück.

Will führte die Männer in die Küche. Den Kaffee tranken beide schwarz.

Gieseking nahm umständlich seine Personalien auf, bevor Deitmer die erste Frage stellte.

»Ist Ihnen etwas aufgefallen, als Sie Ihren Freund Thomas Czernowitz tot auffanden?«

Etwas aufgefallen. Na klar. »Nein«, sagte Will.

»Ist Ihnen jemand begegnet?«

»Nein.« Die Antwort kam zu schnell, Gieseking jedenfalls schaute wie ein witternder Fuchs von seinem Notizheft auf.

»Auch nicht ...« Gieseking blätterte zurück. »Jemand von den Putzfrauen?«

»Sicher«, sagte Will. Da war der Mann mit den Müllsäcken gewesen. Und ...

»Zum Beispiel Frau Hatice Cebe?«

»Wenn das die war, die mich bei dem Toten gefunden hat, dann ja.«

Gieseking nickte. »Und – Frau Dalia Sonnenschein?«

Das mußte sie sein, die kleine Prinzessin mit den Katzenaugen. Aber warum sollte er den Jungs das sagen? »Nicht, daß ich wüßte«, sagte Will. Gieseking blätterte weiter.

»Sie waren auch mit Marcus Saitz befreundet, ist das richtig?« Deitmer beugte sich vor und musterte ihn, so, als ob diese Frage über sein Schicksal entscheide.

»Ja, das stimmt.«

»Wußten Sie, daß Marcus Saitz auf die gleiche Weise zu Tode gekommen ist wie Thomas Czernowitz? Daß er erwürgt wurde?«

»Nein.« Will räusperte sich. Aber ich habe es befürchtet. Verdammt, wir alle haben es befürchtet. Er spürte seine Magenwände flattern. Max' Panik war offenbar gerechtfertigt: Zwei der Freunde waren ermordet worden – und die Frage, wer der nächste sein würde, wurde langsam existenziell. Will hätschelte für einen Moment das selbstmitleidige Gefühl, daß es für ihn und seine Umwelt ziemlich egal war, ob er lebte oder tot war. Aber zugleich wußte er, daß er leben wollte – unter fast allen Umständen.

»Was könnte die beiden Mordfälle miteinander verbinden?« Deitmer stellte die Frage in den Raum, als ob er keine Antwort erwartete. Will hob die Schultern und ließ sie wieder fallen.

»Wußten Sie, daß es zu Unregelmäßigkeiten gekommen ist im Bankhaus Löwe? Bei Marcus Saitz? Und daß unser Staatsanwalt pleite war?«

Will schüttelte den Kopf.

»Ein Kopfschütteln kann ich nicht mitschreiben, Herr Bastian«, sagte Gieseking mit mildem Tadel in der Stimme. »Also ...?«

»Nein.«

»Aber Sie sind doch befreundet gewesen!« Deitmer hatte eine Zigarettenschachtel aus der Jacke geholt und spielte damit. »Redet man da nicht über so was?«

»Nein.« Jedenfalls nicht mit mir, dachte Will. Und geraucht wird nur auf dem Balkon. Aber Deitmer steckte die Zigarettenschachtel wieder ein.

Irgendwann sahen sich die beiden Kripomänner an. Gieseking nickte. Deitmer seufzte auf und fragte schließlich in fast resigniertem Ton, ob Will sich irgendeinen Grund vorstellen könne, warum jemand die beiden hätte umbringen wollen. »Wir gehen von einem einzigen Täter aus auf Grund der Mordmethode – aber, wer weiß, vielleicht sind es ja doch zwei unzusammenhängende Fälle, und wir haben es mit einem bloßen Zufall zu tun.«

Zufall? Will glaubte dem Mann kein Wort. Er schüttelte den Kopf.

Deitmer seufzte wieder, stand auf und streckte ihm die Hand hin. »Wenn Ihnen doch noch was einfällt ...«

Klar fällt mir etwas ein, dachte Will. Es gibt etwas, das die beiden Morde verbindet, und es gibt jemanden, der Grund genug hat für Groll. Es gibt einen Zusammenhang zwischen uns allen. Der Zusammenhang heißt Tod und Schuld und Leo und liegt fünfundzwanzig Jahre zurück. Und es scheint, als ob die Vergangenheit wiederkehrt – seit Leo wieder im Lande ist.

Falls er wieder im Lande war. Aber er zweifelte nicht mehr daran.

12

Sobald die beiden gegangen waren, schoß Karl aus seinem Zimmer. Die Szene, die folgte, war kurz und intensiv und wie aus einem Sittengemälde der 80er Jahre. Karl scheute sich nicht, »Die Schande!« zu rufen und daß alle Nachbarn den Besuch der Polizei mitgekriegt haben müßten und daß sein Sohn – *sein* Sohn! – noch immer der alte Nichtsnutz sei, der er schon damals …

»Ich bin als Zeuge vernommen worden, Vater«, sagte Will und versuchte, ruhig zu bleiben.

»Wo Rauch ist, ist auch Feuer!« Der Alte schreckte wirklich vor keinem Klischee zurück.

»Vater – zwei Freunde sind tot und ich …«

»Wer Freunde hat, die sich ermorden lassen, muß sich fragen, ob er den richtigen Umgang hat«, zischte Karl und verschwand wieder.

Will ging in die Küche und räumte die Kaffeetassen in die Geschirrspülmaschine. Fünf Minuten später hörte er eine Zimmertür klappen, dann wurde die Wohnungstür aufgerissen und wieder zugeknallt. Dann endlich herrschte Ruhe.

Will setzte sich an den Computer und versuchte sich zu konzentrieren. Seltsame Logik: Wer Freunde hat, die zum Mordopfer taugen, ja, wer selbst ein potentielles Opfer ist, der macht irgend etwas falsch im Leben. Aber vielleicht hatte der Alte ja recht? Er klickte die Telefonauskunft an und ließ nach Jenny Willard suchen, erst nur in Frankfurt, dann im Großraum Frankfurt, dann in ganz Hessen – und schließlich bundesweit: Fehlanzeige. Wahrscheinlich ist sie längst verheiratet, dachte Will und versuchte sein Glück mit Leo. Leo Curtius. Er schien in seiner Hütte auf Gomera kein Telefon zu haben – oder er hatte seinen Anschluß nicht eintragen lassen.

Dann suchte er Dalia Sonnenschein. Auch sie schien die Öffentlichkeit der Telefonauskunft zu scheuen. Schade, dachte Will und sah ihre Augen vor sich. Er wollte sie wiedersehen – und wenn es nur um die Frage ging, warum er der Kripo nicht gesagt hatte, daß er sie aus dem Zimmer des Toten hatte kommen sehen. Er hatte das Gefühl, daß sie die Antwort wußte.

Irgendwann hielt er es nicht mehr aus, nichts zu tun, packte seine Sportklamotten ein und verließ die Wohnung. Er brauchte heute das Krafttraining wie eine Droge.

In der Münchner Straße ballte sich das übliche Völkergemisch. Anatolisch aussehende Männer standen beieinander und redeten aufeinander ein, zierliche, thailändisch aussehende Frauen kamen aus den Asienläden, vollbepackt mit Tüten. Will sehnte sich plötzlich nach Veras – nach seiner! – Küche, nach dem Wok, nach den scharfen Messern und den scharfen Gewürzen und nach dem Thaigemüse, das er manchmal hier gekauft hatte, wenn er vom Krafttraining kam. Er spürte den Geschmack jener kleinen Auberginen im Mund, die explodieren, wenn man in sie hineinbeißt. Hatte die Schärfe von Ingwer auf der Zunge, den Duft von Zitronengras in der Nase.

Endlich wieder kochen dürfen.

Vergiß es, dachte er. Für Karl ist das nichts. In dem Alter mag man nichts Scharfes mehr.

Vor der türkischen Bank saß ein blonder Mann mit Vollbart neben einem altdeutschen Schäferhund, vor sich eine

Keksdose, in der sich ein paar Cents und Euros befanden. Die Polizeistreife an der Ecke diskutierte mit zwei ausgemergelten Jugendlichen, Junkies, wahrscheinlich. Und Touristen in praktischen Freizeitblousons beäugten mit blitzenden Augen die Auslagen der Sexshops.

Aus Dolly Busters Etablissement hörte man »Relax, don't do it, when you want to suck to it«, und Will hätte sich fast mitbewegt zu dem treibenden Rhythmus. Ob er auch mal hier landen würde, in einem der Pornokinos, die Hand in der Hose? Die Vorstellung war ihm peinlich. Aber noch peinlicher war ihm, daß sie ihm vertraut vorkam, die Gestalt, die in der Eingangshalle stand und mit dem Mädchen an der Kasse redete.

Will spürte Hitze im Gesicht und ging hastig weiter. Eigentlich glaubte er, kein Moralapostel zu sein. Außerdem war er aus dem Alter heraus, in dem er noch glaubte, Menschen jenseits der 40 dächten nicht mehr an Sex, und die Eltern hätten es höchstens bei der Zeugung noch miteinander getan. Und dennoch – mit allem hatte er gerechnet, nur nicht damit, daß es ausgerechnet seinen Vater hierhin trieb.

Er versuchte, sich die Szene beim Krafttraining aus der Seele zu arbeiten. Aber je länger er trainierte, desto größer wurde die Wut auf den Alten, auf diesen Betonkopf mit seiner Doppelmoral. Der Vater trieb sich in Pornoschuppen herum. Aber beim Sohn war es schon anstößig, wenn die Kripo ihn als Zeugen befragte. Doch was er dem Alten wirklich verübelte, war, daß er sich wieder als kleiner Junge gefühlt hatte beim Streit mit dem alten Sturkopf, als lägen nicht Jahrzehnte von Lebenserfahrung zwischen damals und heute.

Er war froh, daß der Alte nicht da war, als er zu Hause ankam. Will duschte ausgiebig, machte sich einen Kaffee und ging, schon etwas milder gestimmt, an seinen Schreibtisch.

Oben auf die Post hatte sein Vater die letzte Telefonrechnung gelegt. Er hatte Karl angeboten, wenigstens die Kosten fürs Telefon zu übernehmen, wenn er sich schon nicht an der Miete beteiligte. Der DSL-Anschluß war schließlich seine Idee gewesen, und er würde gewiß öfter telefonieren als der alte Herr, der, soweit er wußte, keine Freunde hatte, bei denen sich ein längeres Telefongespräch lohnte.

Eher flüchtig ging sein Blick über die Rechnung. Er hatte mit der Grundgebühr gerechnet und mit weiteren zehn, höchstens zwanzig Euro für die Verbindungen. Die Endsumme von 262,80 Euro entgeisterte ihn. Das erklärte das strahlende Lächeln Karls und die mangelnde Gegenwehr auf den Vorschlag seines Sohnes. Verarschen kann ich mich selbst, dachte Will. Eine monatliche Telefonrechnung in dieser Höhe würde seinen Etat völlig überreizen.

Er blätterte zur zweiten Seite. Einen Einzelverbindungsnachweis gab es zwar nicht, aber aus der Rechnung ging hervor, daß Karl regelmäßig eine kostenpflichtige 0190er-Nummer angerufen hatte. Telefonsex, dachte er. Bei Dolly Buster holt der Alte es sich optisch, und per Telefon läßt er es sich ins Ohr blasen. Will legte die Rechnung beiseite und atmete tief durch. Aus der Küche hörte er Geschirr klappern. Und dann drehte jemand das Radio auf, Klassikradio, und sang dazu. Sein Vater war zurückgekommen. Am liebsten wäre er rübergelaufen und hätte den alten Sack geschüttelt. Mit fast 83!

Irgendeine Stimme der Vernunft versuchte ihm zwar einzureden, daß es nie zu spät war, ein Idiot zu sein, aber er erstickte jeden versöhnlichen Gedanken. Der Alte konnte ihn mal.

Als der Fernseher nebenan eingeschaltet wurde, schlich Will sich in den Flur, nahm das Sakko vom Garderobenhaken und verließ die Wohnung, schon um gar nicht erst in

Versuchung zu geraten, mit dem Alten bei Wein und Zigarette einträchtig auf dem Balkon zu stehen, als ob nichts gewesen wäre.

Es war wärmer geworden. An der Ecke zur Körnerwiese strömte ihm aus einem verwilderten Vorgarten der Duft von Hyazinthen und Narzissen entgegen. Unter der Straßenlampe stand ein Pärchen und knutschte. Die Sehnsucht nach einer Umarmung überwältigte ihn plötzlich, nach warmer Haut, nach Atem auf seiner Wange. Dagegen half kein Besuch bei Dolly Buster. Dagegen half nur ... Dalia Sonnenschein, dachte er und spürte, wie sich seine Gesichtszüge entspannten. Es fühlte sich fast an, als ob sein Gesicht ein Lächeln versuchte.

In der »Casa Pintor« war noch nicht viel los. Er trank ein Glas Rioja, prostete in Gedanken Marcus und Thomas zu, versuchte Blickkontakt mit einer großbusigen Brünetten aufzunehmen, die ihre Brille am Bügel in den Ausschnitt geschoben hatte, und gab schließlich auf. Entweder war sie nicht interessiert oder zu kurzsichtig, um ihn wahrzunehmen.

Als er nach Hause kam, war Karl schon ins Bett gegangen. Will ging allein auf den Balkon, rauchte und trank und schaute in den Nachthimmel, an dessen Saum die Türme von Maintower und Commerzbank leuchteten. Heute kam ihm der Anblick der beiden Feen herzzerreißend romantisch vor. Eine nie gekannte Sehnsucht nach Leben und Liebe trieb ihm die Tränen in die Augen. Wenn es stimmte, daß Leo Rache an den alten Freunden nahm, dann mußte er etwas unternehmen. Sterben? Noch nicht. Noch lange nicht.

Er brachte das Weinglas in die Küche, zog das Jackett über und verließ die Wohnung.

13

Noch gab es Licht in einigen der Büros von Justizgebäude C. Also ist es noch nicht zu spät, dachte Will. Aber er wurde langsam wieder nüchtern – und damit wuchsen die Zweifel an der plötzlichen Eingebung, nach ihr zu suchen, nach der Frau mit den Katzenaugen. Vielleicht war sie schon längst fertig mit dem Putzen. Vielleicht legte sie gar keinen Wert auf seinen Anblick – schließlich hatte er sie aus dem Zimmer eines Toten herauskommen sehen.

Einen Moment lang fragte sich Will, ob ihre Flucht aus dem Büro von Thomas womöglich ganz andere Gründe gehabt hatte als die, die er unterstellte – nämlich Angst und der Wunsch, keinen Ärger zu kriegen. War es richtig gewesen, der Polizei nichts von ihrer Anwesenheit zu erzählen? Was, wenn sie alle auf dem falschen Dampfer waren und der Tod von Marcus und Thomas nichts, aber auch gar nichts mit Leo zu tun hatte? Vielleicht trug Thomas ja wirklich nach all den Jahren noch immer das Pentakel bei sich und hatte es in der Hand gehabt, als man ihn angriff? Als Dalia ihn angriff …

So ein Quatsch, dachte Will. Warum sollte sie? Und außerdem war Thomas fast 1,90 groß gewesen und Dalia mindestens 30 Zentimeter kleiner.

Er postierte sich ans Ende der Porzellanhofstraße, stellte den Kragen seines Mantels hoch und sehnte sich nach einer Zigarette. Fast hätte er sie verpaßt. Sie kam hinter einer Frau in Kopftuch und weitem schwarzen Mantel aus Gebäude C, und er sah sie erst, als sie direkt an ihm vorbeiging.

»Dalia Sonnenschein?«

Sie drehte sich um. Zu seiner Überraschung lächelte sie ihn an.

Er ging neben ihr her, als ob das selbstverständlich wäre. Sie hakte sich bei ihm unter, als ob sie einander schon lange vertraut wären. Sie gingen über die östliche Zeil, auf der um diese Zeit keine Menschenseele mehr zu sehen war. Aber »McGowan's Irish Bar« hatte noch auf. »Thurs night all pints beer only 3 Euro« stand auf einer Tafel neben der Tür. Schade, daß Freitag ist, dachte er und ertappte sich bei einem völlig grundlosen Lächeln.

Er versuchte, ihr über dem Pintglas mit dem dunklen Bier nicht allzu schamlos in die Katzenaugen zu schauen und seine Hände bei sich zu behalten, die ihr eine Locke des dunklen Haars aus dem Gesicht streichen und ihre Haut unter den Fingerspitzen spüren wollten.

Sie schüttelte den Kopf, als ob sie ihn durchschaute. Aber sie lächelte noch immer.

Und nach dem zweiten Pint erzählte er ihr die ganze Geschichte – die Geschichte einer Freundschaft, die vor fünfundzwanzig Jahren an einem Baggersee bei Frankfurt begann. Über den schwarzhaarigen Leo und die honigblonde Jenny. Über Freundschaft und Liebe.

»Das ist mein Nachruf auf Marcus und Thomas«, sagte er, als ob er damit erklären könnte, warum er plötzlich nasse Augen hatte. Und dann legte er das Pentakel, das er bei Thomas gefunden hatte, auf den Tisch.

Dalia atmete scharf ein. Sie hob die Augen. Diesmal lächelte sie nicht. Statt dessen griff sie in ihre Handtasche. Das, was sie neben das Amulett legte, war kleiner – aber es war ebenfalls ein Pentakel.

Verdammt, dachte Will. Also doch.

»Ich habe Marcus Saitz gefunden, in seinem Zimmer im Bankhaus Löwe. Und das lag neben seiner Leiche«, sagte sie tonlos.

14

1981

Sie waren fünf: Julius und Max, Will, Leo und Michel. Das Pentagramm, wie Leo sie großspurig getauft hatte. »Die Fünf ist eines der formbestimmenden Prinzipien der organisch belebten Natur«, hatte er eines Abends geflüstert, als die erste Korbflasche Chianti bereits leer war. Schon seit einer Stunde hatte er mit einem Ast Zeichen in den Sand gemalt. Einen Stern mit fünf Zacken, über denen jeweils ein Symbol thronte: vier Dreiecke, zwei davon auf der Spitze stehend, und ein Wagenrad. Dann zog Leo einen Ring um den fünfzackigen Stern. »Und das ist ein Pentakel. Wir, zu fünft, in einem Ring. Wie die alten Kelten. Zusammen können wir die Welt aus den Angeln heben.«

Niemand hatte etwas dazu gesagt. Michel nickte, weil er zu allem nickte, was Leo verkündete. Und Julius warf Will diesen Blick zu, der soviel hieß wie »Jetzt spinnt er wieder. Aber ist er nicht wunderbar?« Eine Woche später brachte Leo fünf Amulette an den Strand am Baggersee. Und als sie später sieben und nicht mehr fünf waren, trugen auch die anderen ihr Amulett an einem Lederband um den Hals.

Die Magie wirkte. Aber nicht so wie bei den alten Kelten. Vielleicht, weil die Magie der Sieben die des Pentakels entkräftete?

Eines Tages in diesem verrückten Sommer, in dem sie sich regelmäßig am Baggersee trafen, erst nur an den Wochenenden, später auch unter der Woche, abends, wenn es nicht mehr ganz so heiß war, stieß Marcus zu ihnen. Gegen die Bräune von Will und Michel – Max zeigte sich nicht gerne nackt, Julius hatte damals schon eine ziemliche Wampe und Leo zog es vor, alabasterblaß zu bleiben – hatte Marcus rosig ausgesehen wie ein Baby. Immerhin zog er sich aus, wenn auch verlegen, setzte sich neben Will und ließ sich von Max ein Glas Rotwein einschenken, Rotwein aus der Korbflasche, warm geworden in der Sonne, obwohl Max sich rührend Mühe gegeben hatte, die Flasche im See zu kühlen, ohne daß sie ihnen davonschwamm.

Will hatte Marcus eine Woche vorher auf einer Party kennengelernt. Alle waren bester Laune, nur Marcus stand im Flur und klammerte sich an eine Bierflasche. Will hatte aus den Augenwinkeln beobachtet, wie Beate ihn ansprach und schon nach ein paar Sätzen wieder abdrehte. Heide versuchte es bei ihm mit ebensowenig Erfolg, wofür Will nicht undankbar war, er hatte ein Auge auf sie geworfen.

Er ließ die Blicke schweifen. In diesem Moment knallte hinter ihm etwas auf den Boden, mit diesem satten Geräusch, das nur eine zerplatzende Bierflasche macht. Eine Frau schrie auf. Will drehte sich um. Marcus schwankte. Der dünne Kerl mit der Brille und den dunklen Locken sah wie ausgespuckt aus. Gerade noch rechtzeitig war er bei ihm, bevor Marcus nach allen Regeln der Kunst in Ohnmacht fiel.

Will nahm ihn unter den Arm und schleppte ihn zum Sofa im ausgeräumten Balkonzimmer. Endlich interessierten sich auch die Weiber für Marcus. Die Mädchen führten sich auf wie Krankenschwestern an der Kriegsfront, überschlugen sich mit feuchten Tüchern und guten Ratschlägen. Als Marcus wieder geradeaus gucken konnte, sah er keine von ihnen an. Statt dessen griff er nach Wills Hand und ließ sie nicht mehr los. Eine halbe Stunde später brachte Will ihn nach

Hause. Und nachdem Marcus Saitz die ganze Geschichte mit seiner Mutter unter Heulen und Zähneklappern herausgewürgt hatte, verabredete er sich mit ihm fürs Wochenende. Der Junge mußte raus aus seinem Elend.

Am Abend seines ersten Tages am Baggersee war Marcus krebsrot, trotz Sonnencreme. Nach zwei Gläsern Wein war er volltrunken. Und nach dem dritten machte er ihnen allen eine Liebeserklärung.

»Ihr seid meine Familie«, hatte er feierlich verkündet. »Ihr seid alles, was ich habe.«

Thomas war wenige Tage später zu ihnen gestoßen. Damals hatte er noch weißblonde Haare, die um seinen Kopf standen wie ein Heiligenschein. Er war eines Abends an ihnen vorbeigeschlendert, den Arm besitzergreifend um eine Frau gelegt, deren lange, seidige Haare die Farbe von dunklem Stroh oder Honig hatten. Ungewöhnlich für Max, den Schüchternen, daß er den beiden ein Glas vom Rotwein angeboten hatte, den er gerade ausschenkte. Fünf Minuten später kamen Jenny und Thomas zurück. Thomas hatte nicht gerade begeistert ausgesehen, wahrscheinlich hätte er Jenny lieber für sich behalten.

Er hatte die Rechnung ohne Jenny gemacht. Sie teilte sich mit allen, die es wollten.

Will war einer der drei, die nicht wollten. Es gab ihm einen Stich in die Magengrube, jedes Mal, wenn er sie sah. Ihre Schönheit berührte ihn, aber zugleich ließ sie ihn kalt. Jenny mußte das gemerkt haben. »Du bist mein Freund«, sagte sie irgendwann und lachte. »Weil du immun bist. Weil du mich nicht magst.«

Die anderen waren nicht immun gewesen, jedenfalls nicht Max und Michel und Marcus und schon gar nicht Thomas. Thomas lief ihr hinterher und ließ sich vor aller Augen zurückschicken wie ein Hund. Marcus himmelte sie an – sie mußte ihn irgendwann einmal verführt haben, er kam von einem Spaziergang mit ihr zurück, Glück und Verlegenheit im geröteten Gesicht. Max erzählte ihm irgendwann abends, als er schon betrunken war, daß sie ihn so lange angeflirtet habe, bis er an sein Glück zu glauben begann. »Sie hat mich stehengelassen mit offener Hose«, hatte er geflüstert und fast geheult dabei.

Michel Debus kam von einem »Spaziergang« mit ihr zurück und sah geradezu unanständig zufrieden aus. Wahrscheinlich hatte er sie einfach gevögelt, statt sich in sie zu verlieben. Und Julius? Julius machte sich nichts aus Sex. Und wenn er jemanden liebte, dann Leo.

Im Grunde war das Pentakel schon an jenem Tag zerbrochen, an dem Jenny aufgetaucht war und sich wie selbstverständlich neben Leo gesetzt hatte. Leo mußte es geahnt haben. Vielleicht deshalb – das »Projekt«, das Jenny ausschloß? Dann hätte das Verhängnis mit ihr begonnen.

Leos lächerliches, großartiges, größenwahnsinniges Projekt. Für das sie im Spätsommer 1981 täglich zweimal rund um den Baggersee liefen. Für das sie Liegestütze machten und Bauchpressen. Für das Julius schlank wurde und Max sportlich und Marcus sonnengebräunt.

Das Projekt endete an einem kalten Winterabend in einer Katastrophe. Was geschehen war, stand am nächsten Tag in der Zeitung. Als die Polizei Leo kurze Zeit später festnahm, war ihnen allen klar, daß es einer von ihnen gewesen sein mußte, der ihn verraten hatte.

Wer sonst?

MEINE HERREN,
DA WIRD IHR LACHEN
AUFHÖREN

1

Lieber Freund. Mein Lieber. Lieber Mann. Sehr lieber Mann. Mein Liebster. Mein Schönster. Geliebter. Heißgeliebter Mann. Das Liebste auf der Welt. Mein Einziger.

Mit herzlichem Gruß. Und so bin ich denn die Deine. Ich hab' Dich ja so lieb, Du. Wärst Du doch bei mir. Ich denk an Dich so stark – spürst Du es? Ich warte auf Dich mit liebendem, glaubendem Herzen. In unendlicher, zu Dir strömender Liebe. Ich küsse Dich mit großer Sehnsucht. Aufs Innigste. Aufs Zärtlichste. Ich möchte nur Deine Geliebte sein, sonst nichts. Wie herrlich es ist, Dich zu besitzen.

Will legte die Briefe beiseite, die sie gelocht und in einen Aktendeckel geheftet hatte, dessen grüne Pappe im Laufe der Jahre blaß geworden war. Seine Mutter mußte ihrem künftigen Mann jeden Tag geschrieben haben, seit 1943. Fast jeden Tag. Er hatte die Briefe nur überflogen, es waren viele, zu viele. Erst berichteten sie über Belangloses und Lebenswichtiges aus einem Alltag im Krieg. Marga war stolz darauf, Holzhacken gelernt zu haben – und darauf, noch aus den magersten Lebensmittelrationen Festessen zubereiten zu können. Später wurde der Ton ernster. Wie eine gute Schülerin vermeldete Marga geistige Auseinandersetzungen – mit Nietzsche, zu seiner Verblüffung. Und, warum auch immer, mit Lessing.

Irgendwann änderte sich der Ton ein weiteres Mal. Will nahm den Aktendeckel wieder auf und blätterte zum 12. August 1943. Das mußte nach dem zweiten Besuch Karls gewesen sein. Es blieb ihnen nur noch eine dritte Begegnung, bis sie sich aus den Augen verloren. Aus diesen drei Begegnungen setzte sich eine Liebe zusammen, die ein Leben lang hielt – aus drei Begegnungen und den Worten, die den Zwischenraum anfüllten.

Will war nach Heulen zumute. Er kannte die Familienlegende, natürlich. Wie sein Vater im Februar 1943 einen Teil seines Fronturlaubs nutzte, um die Schwester eines Kameraden zu besuchen, den eine Fliegerbombe erwischt hatte. Wie er sich sofort in sie verliebt hatte. Wie er schon im Spätsommer 1943 wieder bei ihr aufkreuzte. Und wie er sie im Mai 1944 das letzte Mal sah – für fast zehn Jahre.

Will griff nach dem nächsten Aktendeckel, Soennecken Bonna ES Quart stand darauf und, in dicker schwarzer Sütterlinschrift, »Marga Brandes«. Karl hatte ihr geantwortet, in diesen letzten Jahren des Krieges, die er als Marineartillerist in der Bretagne verbrachte. Auch noch aus der französischen Gefangenschaft. Marga hatte die kurzen Mitteilungen aus Erquy/Côtes du Nord beigeheftet, »Correspondance des Prisonniers de Guerre« stand auf den dünnen Blättern, die man zu einer Art Kuvert zusammenfalten konnte. Irgendwann jedoch war der Kontakt abgebrochen, ab 1948 schien sie die Briefe an ihn nicht mehr abgeschickt zu haben, das dünne, bräunlich gewordene Papier wies jedenfalls keine Knickspuren mehr auf. Dennoch hatte sie weitergeschrieben, mit blauer Tinte, in klarer, ruhiger Schrift. Will legte den zweiten Pappdeckel zum ersten und griff nach den letzten beiden Ordnern. Nicht mehr jeden Tag, doch noch immer, als ob es nur eine Frage von Wochen sein würde, bis der Geliebte wiederkäme. »Aber einmal wirst Du wieder bei mir sein.«

Will spürte seine Kehle eng werden. Es war ja nicht das erste Mal, daß er sich über die Liebe seiner Eltern wunderte.

Liebe, schon nach drei Begegnungen? Liebe über Jahre hinweg, ganz offenbar ohne ihre Erfüllung? Hatten die beiden sich überhaupt auch nur geküßt? Liebe, die auf Worten gründete, während er bei Vera gerade mal drei Abende, fünf Flaschen Riesling und verdammt wenig Überredungskunst gebraucht hatte …

Hatte er Vera geliebt? Er wußte es nicht mehr. Ebensowenig, ob er Dagmar geliebt hatte oder Karin oder Monika.

Will strich mit beiden Händen die Pappdeckel glatt, die sich an den Kanten wölbten, so weich waren sie geworden mit der Zeit. Kann man Liebe erfinden? Marga hatte die Liebe zu Karl in ihren Briefen entworfen. Mit Worten, denen das Leben nacheifern mußte. Mit Beschwörungen, gegen die jede Wirklichkeit zu schwach war. Sie hatte sich ein Bild gemacht, dem sich Karl willig unterworfen hatte.

Will wußte nicht, ob sein Vater seiner Mutter ebenso treu gewesen war wie diese ihm. Vielleicht liebte er längst eine andere, als Marga ihn wiederfand? Aber schon der erste Brief, der ihn nach all den Jahren erreichte, mußte ihn zurückgeholt haben. Hatte er ihre Handschrift erkannt auf dem Kuvert? Es mit zitternden Fingern aufgerissen? Hatte er den nächsten Zug bestiegen und sie zu sich geholt?

»Es ging dann alles sehr schnell«, pflegten beide an dieser Stelle der Legende zu sagen.

Will blätterte im letzten der Papierbündel nach hinten. »Mein einzig Geliebter«, begann der Brief. Er las nicht weiter.

Dalia war gestern abend verschwunden, nachdem sie die Kneipe verlassen hatten, von einem Moment auf den anderen. Er war traumverloren neben ihr hergegangen, hatte sich ihrem Schritt und ihrem Tempo wie durch ein Wunder angepaßt, hatte das Gefühl gehabt, daß es sich so gehöre, so, mit ihr und neben ihr zu gehen, sich im Einklang zu bewegen, jetzt, für immer, ihre Hand in seiner. Im nächsten Moment war sie weg, untergetaucht in der Dunkelheit der Nacht, als er abgelenkt war durch eine Horde betrunkener Jugendlicher, die ihnen entgegenkam. Das Gefühl der Verlassenheit, das ihn überkommen hatte, war fremd und furchtbar zugleich.

Er hatte nicht nach ihr gesucht. Er war nach Hause gegangen, nein, es war ja nur die Wohnung seines Vaters. Später wußte er nicht zu sagen, ob er geahnt hatte, was er finden würde oder ob es der Gedanke an Dalia war, der ihn dazu bewogen hatte. Aber er war zum Schrank gegangen, in dem die Unterlagen seiner Mutter untergebracht waren – als hätte es ihm jemand eingeflüstert.

Will stand auf und trug die Aktendeckel mit Margas Erfindung der Liebe zurück zum Schrank. Er verstand seinen Vater nicht. Man ging nicht zu Dolly Buster, wenn man mit einer solchen Liebe gesegnet worden war.

Aber es hat sie wenigstens gegeben im Leben deines Vaters, gab eine höhnische innere Stimme zurück. Und was gibt's bei dir?

Leere Tage ohne Illusionen. Irgendwann hatte er aufgehört zu träumen – von der Musik, die er machen, von den Artikeln, die er schreiben würde. Irgendwann genügte die Beziehung, die da war. Wenn die Kinderfrage sich nicht aufgetan hätte, wäre er ewig bei Vera geblieben. Was war schon Liebe? Ein Klischee. Der Alltag zählte.

Und nichts war lächerlicher als ein Mann, der in ein paar Jahren 50 wurde, und sie noch immer endlich einmal erleben wollte, die große Liebe. Er ertappte sich dabei, daß er in sich hineinlächelte.

Vielleicht konnte er es seiner Mutter nachmachen: die Welt neu zu umreißen, da nicht auszuschließen war, daß sie sich irgendwann nach ihrem Entwurf richten könnte?

Vielleicht war er ein Trottel, der dabei war, sich lächerlich zu machen? Vielleicht ... dachte auch Dalia in diesem Moment an ihn?

Du bist ein Trottel, sagte sich Will.

2

Will wunderte sich, daß Max Winter ein Frühaufsteher war, trotz eines Jobs, der ihn wahrscheinlich bis nach zwei Uhr nachts auf Trab hielt. Er selbst neigte gewiß nicht zu vorzeitiger Bettflucht – trotzdem war er schon wach, als um kurz nach sieben das Mobiltelefon klingelte.

»Will? Tut mir leid, ich weiß, es ist schrecklich früh, aber ich muß mit dir reden.« Max klang entspannt, sogar gutgelaunt.

»Macht nichts.« Will unterdrückte ein Gähnen. »Was ist passiert?«

»Ich muß mich bei dir entschuldigen. Ich war – in Panik.«

»Ist schon gut. Wir sind alle etwas durcheinander.«

»Ich habe mit Jenny geredet.«

Mit Jenny. Die in keinem Telefonverzeichnis stand.

»Kannst du vorbeikommen? Zum Frühstück?«

Natürlich konnte er.

Will wunderte sich über seine gute Laune und darüber, daß er sich beim Rasieren ins Gesicht guckte und gar nicht so übel fand, was er sah. Auf dem Weg zum »Gattopardo« kaufte er sich beim Kiosk an der Reuterstraße eine Zeitung und schlenderte gemütlich durch den Grüneburgweg zur Liebigstraße. Der laue Wind wehte Blütendüfte durch die Straße, passend, dachte Will, zu seiner seelischen Verfassung. Wenn er wüßte, wo sie wohnte, hätte er Dalia einen Strauß Flieder geschickt.

Im Grunde hatte er keine große Lust auf ein etwas heruntergekommenes Nobelrestaurant im kalten Morgenlicht, wahrscheinlich roch es dort nach Alkohol, Zigarrenrauch und Fisch von gestern, etwas, was man seinem Magen besser nicht vor dem Frühstück zumutete. Aber Max hatte sich angehört, als ob es ihm wichtig wäre, mit ihm zu sprechen. Vielleicht war die alte Freundschaft ja doch noch zu retten. Und daß er mit Jenny gesprochen hatte – das war interessant. Mehr als interessant.

Will zögerte vor der Liebigstraße 15. Die Tür zum Restaurant stand offen, und die Morgensonne leuchtete den Raum erbarmungslos aus, was den Anblick nicht hob. Von Max war nichts zu sehen. Auch nicht von dem versprochenen Frühstück – Max hatte mit selbstgebackenem Brot gelockt.

Er öffnete die Tür zur Küche. Niemand zu sehen. Es roch weder nach Kaffee noch nach frischem Brot.

»Max?« Keine Reaktion.

Will ging durchs Restaurant hindurch. Wahrscheinlich erwartete Max ihn in seinem Büro. Er öffnete die Tür und blieb im Türrahmen stehen. Der Geruch von kaltem Zigarrenrauch und abgestandenem Wein quoll ihm entgegen. Sein Magen hob sich. Mit ein paar Schritten war er am Fenster und riß es auf. Dann drehte er sich um. Und jetzt wurde ihm wirklich schlecht.

Es war ein Albtraum – ein grotesker, wahnsinniger Albtraum. Will ging mit zitternden Knien die paar Schritte bis zum Schreibtisch. Vielleicht konnte man Max noch helfen? Vielleicht war er nur gestürzt, ohnmächtig geworden, *betrunken*?

Er kniete sich neben den Mann mit der glänzenden Glatze, fühlte seinen Puls, horchte auf Atemzüge. Nichts. Und dann sah er das Amulett. Es lag neben dem Toten, wie bei Thomas, als ob es ihm im Sterben aus der Hand gefallen wäre.

Will mußte sich abstützen, um wieder hochzukommen. Er fühlte sich entsetzlich alt. Max hatte recht gehabt mit seiner Angst. Es sah ganz so aus, als ob der Freundeskreis auf der Abschußliste stand – und wem sonst sollte an ihrem Tod gelegen sein außer Leo?

Will zögerte. Es wäre das vernünftigste, die Polizei zu verständigen. Nur, wie sollte er denen erklären, daß er schon wieder die Leiche eines seiner Freunde gefunden hatte? Und die Geschichte mit Leo – wer würde ihm das schon abnehmen? Er legte das Pentakel auf den Schreibtisch und warf einen letzten Blick auf Max. Der alte Freund sah friedlich aus, fast ein bißchen erleuchtet. Wenn er es nicht besser wüßte, hätte er einen Sekundentod im Moment höchsten Glücks vermutet. Er zog die Tür zum Büro behutsam hinter sich zu. Im Restaurant war niemand. Dann ging er.

Diesmal bekam er Julius gleich ans Telefon. Bis er Michel aufgetrieben hatte, dauerte es etwas länger. Sie trafen sich in der Sandwichbar gegenüber von Wechslers Büro.

»Damit ist der Fall wohl klar«, sagte Julius.

»Leo? Ich glaube es einfach nicht.« Michel war den Tränen nah.

»Max hat Jenny getroffen, hat er mir am Telefon erzählt.«

»Jenny? Das glaube ich erst recht nicht.«

»Egal.« Julius klang energisch.

Will sah ihn von der Seite an. Es war ihm beim letzten Treffen schon aufgefallen, aber jetzt sah man es deutlich: Julius hatte abgenommen. Er sah schlanker und drahtiger aus.

»Der Überraschungseffekt ist vorbei. Ich werde Leo unter Garantie nicht so nah an mich ranlassen, daß er mir den Hals umdrehen kann. Und außerdem ist es Zeit, zur Polizei zu gehen.«

Er sah Will auffordernd an.

Will nickte. Aber er mußte nicht zur Polizei gehen. Die kamen schon von selbst, sobald ihnen aufgefallen war, daß Max ihn angerufen hatte, kurze Zeit vor seinem Tod.

Doch sie kamen nicht. An diesem Tag nicht und auch nicht am nächsten. Will Bastian war das recht. Feigling bleibt Feigling.

3

1981

Max Winter war sein eigener Folterknecht. Es brauchte nicht viel, um ihm unendliche Qualen zuzufügen: Es reichte ein Spiegel und die Aufforderung, hineinzuschauen.

Vor einigen Wochen noch war er nach spätestens zehn Minuten verzweifelt aus dem Zimmer gelaufen, in die Küche, Kaffee kochen oder Zeitung lesen. Mittlerweile hielt er es schon eine Stunde lang aus. Das war ein echter Fortschritt. Er schob den Spiegel zurecht, den er auf den Tisch am Fenster gestellt hatte, und nickte dem Gesicht, das ihm entgegenstarrte, aufmunternd zu.

Kapitel 5, 1. Lektion: »Sie sollen älteren Damen in einer Reihenhaussiedlung den ›Großen Brockhaus‹ verkaufen. Auf den ersten Eindruck kommt es an. Wie sehen Sie aus?«

Max schloß die Augen und konzentrierte sich. Vertrauenswürdigkeit. Seriosität. Charme. Intelligenz. Gute Kinderstube. Hilfsbedürftigkeit. Er wollte der ersten alten Dame, die ihm die Tür öffnete und bei seinem Anblick nicht gleich nach der Polizei schrie, das Bild eines jungen Mannes vorspiegeln, der es gut meinte und ehrlich war. Student der Jurisprudenz aus gutem Hause, unverschuldet verarmt. »Ich würde dies alles nicht tun, gnädige Frau, wenn nicht meine Mutter …«

Er öffnete die Augen. Er sah einen verlegen blickenden Kerl, braune Ringellöckchen, brave blaue Augen, halbherzig gebleckte Zähne. Dem würde er noch nicht einmal eine Spende fürs Müttergenesungswerk geben.

»Mit Selbstbewußtsein zum Erfolg« hieß das Buch. Er hatte niemandem davon erzählt, daß er es mittlerweile mit praktischer Lebenshilfe versuchte, aber er hoffte, daß es nützte.

Kapitel 5, 2. Lektion: »Versuchen Sie, Gefühle zu zeigen – Haß, Liebe, Sehnsucht, Ablehnung.«

Max seufzte tief auf. Will hatte ihm das Buch empfohlen, nach dem dritten Bier in der Wohngemeinschaftsküche. Julius war nicht dagewesen, nur deshalb hatte er sich getraut, die zwei größten Probleme seines Lebens anzusprechen. Das eine war seine Schüchternheit. Das andere trug einen Frauennamen.

Er stand auf, ging in die Küche und schaltete den Backofen ein. Dann mischte er Mehl, Milch, Zucker, Butter und Eier, verrührte alles zu einem flüssigen Teig und ließ den Teig sich setzen. Die drei Äpfel in der Obstschale reichten gerade eben für »Rosas Apfelkuchen«, das einfachste Rezept für einen Kuchen, das er kannte. Julius würde bald nach Hause kommen, er liebte es, wenn es Kuchen gab. Und Will aß sowieso alles, was man ihm hinstellte. Ohne auch nur ein Gramm zuzunehmen. Er hingegen ... Max kniff sich in die Taille. Er hatte keine. Er hatte keine Haare auf der Brust. Keine Muskeln, keinen vernünftigen Bartwuchs. Und Hüften wie eine Frau.

Er schälte die Äpfel, schnitt sie in Spalten, träufelte Zitronensaft darüber und mischte sie unter den Teig. Das Ganze in eine gefettete Springform und ab in den Backofen. Max Winter wischte sich die Hände am Geschirrtuch ab und starrte aus dem Fenster. Manchmal hatte er den Baulärm ganz vergessen, der von da draußen hereindrang. Nur wenn wieder einmal irgend etwas in den Boden gerammt wurde, zuckte er noch zusammen. Die Skelette der beiden Türme schraubten sich langsam und stetig in die Höhe. Bald würden sie ihnen die Sonne nehmen. Ihm war das mittlerweile egal. Er hatte andere Sorgen.

Er stellte die Eieruhr auf 50 Minuten und trottete zurück in sein Zimmer. Seit Julius ihn einmal ertappt hatte, als er vor dem Spiegel saß und versuchte, wie Clint Eastwood in »Für eine Handvoll Dollar« zu gucken, achtete er darauf, daß er die Tür hinter sich schloß, damit er hörte, wenn jemand kam. Es war schon 17 Uhr, aber keiner seiner beiden Mitbewohner hatte sich bislang blicken lassen. Will studierte – offenbar ernsthaft. Julius studierte nicht mehr. Aber er tat etwas, das Geld einbrachte. Letzte Woche hatte er eingekauft – beim Plöger auf der Freßgaß'. Das mußte ziemlich teuer gewesen sein, aber Max war es ein Vergnügen gewesen, die Jacobsmuscheln zu sautieren und die richtige Sauce für den Hummer anzurühren.

Er setzte sich wieder vor den Spiegel. Kapitel 5, Lektion 2: Gefühle zeigen.

Liebe, Leidenschaft, Sehnsucht? Er sah aus wie ein Karnickel mit Myxomatose, wenn er leidenschaftlich in den Spiegel guckte. Haß, Zorn, Verachtung? Da funktionierte nur eines: Selbstverachtung. Selbstverachtung war einfach. Er brauchte sich nur zurückzulehnen und die blaßblauen Augen auf sich wirken zu lassen. Die ungesunde Gesichtsfarbe. Die viel zu schmalen Lippen. Er brauchte nur zu spüren, wie ihm der kalte Schweiß ausbrach, auf den Handinnenflächen und der Stirn. Wie sich die dünnen hellbraunen Locken zu strekken und eng an den Schädel zu legen begannen, unwiderstehlich angezogen von der Feuchtigkeit der Haut. »Nur durch Mitgefühl ist eine fremde Seele zu verstehen.« Danke für den guten Rat, Michail Tschechow. Aber müßte man damit nicht bei sich selbst anfangen können?

Max verzog sein Gesicht. Auch Ekel gelang ihm gut. Er brauchte dafür nur an den feuchten Waschlappen seiner Mutter zu denken, den sie immer am Waschbeckenrand liegenließ. Oder an den spuckenassen Finger, mit dem sie ihm ins Gesicht fuhr, noch heute, wenn sie glaubte, ein Schmutzfleckchen zu entdecken.

Aber Freundlichkeit – Offenheit – Begehren … Er dachte an Jenny. An seidenweiche blonde Haare und spöttische blaue Augen. An Haut wie Samt. An das Tal zwischen ihren Brüsten, in das man hineinschaute, wenn sie das gelbe Sommerkleid trug. Und dann sah er, wie der Adamsapfel in seinem Hals hüpfte. Und wie seine Augen sich rundeten, wie bei einem Kleinkind, das ans Nuckeln denkt. Er ballte die Faust und drohte in Richtung Spiegel. Aber auch das sah lächerlich aus.

Laß sie über mich lachen, dachte er. Ich werde es überleben. Laß sie über mich weinen. Dann habe ich gewonnen.

Max Winter lächelte verlegen in sich hinein. Nächste Lektion, du Idiot, dachte er.

4

Karen mochte Hauptverhandlungen, die Elisabeth Wagner leitete. Die Richterin war klein, zierlich, mädchenhaft und wurde von allen, die es nicht besser wußten, unterschätzt. Elisabeth rächte sich dafür mit messerscharfem Witz, dessen Subtilität von den wenigsten Angeklagten verstanden wurde – aber sein Ziel schon: Elisabeth Wagner ließ keinen Zweifel daran, daß es eine Mißachtung des deutschen Rechtsstaates war, ihr nicht mit Respekt zu begegnen – nein: mindestens des deutschen Volkes, in dessen Namen sie Recht sprach.

Schon deshalb spielten sie beide das Spiel mit allen Finessen. Elisabeth war der »geschätzten Vertreterin der Anklage« gegenüber von ausgewählter Höflichkeit, und Karen ließ es an Formulierungen wie »Hohes Gericht« und großen Gesten der Zuvorkommenheit ebensowenig fehlen. Es war ein probates Gegengift zum Elend, das ihnen immer wieder gegenübersaß: alte Männer oder grüne Jungs, in den seltensten Fällen des Deutschen mächtig, die meisten wegen Bagatellsachen vor Gericht, die wenigsten in irgendeiner Weise schuldeinsichtig. Karen und Elisabeth waren sich meistens schnell darüber einig, wer eine Chance verdiente – die manchmal sogar darin bestand, einen jungen Mann in ein Gefängnis zu schicken, in dem er das erste Mal in seinem Leben saubere Wäsche kennenlernen und einen Deutschkurs besuchen konnte.

Dennoch war sie froh, die Sitzungen für diese Woche hinter sich zu haben. Sie horchte dem Stakkato ihrer Absätze hinterher, während sie über den Flur in ihr Büro eilte, flüchtig nach rechts und links grüßend, wenn Kollegen oder Verteidiger ihr hastig auswichen. In ihrem Kabuff sah es schlimm aus, wie immer, und die Blumen auf dem Schreibtisch waren schon wieder verblüht. Sie warf den Strauß in den Papierkorb, entsorgte das faulig riechende Blumenwasser und riß das Fenster auf, um Luft hereinzulassen. Es war trüb draußen, aber irgendwann mußte es ja Frühling werden.

Obwohl sie genug zu tun hatte, gab es zur Zeit im Grunde nur einen Fall, der sie leidenschaftlich interessierte – mehr noch sogar als die Sache mit den ukrainischen Putzfrauen, die sie immer noch nicht anklagereif hatte. Der Tod von Max Winter, den man heute früh in seinem Restaurant gefunden hatte, elektrisierte sie. Es war zwar noch nicht raus, woran genau er gestorben war – Gunter war mit dem Fall befaßt –, aber sie hatte keinen Zweifel daran. Man hatte es hier mit einer Serie zu tun, davon würde sie auch Zacharias noch überzeugen, und deshalb gehörte der Fall nicht in den Aufgabenbereich von Eva Daun, sondern zu ihr.

Max Winter, Thomas Czernowitz, Marcus Saitz. Alle drei waren im gleichen Alter, der eine 49, die anderen 48 Jahre alt. Sie rechnete fest damit, daß Max Winter auf die gleiche Weise umgekommen war wie die anderen. Wenn es nicht unpassend wäre, würde sie dem Täter eine ausgesprochen elegante Handschrift bescheinigen. Der Mörder schien die Stellen am Hals genau zu kennen, deren Kompression zum sofortigen Bewußtseinsverlust führt. Kampfspuren hatte keine der Leichen gezeigt. Besondere Kraft brauchte man für diese Mordmethode nicht: Eine Kompression der Karotiden erfordert eine Krafteinwirkung, die einem Gewicht von 3,5 Kilogramm entspricht, wie der Obduktionsbericht in Sachen Czernowitz vermerkte. Den Rest erledigt man mit einem weichen Schal oder ähnlichem.

Wenn Thomas Czernowitz nicht gewesen wäre ... Natürlich war die Frankfurter Staatsanwaltschaft kein Hort der Diskriminierung, niemand von ihnen fand den Tod eines Staatsanwalts schlimmer als den eines anderen Opfers. Jeder Mensch hatte Anspruch darauf, daß man sorgfältig überprüfte, ob es bei seinem Tod mit rechten Dingen zugegangen war. Aber ohne die sofortige Obduktion von Czerno wäre ihnen der Fall Saitz womöglich entgangen. Denn es war nicht eben selten, daß solche Todesfälle nicht als das erkannt wurden, was sie waren: Tötungsdelikte.

Karen kannte ihr Handbuch für Rechtsmedizin: Ein Schal hinterläßt kaum Druckspuren, zumal wenn das Opfer, wie im Fall Saitz, einen Rollkragenpullover trägt. Ein Indiz für eine Strangulation können winzige, flohstichartige Punkte in den Augenbindehäuten und in der Mundschleimhaut sein sowie Spuren von Stauungserscheinungen im Kopfbereich aufgrund des Zusammenpressens der Venen, aber danach sucht kein Arzt, erst recht nicht ein wenig erfahrener, der einen natürlichen Tod vermutet.

Auf Siggi Leitners Meinung gab niemand von ihnen auch nur irgend etwas. Der Notarzt erkannte generell auf »unnatürliche Todesursache«, er war bekannt dafür, daß er Polizei und Staatsanwaltschaft gern Arbeit machte.

Karen legte die Beine auf die Schreibtischkante und lehnte sich in den Sessel. Drei Tote sind eine Serie. Was aber, wenn die typischen Merkmale eines Serienmordes fehlen? Bei den üblichen Beziehungsdramen sind Ehegatten oder Familienmitglieder die naheliegenden Verdächtigen, Serienmorde aber zeichnen sich meistens dadurch aus, daß der Täter seine Opfer nicht kennt und auch die Opfer keine Verbindung zueinander aufweisen.

Kannten die Opfer den Täter? Dafür sprach die mangelnde Gegenwehr der drei Toten. Welches Opfer läßt einen ihm fremden Täter schon so nah herankommen, daß gleich der erste Griff an den Hals sitzt?

Wichtiger noch die Frage, was die drei Toten verband. Marcus Saitz, soviel war gewiß, hatte für so unsichere Kandidaten wie Czerno und Max Winter Geld beschafft bzw. beschaffen wollen und dafür seine Stellung riskiert. Warum? Was hatten die beiden gegen ihn in der Hand? Andererseits: Im Falle der Erpressung solcher Gefälligkeiten hätte es Saitz sein müssen, der seine Plagegeister umbringt. Saitz aber war als erster getötet worden, in einem für Max Winter äußerst ungünstigen Moment. Und Thomas Czernowitz? Hatte er sich wirklich nur deshalb so angelegentlich nach den Umständen von Saitz' Tod erkundigt, weil der andere im gleichen Alter und ein Freund war? Oder hatte er sich vor irgend etwas gefürchtet?

Karen nahm die Beine vom Tisch, stand auf und ging unruhig zum Fenster. Draußen setzte sich eine dünne Aprilsonne durch, und schon hatten sich die Sonnensegel vor die Fenster gesenkt. Die Haustechnik hielt Frankfurter Staatsanwälte offenbar für Engerlinge. Oder für lichtscheues Gesindel.

Es gab noch etwas, was die drei Toten verband – Freundschaft, seit Jahren schon. Niels Keller hatte sie als erster darauf hingewiesen, andere Zeugen hatten das bestätigt. Ein Freundeskreis, zu dem auch Julius Wechsler gehörte, eine eher zwielichtige Gestalt, dem man bei seinen Immobiliendeals indes bislang nichts Nachteiliges hatte nachweisen können. Aber wieso sollte jemand die Freunde von Julius Wechsler umbringen? Um ihm angst zu machen? Sie mußte Deitmer zu ihm hinschicken, gleich morgen.

Karen wippte auf den Zehenspitzen auf und ab und rollte

sich eine Haarsträhne um den Zeigefinger. Und dann war da noch etwas. Sie drehte sich um und ging mit schnellen Schritten zurück zum Schreibtisch. Ungeduldig schichtete sie die Papierberge ein weiteres Mal um. Der Vorgang lag nicht da, wo er hingehörte, und als sie die richtige Stelle nicht gleich fand, hätte sie den Aktendeckel am liebsten in die Ecke geworfen. Aber da war es. Die Firma Pollux. Nichts lag gegen die Eigentümerin vor, gegen Johanna Maurer, geboren am 1. August 1960 in Bad Kissingen.

Aber Mitarbeiter der Firma Pollux hatten im Bankhaus Loewe geputzt, Dalia Sonnenschein, die Marcus Saitz gefunden hatte, arbeitete seit drei Monaten für die Maurer. Und Pollux putzte auch im Justizgebäude C.

Endlich hatte sie die Information, nach der sie gesucht hatte. Sie erinnerte sich richtig – es war nicht Dalia Sonnenschein gewesen, die Czerno gefunden hatte, sondern eine gewisse Hatice Cebe. Aber wo war die Sonnenschein gewesen zu diesem Zeitpunkt? Und wieso hatte niemand danach gefragt?

Sie schickte einen spöttischen Gedanken Richtung Kriminaloberkommissar Deitmer. Es war ihr ein Genuß, den Schlauberger bei einem Versäumnis zu erwischen.

Und dann Max Winter. Der Koch, der ihn gefunden hatte, erinnerte sich nicht daran, ob die Tür offen oder abgeschlossen gewesen war. »Der Reinigungsdienst schließt normalerweise ab, wenn er geht«, hatte er gesagt. »Andererseits ... wenn der Chef schon da war ...«

Welcher Reinigungsdienst? Ein weiterer Auftrag für den Kollegen Deitmer. Und sie wettete darauf, daß sie die Antwort kannte.

Aber was hieß das? Selbst wenn Dalia Sonnenschein auch im »Gattopardo« geputzt hätte – war es vorstellbar, daß eine

Putzfrau nicht nur das Pech hatte, stets am Tatort oder in seiner Nähe gewesen zu sein, sondern daß sie selbst die Täterin war? Aber was für ein Motiv sollte sie haben? Dalia Sonnenschein stand im Verdacht, eine Erpresserin zu sein, das war aktenkundig. Aber Erpresser töten ihre Opfer eher selten. Was hätten sie davon?

Sie schickte Deitmer eine E-Mail, sicherte notdürftig ihren Schreibtisch, stand auf und ging hinüber zur Waschgelegenheit. Sie sah sich ins Gesicht. Du siehst erbärmlich aus, dachte sie beim Anblick der dunklen Schatten unter den Augen. Sie drehte den Kopf zur Seite. Und dann das Doppelkinn. Sie hob den Kopf und straffte sich. Womöglich schätzte Gunter äußere Werte doch höher ein als die inneren, die er bei ihr so rühmte. Sie trug Lippenstift auf und tuschte die Wimpern nach. Außerdem war er viereinhalb Jahre jünger, und Männer in dem Alter …

Was für ein kleiner, was für ein kleinlicher Gedanke. Sie nahm ihren Beutel mit den Kosmetikutensilien, warf ihn in die Aktentasche zusammen mit der noch ungelesenen Tageszeitung und verließ türeknallend das Büro.

5

Gedankenverloren streichelte Dalia Wotans seidiges Fell, während sie ihren Milchkaffee trank, den dritten schon, seit sie wieder zu Hause war. Sie hatte zwei Tage frei und wußte mit einem Mal nicht, was sie damit anfangen sollte. Johanna Maurer hatte ihr die freie Zeit regelrecht aufgenötigt – »immer in der Nähe eines Tatorts zu sein, muß einen ja ganz schön mitnehmen, gell, Dalia?« Und dabei hatte sie die Augen zusammengekniffen, den Kopf zur Seite gelegt und gelächelt – auf eine Art, die jede Wärme vermissen ließ. Wie eine Schlange, die Appetit auf ein Kaninchen hat.

Aber ich bin kein Kaninchen, dachte Dalia.

Was wußte die Maurer? Daß sie es war, die den Staatsanwalt gefunden hatte, und nicht Hatice, diese hysterische Kuh? Nein – Will Bastian hatte dichtgehalten, dessen war sie sich sicher. Aus welchen Gründen, konnte sie nur ahnen. Wahrscheinlich meiner schönen grünen Augen wegen, dachte sie.

Urplötzlich beschlich sie das Gefühl, daß Johanna Maurer sie noch schonte, um sie zu einem späteren Zeitpunkt genüßlich zu verspeisen. Sie will, daß du Angst kriegst, dachte Dalia, und wünschte sich zum zigsten Mal, sie könnte endlich die Koffer packen und ihr Wirkungsgebiet verlegen. Möglichst weit weg, nach Ostfriesland vielleicht. Oder ins Ausland.

Vielleicht ist es Zeit, den Job an den Nagel zu hängen, dachte sie und ließ es zu, daß Wotan selbstvergessen ihre

Handfläche abschleckte. Vielleicht solltest du dir einen Mann suchen und vom Ersparten leben. Zu ihrer Verwunderung spürte sie einen Stich in der Magengrube, als sie an Will Bastian dachte.

Und mit einem Gefühl, das sie an sich gar nicht kannte und das sich verdächtig nach freudiger Überraschung anfühlte, hörte sie die Türklingel. Woher er wußte, wo sie wohnte? Keine Ahnung. Aber er hatte sich die Mühe gemacht, sie zu finden. So wie gestern.

Wotan japste, als sie aufstand und zur Wohnungstür ging. »Du wirst ihn mögen«, murmelte sie und öffnete die Tür.

Mit dem bösartigen Knurren Wotans und dem versteinerten Gesicht der beiden Kripoleute hatte sie nicht gerechnet.

Der ältere der beiden sah nach unten. Wotan hatte sich zwischen Dalias Beine gedrängt und knurrte ihn mit gesträubtem Nackenfell an. Dann sah der Mann wieder auf. Langsam löste sich sein Gesicht, auch wenn es nicht ganz zu einem höflichen Lächeln reichte. »Kriminaloberkommissar Deitmer, Sie erinnern sich vielleicht, Frau Sonnenschein«, sagte der Mann und hielt ihr seinen Ausweis hin. »Und das ist mein Kollege Gieseking.«

Der jüngere mit den kurzen blonden Haaren verbeugte sich formvollendet.

»Dürfen wir …?«

Am liebsten hätte sie den Kopf geschüttelt.

»Oder wollen Sie, daß sich die Nachbarn für Ihren Besuch interessieren?«

Dalia hätte fast gelacht über diesen routinierten Erpressungsversuch und ließ die beiden eintreten. Es war wohl nicht zu vermeiden. Wotan hörte auf zu knurren, sobald sie die beiden über die Schwelle gelassen hatte, aber er hechelte ungnädig hinter ihnen her.

»Nett haben Sie es hier.« Gieseking sah sich ungeniert um und trat an die Wand neben dem Fenster, um die Tuschezeichnung zu betrachten, die dort hing. »Tempera und Acryl?« fragte er. »Öl auf Leinwand«, antwortete sie spöttisch. Erst, als er sie breit angrinste, merkte sie, daß sie auf ihn hereingefallen war.

Sie machte eine Handbewegung in Richtung Sofa. Während Gieseking sich brav hinsetzte und sein Notizbuch und einen Kugelschreiber zurechtlegte, stellte sich Deitmer breitbeinig vor das Bücherregal. »Stephen King und Ed McBain, da haben wir ja mal den gleichen Geschmack«, sagte er.

»Hatten Sie ein Literarisches Colloquium im Sinn oder gibt es womöglich noch ein anderes Thema, bei dem ich Ihnen helfen kann?« Dalia merkte, wie es ihr sauer die Kehle hochstieg, als Deitmer sich dem Schreibtisch und dem Computer zuwandte.

»Verzeihung, natürlich, Sie haben ja recht«, sagte er und setzte sich – nicht aufs Sofa, sondern auf den Schreibtischstuhl, in Cowboymanier, nämlich verkehrt herum, so daß er den Monitor des Notebooks im Rücken hatte. »Toshiba«, sagte er und zeigte mit dem Kinn über die Schulter in Richtung Schreibtisch. »Teuer, oder?«

»Ein Mac wäre teurer«, sagte Dalia steif. Wieder reingefallen, dachte sie. Auf so was geht man besser gar nicht ein.

»Verdient man so gut mit Erpressung?« Deitmer lächelte jetzt milde, seine Hände spielten mit dem kleinen Pferd aus Jade, das er von ihrem Schreibtisch genommen haben mußte.

Dalia war fast erleichtert über die Wut, die in ihr hochkochte. Bramsche, natürlich. Wie lange ihr das wohl noch nachhing. Mit ein paar Schritten war sie bei ihm und nahm ihm das Jadepferdchen aus der Hand.

»Ein Verdacht ist noch keine Verurteilung. Die Sache geht

Sie gar nichts an«, sagte sie. »Vielleicht erklären Sie mir endlich, was Sie von mir wollen.«

Deitmer zog die linke Augenbraue hoch und versuchte, amüsiert zu lächeln. Das wirkte eher abschreckend.

»Haben Sie Marcus Saitz zu erpressen versucht?«

»Bringt man jemanden um, von dem man sich noch was verspricht?«

Er lächelte.

Verdammt. Sie ließ sich von ihm aus der Ruhe bringen. Dalia setzte sich neben Wotan auf den Sessel, streichelte das immer noch leise knurrende Tier, zog das Bein an und versuchte, Deitmer in die Augen zu sehen.

»Nein, ich habe ihn nicht erpreßt.« Was nicht an mangelndem Willen, sondern an vorzeitigem Ableben lag.

»Aber Sie wußten, daß sein Geschäftsgebaren nicht ganz – na ja: koscher war, oder?« Gieseking hatte den Kugelschreiber erhoben und lächelte sie erwartungsvoll an. Sein Blick ging zum Notebook. »Sie wissen doch – wir können auch gelöschte Daten wiederherstellen. Oder haben Sie sich da Illusionen gemacht?«

Endlich schaffte sie es, zurückzulächeln. Das alles war eine leere Drohung. »Sonst noch was?«

Deitmer seufzte, wechselte die Position, so daß er an seine Gesäßtasche kam, und zog eine zerknautschte Zigarettenschachtel heraus, die sich der Rundung seines Hinterteils bereits angepaßt hatte.

Gieseking blätterte nervtötend ungeschickt in seinem Notizbuch, bis er die richtige Seite gefunden hatte, und sagte dann: »Sie haben Marcus Saitz gefunden.«

Das kommentierte sie nicht. Es war bekannt.

»Aber wo waren Sie, als Thomas Czernowitz starb?« Er sah auf und pochte mit dem Kugelschreiber auf sein Notizheft.

»Da ich nicht weiß, wann Thomas Czernowitz starb ...«

»Sie können davon ausgehen, Frau Sonnenschein, daß die Tat zu einer Zeit passierte, in der die Mitarbeiter der Firma Pollux ihrem nützlichen Werk nachgingen. Soweit ich weiß, haben auch Sie am 20. April bei der Staatsanwaltschaft Dienst getan.« Deitmer blickte suchend in die Zigarettenschachtel, seufzte dann auf und verstaute sie umständlich wieder in der Gesäßtasche.

»Das ist richtig.« Ihr Mund wurde trocken. Will hatte doch geplaudert. Warum?

»Und zwar im gleichen Flur, in dem Staatsanwalt Thomas Czernowitz sein Büro hatte.« Gieseking hob den Kugelschreiber, als ob er mit ihm zielen wollte.

»Stimmt.« Wenn er sie wirklich verraten hätte ... Der Gedanke tat weh.

»Und wo ...« Deitmer hatte sich auf dem Schreibtischsessel nach vorne gebeugt. Es sah ein bißchen lächerlich aus, wie er da über der Stuhllehne hing. Diesmal zog er beide Augenbrauen hoch, aber ein richtiges Lächeln gelang ihm noch immer nicht. Noch nicht einmal ein triumphierendes.

»Ich weiß nicht, wo ich war, als der Herr Staatsanwalt starb«, wiederholte Dalia dickköpfig. »Ich weiß nur ...«

Deitmer nickte aufmunternd.

»... wo ich war, als Hatice Cebe zu schreien begann.«

Deitmer nickte noch immer.

»Wollen Sie es wissen?« Dalia wurde ungeduldig.

Deitmer nickte wieder, stumm.

»Ich habe die Damentoilette geputzt und einige ziemlich unappetitliche Hinterlassenschaften aus dem Klo gefischt, Herr Kriminaloberkommissar.«

Gieseking starrte sie an, senkte den Kopf, und schrieb etwas in sein Heft. Dalia stellte sich vor, wie er »Die Zeugin behauptet, sich im Damenklo aufgehalten zu haben« hineinschrieb und drei Ausrufe- und Fragezeichen dahinter setzte.

»Und – wo waren Sie, als Max Winter starb? Sie haben gehört, daß er tot ist?«

Sie schüttelte den Kopf.

»Da waren Sie doch auch – in der Nähe?« Seine Stimme klang sanft.

Dalia lächelte ihn an. »Ich kenne keinen Max Winter.«

»So? Putzen Sie vielleicht nicht im ›Gattopardo‹?« Deitmer beugte sich wieder nach vorn. Gieseking blätterte suchend in der kleinen schwarzen Kladde. »Das ist ein Restaurant in der Liebigstraße«, sagte er.

»Nein«, sagte Dalia. Sie putzte nicht in Restaurants. Sie haßte es, in Restaurants zu putzen – schon, weil man dort selten brauchbares Material fand –, obwohl die Maurer sie mit Sonderzahlungen zu ködern versucht hatte.

»Hmmmm ... Also nein ...« Gieseking blätterte in seinem Notizheft, als ob er eine Eingebung suchte.

»Wie ist das überhaupt«, fragte Deitmer und legte Neugier in sein Gesicht. »Wie geht das vor sich, ich meine, in welcher Reihenfolge putzen Sie eigentlich?«

Gieseking blätterte. »Die Zeugin Hetice Cebe hat ausgesagt, daß Sie im Justizgebäude erst die Toiletten geputzt hätten, bevor Sie in die einzelnen Zimmer gingen, weshalb es auch Ihre türkische Kollegin war, die den Toten fand, wobei mir nicht ganz klar ist, was Ihre Kollegin in einem Zimmer zu suchen hatte, das doch, nach allem, was Sie mir erzählt haben, zu Ihrem – wie sagt man? – Beritt gehörte?«

Ganz einfach. Ich habe Hetice den Toilettenwagen weggenommen, den sie vor dem Flureingang hatte stehen lassen, weshalb sie zornentbrannt nach mir gesucht hat.

»Also – putzen Sie nun zuerst die Büros und dann die Toiletten, oder ...«

»Lieben Sie nicht auch die Abwechslung in Ihrem Beruf, lieber Herr Deitmer?« Sie versuchte, ihn anzulächeln. Aber sie wußte, wie dünn das Eis war, auf dem sie sich bewegte. Natürlich kamen die Toiletten auch bei ihr immer als letztes dran. Schon aus Hygienegründen. Aber sollte sie ihm das vielleicht sagen?

Deitmer nickte, als ob er verstünde. Gieseking kritzelte irgend etwas in sein Notizheft.

»Sind Sie sicher, daß Sie das Zimmer von Herrn Czernowitz nicht betreten haben, bevor Herr Bastian und Ihre Kollegin den Toten gefunden haben?« fragte er.

»Ganz sicher«, sagte sie und spürte ihr Herz klopfen. Will, dachte sie. Verdammt.

»Und Sie haben wirklich nicht im ›Gattopardo‹ geputzt?«

»Wirklich nicht.« Aber der Name kam ihr plötzlich bekannt vor. Die Maurer mußte ihn erwähnt haben.

Deitmer seufzte und erhob sich, was Wotan veranlaßte, noch vernehmlicher zu knurren.

»Warum sollten Sie uns auch verschweigen, wenn Sie wieder eine Leiche gefunden hätten, Frau Sonnenschein? Oder haben Sie etwa angenommen, wir würden Sie für einen Todesengel halten, nur weil es in Ihrem Leben ja schon öfter Tote gegeben hat? Männliche Tote?« Er schüttelte den Kopf, als hätte er ihr etwas zu verzeihen. Dann streckte er ihr die Hand hin, die sie zögernd ergriff, und ging mit der Bemerkung »Ich finde schon allein raus« über den Flur zur Wohnungstür. Gieseking lächelte und nickte und folgte.

Dalia horchte dem Klicken des Schlosses nach. Wotan hatte sich mit gesträubtem Nackenhaar aufgerichtet und dann wieder sinken lassen.

Seltsamerweise fragte sie sich, ob der Hund auf Will Bastian anders reagieren würde.

Bestimmt. Aber nicht, wenn er sie verraten hätte.

6

Sein Vater ging ihm aus dem Weg. Will war das recht, so hatte er beim Frühstück die Zeitung für sich allein. Als er das Gefühl hatte, sie auswendig zu kennen, stand er auf, räumte das Geschirr in die Spülmaschine und wischte die Krümel vom Tisch. Er hatte keine Lust auf seinen Schreibtisch – und keine Lust auf die fruchtlosen Telefonate mit Redakteuren, die ihn in endlose Gespräche über zusammengeschmolzene Budgets verwickelten, um ihm nicht sagen zu müssen, daß sie für ihn keine Arbeit hatten. Und er hatte Angst vor den Fragen der Polizei, die kommen würde. Unter Garantie.

Außerdem ging ihm Dalia nicht aus dem Kopf. Vielleicht putzte sie heute abend wieder bei den Staatsanwälten? Vielleicht sollte er die Firma anrufen, bei der sie arbeitete, und nach ihrer Adresse fragen? Der Name der Firma erinnerte ihn seltsamerweise an seinen Griechischlehrer, aber er fiel ihm nicht ein.

Im Flur stand Karl, in einem graugewaschenen T-Shirt und der alten blauen Trainingshose, in denen er Hausarbeit erledigte, ratlos über den Staubsauger gebeugt. »Er zieht nicht richtig«, sagte er anstelle einer Begrüßung. Der Alte sah nicht auf. Will wäre am liebsten an ihm vorbeigegangen, um die Tür zu seinem Zimmer geräuschvoll hinter sich zuzuwerfen – aber eine deutlichere Versöhnungsgeste konnte er von seinem Vater nicht erwarten, der es früher ums Verrecken nicht über sich gebracht hätte, ausgerechnet seinen Sohn, den Versager, um Hilfe zu bitten.

Will beugte sich neben ihm über das würdige Modell, das schon seine Mutter durch die Wohnung geschoben hatte, und fuhr sich fast im gleichen Moment mit den Fingern durchs Haar, in dem sich Karl die weißen Haare hinters Ohr strich. Die Geste tat weh.

»Hast du mal den Staubsaugerbeutel gewechselt?«

Endlich blickte Karl auf. Sein gepeinigter Blick sagte alles.

Will hockte sich neben Vater und Staubsauger und forschte nach dem Zugang zu dessen Eingeweiden. Als die Klappe hochschnappte, stöhnte er auf, obwohl der Anblick eigentlich zum Lachen war. Der ganze Innenraum des alten Teils war vollgestaubt, der prall gefüllte Beutel darunter kaum noch zu erkennen.

»Wie lange saugst du damit schon die Wohnung?«

Sein Vater hatte den Anstand, verlegen zu gucken.

Seit Margas Tod, wahrscheinlich. Dafür hatte sich das alte Teil erstaunlich gut gehalten. An der Hygiene der Wohnung durfte man allerdings ab sofort seine Zweifel haben. Erstaunlich, daß es hier nicht schlimmer aussah.

»Hast du irgendwo Ersatzbeutel?«

Will wußte, daß die Frage müßig war, kaum hatte er sie gestellt. Er hob den Beutel vorsichtig aus seiner Verankerung, trug ihn hinüber in die Küche und leerte den Inhalt in den Mülleimer. Die Vorstellung, daß dieser Staub noch von Margas Hand gesaugt worden war, daß all diese Partikel von ihren Füßen aufgewirbelt, ja zum Teil sogar von ihr verursacht worden waren, daß der Knopf, der aus dem Gewöll herausfiel, ein Knopf von einer ihrer Blusen sein könnte, rührte ihn.

Karl hatte derweil den Innenraum des Staubsaugers notdürftig gesäubert und sah zu, wie Will den geleerten Beutel wieder an seinem Platz verankerte. Dann klappte er den

Deckel zu. Der Alte strahlte, als der Staubsauger wieder aufheulte, deutlich leiser als zuvor.

Und dann klingelte es an der Wohnungstür. Diesmal war Will schneller als sein Vater, der den Staubsauger selbstvergessen durch die Wohnung schob und für nichts anderes Augen oder Ohren zu haben schien. Sie sah eher zierlich aus, als sie ihm strahlend den Apparat für die elektronische Unterschrift hinhielt, aber das Paket zu ihren Füßen wirkte gewichtig, und auch der Stimme nach war es die Frau vom Paketdienst, die schon das letzte Mal ein offenbar schweres Paket für Karl bis hoch in den vierten Stock geschleppt hatte.

»Viel Spaß damit«, sagte sie und zwinkerte ihm zu. Peinlich berührt sah Will auf den Absender. Er fürchtete Beate Uhse. Oder Dolly Buster.

»Aaaah! Da ist es ja schon!« Sein Vater hatte den Staubsauger abgeschaltet und kam in den Flur gelaufen.

»Was läßt du dir denn immer kommen?« Will hörte das Mißtrauen in seiner Stimme, aber seinen Vater störte das offenbar nicht.

»Eine Bettunterlage. Magnetfelder, das Allerneueste. Gegen Schmerzen.« Karl hatte mit einem Ruck das Plastikkuvert vom Paket abgezogen und die Rechnung herausgeholt. Will sah ihm über die Schulter. 213 Euro. Nicht schlecht für Scharlatanerie. Magnetfelder! Manche Leute schienen anzunehmen, alte Menschen glaubten alles.

»Und wenn ich es richtig sehe – habe ich 20.000 Euro gewonnen!«

Will las mit. »Offizielle Ziehungsbestätigung. Herr Bastian hat gewonnen. Persönliche Gewinn-Nummer: 51536. Sie können alle Informationen für Ihre Gewinnvergabe sofort unter folgender Telefon-Nummer abrufen: 01908-2620051536. 1,86 € im deutschen Festnetz.«

Will sah seinen Vater von der Seite an. Es war nicht zu fassen – manche alte Menschen glauben tatsächlich alles. Freudestrahlend wedelte Karl mit dem Papier und marschierte Richtung Telefon. Nach einer Weile hörte Will ihn geduldig alle möglichen Fragen beantworten. Er verkniff sich, auf die Uhr zu schauen. Die Betrüger würden schon dafür sorgen, daß sich das Gespräch hinzog. Damit verdienten sie schließlich ihr Geld – damit und mit Mogelprodukten wie geheimnisvollen Magnetunterlagen, von denen sich ein alter Knacker die Linderung seiner Zipperlein versprach. Seinen Gewinn würde Karl nie in die Hand bekommen.

Das erklärte natürlich die hohe Telefonrechnung. Für einen Moment bedauerte Will fast, daß sein Vater, statt sich soliden Telefonsex zu gönnen, den Lügen von Betrügern zuhörte, die es offenbar gerade auf ältere Menschen abgesehen hatten. Er ließ die Wut in sich hochsteigen und fühlte eine tiefe Befriedigung dabei. Wut war besser als das Mitleid, an dem er gemerkt hatte, daß er erwachsen geworden war. Es war ein beängstigendes Gefühl, sich eingestehen zu müssen, daß jetzt er es war, der die beschützende Rolle übernehmen mußte – beim eigenen Vater.

Will ging hinüber ins Arbeitszimmer und zog den Stecker aus der Telefonbuchse. Dieses Spiel hatte der Alte nicht verdient. Und er, wenn er es recht betrachtete, auch nicht.

»Ich habe telefoniert, und plötzlich war die Leitung weg.« Karl stand in der Tür und schaute fragend herüber.

»Ja, ist mir auch schon aufgefallen. Wir kommen nicht mehr ins Netz. Ich kümmere mich gleich darum.«

Sein Vater blickte ihn zweifelnd an. Dann nickte er schicksalsergeben und ging wieder in sein Zimmer. Nach kurzer Zeit hörte Will den Fernseher.

7

Es war kühl draußen, und der Himmel hatte sich wieder bezogen. Frühling in Deutschland – was wollte man erwarten? Karen griff in die Tasche ihrer Jeans nach dem Mobiltelefon. Sie hatte seit zwei Stunden nicht mehr nachgeschaut, ob eine SMS gekommen war. Wie schön, das ausnahmsweise einmal zu vergessen!

Nichts zu sehen von dem kleinen Briefsymbol auf dem Display. Aber damit war zu rechnen gewesen.

Karen überquerte die Kurt-Schumacher-Straße in einem Pulk von jungen Frauen. Über die Zeil schoben sich träge Menschenmassen. Das war nichts für Eilige, weshalb sie heute gar nicht erst versuchte, das Pärchen zu überholen, das gemächlich einen Kinderwagen vor sich herschob, in dem ein dunkelhaariges Kleinkind sich rot im Gesicht geschrien hatte.

Ein flüchtiger Blick in die Schaufenster mit der Sommermode erinnerte sie daran, daß sie mindestens drei Kilo abnehmen mußte. Der Gedanke verdarb ihr die Lust auf ein Eis oder ein Glas Wein. Jetzt schob sie sich schneller durch die Menschenmenge, bis sie an der Katharinenkirche angelangt war und vor ihrer Lieblingsparfümerie stand, vor Kobberger, in deren Auslage die neuesten und teuersten Präparate das Altern zur reinen Freude zu machen versprachen.

Nicht hineingehen, mahnten die inneren Wachhunde. Wenn sie es doch tat, kam sie unweigerlich mit einer dieser kleinen roten Tragetaschen heraus, für deren Inhalt sie viel zu viel Geld bezahlt hatte. Aber dann erhob sich der Trotz gegen die elende, langweilige Vernunft. Ein bißchen Luxus hatte noch immer geholfen gegen schlechte Laune.

Wieder tastete sie nach dem Nokia in ihrer Hosentasche. Die zarten virtuellen Berührungen waren der Draht zwischen ihnen gewesen, von Anfang an. Das Vibrieren und die beiden Töne, die eine SMS ankündigten, trafen sie beim Aufwachen, auf der Straße, während einer Sektion, in der Verhandlung. Sie hatte selten lange der Versuchung widerstehen können, ihm zu antworten, hatte einmal sogar eine Zeugenbefragung unterbrochen und sich aufs Klo verabschiedet, um mit zitternden Fingern eine sehnsüchtige Antwort auf Gunters billet doux zu tippen.

Sie verbot sich, ihn zu locken und steckte das Handy wieder ein. *Er* war an der Reihe. Das war sie ihrem Stolz schuldig.

Man hatte sie gesehen bei Kobberger – eine der Verkäuferinnen winkte ihr zu. Karen war Stammkundin, schon seit Jahren. Es war nicht schwierig, einer der letzten unabhängigen Parfümerien der Stadt die Treue zu halten – sie mochte die Atmosphäre in dem Laden und seine fachkundigen Damen, die fast alle schon in einem Alter waren, in dem man wußte, daß Jugend ein Zustand war, der von alleine vorübergeht. Ja, eigentlich hatte sie sparen wollen. Aber was hieß schon eigentlich. Sie ging hinein.

Im Vorübergehen sah sie ihr Gesicht in einem der vielen Spiegel. Sie sah müde aus, blaß, ein bißchen durchscheinend. Überarbeitet und liebeskrank, dachte sie und hob die Augenbrauen, während sie sich spöttisch zulächelte.

»Ich brauche etwas, das sofort wirkt, gute Laune bringt und mich Jahre jünger macht«, sagte sie zu Lisamarie, die heute Glitzerpuder auf dem vornehm gebräunten Dekolleté trug.

»Nichts leichter als das«, sagte Lisamarie und sah ihr prüfend ins Gesicht. Dann steuerte sie den Tisch an, hinter dem eine der teuersten Pflegeserien im Regal stand, und davon gab es bei Kobberger nicht gerade wenige. »Haben Sie Zeit mitgebracht? Ich habe eine Kabine frei!«

Karen seufzte innerlich auf. Das ging ins Geld. Dann nickte sie und folgte der Kosmetikerin.

Auf der Liege entspannte sie sich wie durch ein Wunder sofort. Vielleicht lag es an den eintönig meditativen Klängen aus der Lautsprecheranlage. Oder an Lisamaries weichen Fingern, mit denen sie Karens Haut streichelte, beklopfte und massierte. An den heißen Tüchern, die sie auflegte. An den duftenden Gesichtsmasken. Am Öl, mit dem ihre Arme massiert wurden. Als Lisamarie das Licht dämpfte und sie unter einer Packung allein ließ, die ihr Gesicht strahlend schön und wie neu hinterlassen sollte, dämmerte sie ein.

Es war das Mobiltelefon, das sie weckte.

»Ist alles schon erledigt.«

Deitmer. Keine Anrede, keine einführenden Worte. Das war seine Art, mit ihr zu kommunizieren.

»Was, bitte, Herr Deitmer?« Sie versuchte, ironisch zu klingen, statt beleidigt. Das funktionierte besser bei Leuten wie ihm.

»Dalia Sonnenschein. Ich sollte doch noch mal … Schon erledigt.«

»Ob Sie wohl in ganzen Sätzen mit mir reden würden?«

»Sie haben mich gefragt, wieso ich Dalia Sonnenschein nicht gefragt hätte, wo sie war, als Thomas Czernowitz gefunden wurde.« Deitmer sprach jetzt nervend langsam.

»Hab' ich. Und?«

»Ich habe sie gefragt. Heute morgen.«

»Und?« fragte sie.

»Auf dem Klo. Diese Frauen sind immer gerade auf dem Klo, wenn Sie mich fragen.«

»Ich frage Sie nicht!« Chauvinistische oder frauenfeindliche Bemerkungen duldete sie nur bei sich selbst. »Und was ist mit Will Bastian?«

»Ach, da ist nix. Da würde ich an Ihrer Stelle mal nicht...«

»Der Mann ist mit allen drei Toten befreundet, Herr Deitmer! Und hat einen von ihnen gefunden!«

Karen hatte sich halb aufgesetzt und nicht bemerkt, daß die Gesichtsmaske am Ohr noch feucht war. Nun hatte sie die Bescherung – sie guckte angeekelt auf ihr Mobiltelefon, das von einer bleigrauen Pampe verschmiert war. Und jetzt hatte der liebe Kollege Deitmer aufgelegt.

Und was war mit Julius Wechsler? Hatte er sich darum gekümmert, wer im »Gattopardo« putzt? Konnte Deitmer mal ein einziges Mal tun, worum sie ihn bat?

Karen warf die Decke von sich, die Lisamarie über ihre Füße gebreitet hatte, und und rief Deitmer zurück. Daß Lisamarie vorwurfsvoll guckte, interessierte sie ebensowenig wie der seltsame Anblick, den sie bieten mußte, wie sie da stand: ohne Bluse, mit herabgelassenen BH-Trägern und einer porzellanartigen Substanz im Gesicht, die um ihren Mund herum in viele feine Risse zersprungen war.

Deitmer hatte die Mobilbox eingeschaltet. Sie drückte den Ausknopf. Aber der Jagdinstinkt hatte sie wieder erfaßt. Und während Lisamarie sie zurück auf die Liege überredete, ihr mit heißen Tüchern das Gesicht säuberte, duftende Essenzen und Lotionen und zum Schluß ein leichtes Make-up auftrug, kreisten ihre Gedanken um eine völlig neue Idee. Erst, als sie wieder auf der Straße stand, fiel ihr auf, daß sie in der vergangenen Stunde nicht ein einziges Mal an Gunter gedacht hatte.

Sie holte das Nokia aus der Jeanstasche. »1 Kurzmitteilung empfangen«, meldete das Display. Karen löste die Sperre. Eine SMS. Von Gunter. Idiotisch, wie ihr Herz klopfte.

Sie öffnete die SMS.

»Winter: Tod durch Herzinfarkt. Kein Hinweis auf Fremdverschulden. Gruß. Gunter.«

Karen blieb stehen, mitten im Menschengewühl. Mit einem Mal gab es zwei Gründe, warum sie enttäuscht war: über die unpersönliche Mail von Gunter. Und über das Ende einer Theorie.

8

Das letzte Zimmer im Gang. Plötzlich fühlte Dalia sich unendlich müde. Und dann begann auch noch der Staubsauger zu heulen statt zu saugen. Hoffentlich hatte er nichts Schlimmeres erwischt als ein Stückchen Bürokratie. Sie schaltete ihn aus und schaute in die Düse. Der Fetzen Stoff, der noch herausguckte, war nicht weiß, sondern dunkelrot mit weißem Spitzenbesatz. Vorsichtig zog sie daran. Der Damenslip war hauchzart, aber unversehrt.

Ein Damenslip im Büro eines Staatsanwalts mit dem sprechenden Namen Hermano Ortiz-Soto de Ortega. Dalia kicherte unwillkürlich. Sie stellte sich einen rassigen Spanier mit pomadigen Haaren vor, der während seines Aktenstudiums zur Inspiration an einem Damenslip roch. Oder war das Ding nach dem Besuch einer Zeugin liegengeblieben? Sie hängte das Teil über die Schreibtischlampe. Es war ein eher angenehmer Fund, verglichen mit gebrauchten Kondomen im Papierkorb. Oder mit blutigen Damenbinden.

Oder mit Leichen.

»Er meint es nicht so, Kleines«, hörte sie ihre Mutter sagen, deren Nase blutete, das rechte Auge war geschwollen. Dalia hatte ihre Schreie gehört, stundenlang, glaubte sie, bis sie es nicht mehr aushielt und ins Zimmer gerannt war. Dort stand er, über Mama gebeugt, die Fäuste schwingend. Sie war auf ihn zugestürmt und hatte auf ihn eingeschlagen. Er hatte sie abgeschüttelt wie eine lästige Fliege.

»Er kann nichts dafür, glaub mir, Kleines.« Mama sagte das immer. Sie sagte es seit Jahren.

Die Erinnerung an ihre Mutter war die beste Versicherung gegen ein ungebetenes Gefühl wie Liebe – zu einem Mann. Sie verbot sich den Gedanken an Will Bastian. Sie war rechtzeitig gegangen, bevor er auf Ideen kommen konnte. Fehlte noch, daß ausgerechnet sie jetzt sentimental wurde. Männer bekamen ihr nicht. Und sie – bekam Männern nicht. Auch nicht Journalisten mit graublauen Augen und dichtem Haarschopf.

Sie saugte die letzten Meter Teppichboden, kippte das Fenster und verließ den Raum. Die Toiletten kamen zum Schluß, wie immer. Auch bei der Frankfurter Staatsanwaltschaft schafften es die meisten Frauen nicht, ihre Binden und Tampons ordnungsgemäß in den dafür vorgesehenen Tüten unterzubringen, das meiste landete unverpackt im Abfalleimer. Aber Dalia war schlimmeres gewohnt.

Sie versorgte die Toiletten mit Klopapier, füllte die Spender für die Papierhandtücher auf und verstaute die Putzutensilien in der Kammer. Dann zog sie sich um und ging zum Ausgang.

Sie hoffte, daß er wieder auf sie wartete, da draußen, mit hochgeschlagenem Mantelkragen, eine Zigarette im Mund.

Sie hoffte, ihn nie wiederzusehen.

Ein unfreundlicher Aprilwind blies durch die Porzellanhofstraße. Sie fröstelte und zögerte unentschlossen, als sie Johanna Maurers Stimme hinter sich hörte. »Schon fertig?«

Dalia drehte sich um. Die Maurer lächelte ihr Haifischlächeln. Dalia hätte am liebsten »Was glauben Sie denn?« gesagt, aber sie nickte nur.

»Haben Sie sich eigentlich mein Angebot mal überlegt?«

»Welches Angebot?« Dalia hörte sich zu. Sie klang schäfisch.

»Sie wissen schon«, sagte die Maurer. »Denken Sie in Ruhe darüber nach.« Sie lächelte wieder und ging Richtung Zeil. Dalia sah ihr ohne Bedauern nach, wartete eine Weile und überquerte erst dann die Straße, langsam. Sie wollte ihm noch eine Chance geben.

Sie spürte ihr Herz klopfen, als sie einen Mann im Mantel um die Ecke biegen sah. Aber er war es nicht. Will Bastian war nicht gekommen.

9

Will stockte der Atem. Die Frau, mit der Dalia vor dem Justizgebäude stand ... Sie hatte die gleiche Figur, das klassische Profil, das lange blonde Haar, das sie sich jetzt aus dem Gesicht strich, mit einer Geste, die ihm noch immer vertraut war nach all den Jahren. Sie war älter geworden, gewiß – aber sie sah wie Jenny aus. Es *mußte* Jenny sein.

Fast wäre er hinübergegangen, um beide zu begrüßen, er hatte Jenny ja ausfindig machen sollen, und das war ihm schneller gelungen als er gedacht hätte – aber etwas hielt ihn zurück: Dalia und die Frage, was ausgerechnet sie mit jemandem wie Jenny zu tun hatte.

Er spürte die Enttäuschung in sich aufsteigen wie Sodbrennen, als er sie da stehen sah, die kleine Prinzessin mit den dunklen Locken, neben der großen blonden Frau. Jenny. Jenny Willard. Der einzige Kontakt zu Leo. Wenn Dalia mit Jenny vertraut war – kannte sie dann auch Leo? Hatte sie für ihn Marcus und Thomas ausspioniert? War sie Jennys Zuträgerin? Oder war sie womöglich selbst die Mörderin?

Unmöglich, dachte er. Nichts ist unmöglich, dachte es zurück.

Er zog sich in den Hauseingang zurück, vor dem er auf sie hatte warten wollen. Die beiden Frauen verabschiedeten sich, die Blonde, die Jenny sein mußte, ging an ihm vorbei. Dalia schien zu zögern. Wartete sie auf ihn?

Es tat ihm weh, aber er rührte sich nicht. Er mußte mit Jenny reden.

Als Dalia endlich gegangen war, lief er durch die schmale Gasse hinter dem Justizgebäude hinüber zur Kurt-Schumacher-Allee. Er sah Jenny sofort, sie stand noch an der Ampel, ihr Haar leuchtete unter einer Straßenlaterne. Will ging schneller. Als sie sich umdrehte, stockte ihm der Atem. Ihr Gesicht war eine starre Maske unter dem Lampenlicht, sie erinnerte ihn an eine Rachegöttin, die nichts vergaß und nichts verzieh. Aber dann lächelte sie, als sie ihn sah, und jetzt gab es keinen Zweifel mehr. Es *war* Jenny.

»Will!« Sie umarmte ihn, küßte ihn rechts und links, als ob sie sich gestern erst gesehen hätten und nicht zuletzt vor fünfundzwanzig Jahren. »Was für ein Zufall! In welche Richtung gehst du?«

Er bot an, sie zu begleiten. Sie hakte sich bei ihm unter, und es kostete ihn einige Mühe, sich ihr nicht gleich wieder zu entziehen.

»Du bist nicht mehr bei der Zeitung? Schade«, sagte sie, nachdem er die letzten fünfundzwanzig Jahre seines Lebens im Schnelldurchgang wiedergegeben hatte. Auf seine Frage nach ihrem Beruf murmelte sie etwas von einem kleinen Unternehmen, das sie leite. Er fragte nicht weiter. Er wollte etwas anderes wissen.

Sie war noch immer schön, das ja – auch wenn ihr Haar nicht mehr so seidig glänzte und die gebräunte Haut ein bißchen nach gegerbtem Leder aussah. Doch noch immer störte ihn etwas an ihr, an ihrem Gang, an ihrer Stimme. Sie wirkte kalt. Noch kälter als früher.

Sie landeten im Künstlerkeller am Dominikanerkloster, wo man auch nach Mitternacht noch einlaufen konnte, und setzten sich an die Theke. Nach dem ersten Glas Riesling entspannten sich ihre Züge.

»Du hast es vielleicht mitgekriegt …«, sagte er leise.

»Ich hab es in der Zeitung gelesen. Che und Marcus.« Sie riß die blauen Augen auf, eine gespielte Betroffenheit, die nicht zu ihr paßte. »Schlimm.«

Schlimm? dachte Will. Wie man's nimmt. Sie hat immerhin mit beiden was gehabt.

»Und Max? Du hast mit ihm geredet, hat er mir erzählt?«

Jenny lächelte. »Ich habe einen Tisch im ›Gattopardo‹ reservieren wollen und hatte ihn an der Strippe. Schade, daß er tot ist.«

Will erstarrte. Woher wußte sie das?

»Herzinfarkt, sagen seine Angestellten. Kein Wunder. Er arbeitete wahrscheinlich zu viel.« Jenny seufzte und lächelte ihn dann wieder an. »Wie wir alle.«

Will ließ den Wein im Glas kreisen. »Herzinfarkt? Bist du sicher?«

Sie zuckte mit den Schultern. »So wurde es mir gesagt.«

Wenn das stimmte … Wenn es stimmte, daß Max nicht ermordet worden war – was hieß das? Hatten sie sich alle in eine Paranoia hineingeredet? Hing das alles gar nicht mit Leo zusammen? Aber was war mit den Pentakeln, die Dalia und er gefunden hatten?

Er mußte mit Leo sprechen, das war das einzige, was weiterbrachte.

»Es heißt, Leo ist zurück.«

Sie sah ihn interessiert an. »Ach – ja?«

»Hast du keinen Kontakt mehr zu ihm?«

»Schon«, sagte sie gedehnt und leerte ihr Glas.

»Und – wo ist er?«

»Warum willst du das wissen?« Ihre Stimme wurde scharf. »Willst du dich bei ihm entschuldigen?«

»Jenny – Marcus und Thomas sind ermordet worden, und ich frage mich …«

»Was?« Ihre Augen glitzerten. »Ob Leo ihnen den Hals umgedreht hat?« Sie lachte. »Wenn ich darüber nachdenke – man könnte ihm das nachsehen, oder? Schließlich hat ihn einer von euch damals verraten – verraten und verkauft!«

»Du verstehst mich falsch. Darum geht es doch gar nicht.« Will hörte sich zu und merkte, daß er sich rauszureden versuchte. Denn sie hatte ja recht – genau das hatten sie alle gedacht. Und wenn auch Max ermordet worden wäre, hätte niemand mehr die Spur eines Zweifels.

»Aber das paßt zu euch, was ihr Leo unterstellt. Ihr habt euch all die Jahre nicht die Bohne um ihn gekümmert und jetzt habt ihr Angst vor ihm. Geschieht euch recht.«

Jenny lächelte nicht mehr. Sie schob ihr Gesicht ganz nah an seines heran. Er konnte die harten Linien darin erkennen, in denen sich das Make-up abgesetzt hatte. Er las Spott in ihren Augen. Verachtung. Und noch etwas anderes, das er nicht gleich begriff.

Und dann legte sie ihm die Hand auf den Arm und begann völlig unerwartet zu lächeln.

»Frag ihn doch selbst. Ich rufe dich an, und wir verabreden uns mit ihm, in Ordnung?«

Er nickte. Dann leerte auch er sein Glas. Er wollte weg hier, weg von ihr. Sie war ihm unheimlich.

10

Die Kerzen waren fast heruntergebrannt. Karen setzte sich auf und strich sich die Haare aus dem Gesicht. Gunter hatte den Handrücken über die Augen gelegt, wie es Katzen tun, wenn sie am hellichten Tag schlafen. Sie betrachtete ihn mit einer Zärtlichkeit, die ihr die Tränen in die Augen trieb.

Dann deckte sie seine nackte weiße Schulter mit der Bettdecke zu und stand auf. Er seufzte im Schlaf.

In der Küche holte sie eine Flasche Mineralwasser aus dem Kühlschrank, nahm ein Glas aus dem Regal und ging wieder hinüber zum Schlafzimmer. Gunter hatte sich umgedreht und lag nun auf dem Rücken, die Arme ausgebreitet und hinter dem Kopf verschränkt. Sie sehnte sich danach, ihm mit der Zunge den Hals entlangzufahren, seinen salzigen Schweiß zu schmecken, und sie dann nach oben wandern zu lassen, bis zum Ohr, sanft darüber zu hauchen und dann mit der Zungenspitze die Ohrmuschel zu berühren, nur ganz zart, wie ein Atemzug. Sie bildete sich ein, seine Augenlider flattern zu sehen. Sie küßte ihn auf die Lippen und hörte ihn wieder seufzen.

Dann ging sie auf den Balkon. Es war Frühling geworden, von einem Tag auf den anderen. Die Luft war satt von Gerüchen. Von Flieder? Jasmin? Oder einfach nur von so etwas Schlichtem wie Glück, das alles duften ließ, sogar die Achselhöhlen eines Mannes?

»Es ist doch so einfach«, hatte er geflüstert, als sie tief ineinander versunken lagen.

Wenn es doch so einfach wäre.

Sie sah in den Himmel, der sich langsam rötete. Und dann hörte sie es rascheln. Zuerst kam A-Hörnchen, das Eichhorn mit dem roten Fell. Es stürzte sich zielstrebig auf die Erdnüsse, die sie gestern abend ausgelegt hatte. B-Hörnchen folgte.

Sie nahmen keine Notiz von ihr, die beiden, griffen sich Nuß für Nuß, knackten sie und zermalmten den Kern. Karen sah gerührt zu, wie die kleinen Kiefer mahlten. So, in etwa, mußte das Paradies aussehen: Gunter, schlafend, einmal nicht unterwegs und auf der Flucht, und zwei Tiere, die furchtlos nahmen, was sie ihnen geben konnte.

Wenn sie das Talent dazu hätte, glücklich zu sein, dann wäre sie es jetzt.

Das einzige, was störte, war der Gedanke an die Mordserie, die keine war. Daß Max Winter eines natürlichen Todes gestorben war, störte ihre Theorie erheblich. Aber welche Theorie überhaupt? Sie nahm einen Schluck aus dem Wasserglas und schaute dem Wolkenschleier nach, der die schmale Mondsichel umflorte.

Niels Keller, dachte sie. Er hatte ihr einreden wollen, es gehe um den Freundeskreis von Julius Wechsler. Offenbar aber handelte es sich um einen Fall, der allein Marcus Saitz und Thomas Czernowitz betraf. Was hatten die beiden getan, besser gesagt: Was machte sie zum Objekt eines Mörders? Saitz' Geldgeschäfte? Irgendein Fall, in den Czerno verwikkelt war? Sie verspürte keinerlei Erleuchtung, im Gegenteil: Ihr Interesse für den Fall war auf Normalmaß geschrumpft. Zweifellos gesünder, dachte sie und leerte das Glas. Aber schlecht für die Statistik. Und ganz und gar ungut für die Bilanz ihrer Ermittlungsarbeit.

»Komm ins Bett«, flüsterte Gunter hinter ihr. A-Hörnchen

nahm unruhig Witterung auf. Aber B-Hörnchen fraß gelassen weiter.

Karen stand auf, folgte Gunter ins Schlafzimmer, ließ den Morgenmantel fallen und glitt hinüber in die Wärme seiner Umarmung.

Als der Wecker um sieben Uhr klingelte, schaltete sie ihn aus und gab sich dem Rausch hin, Gunter lange und ausgiebig zu verführen. Einige Zeit später verführte er sie. Den Rest des Tages verschliefen sie.

Es gibt ja nichts Dringliches, dachte sie. Die Arbeit kann warten.

11

Will Bastian blickte gar nichts mehr. Er stand in der Küche, starrte eine ungeöffnete Flasche Rotwein an und schüttelte benommen den Kopf. Ihm brummte der Schädel.

Eigentlich müßte er arbeiten. Eigentlich müßte er Julius und Michel anrufen und ihnen über seine Begegnung mit Jenny berichten. Eigentlich müßte er zur Polizei gehen und ihnen die beiden Amulette vorlegen, die Dalia und er bei Marcus und Thomas gefunden hatten.

Das Pentakel, das neben Max gelegen hatte, war hoffentlich von der Polizei sichergestellt worden. Er sah das Gesicht des Freundes vor sich, richtig glückselig war es ihm vorgekommen. Was hatte Max gesehen, bevor er starb?

Er mußte zur Polizei. Komm in die Pötte, Will, dachte er. Tu etwas. Unschlüssig drehte er den Schraubverschluß der Flasche auf. Andererseits: Sollte er nicht vielleicht erst die Begegnung mit Leo abwarten? Und vor allem mußte er Dalia fragen, was sie mit Jenny zu tun hatte. Er mußte sie sehen. Er würde sie gern küssen.

Will seufzte auf und goß sich ein Glas ein. Eigentlich war es zu früh für Rotwein. Aber es war schon zu spät für Vernunft.

Er mußte die Wohnungstür überhört haben, denn plötzlich stand Karl in der Tür, mit blitzenden Augen und gerötetem Gesicht. »Willi! Warum warst du nicht mit?« sagte der Alte und lispelte vernehmlich. »Die Band war gut!«

Ach ja, er hatte davon in der Zeitung gelesen. Es war wieder irgendwo ein Fest in Frankfurt.

»Keine Zeit.« Und kein Geld.

Sein Vater lachte beschwipst. »Und jede Menge schöne Frauen. Du solltest auch mal wieder …«

»Zu Dolly Buster gehen und mir Pornofilme reinziehen?«

Karl sah aus, als ob er schlagartig nüchtern geworden wäre. »Wie kommst du denn darauf?«

»Ich habe dich gesehen. Mir ist ganz schlecht geworden.« Das war kleinliche Rache seinem Vater gegenüber. Aber es tat unendlich gut.

Karl sah ihn noch immer an. Dann verzog sich sein Mund. Und schließlich fing er an zu lachen.

»Ich finde das gar nicht komisch«, sagte Will und kam sich unwürdig vor.

Karl lachte noch immer. »Du hast also wirklich gedacht …?« Er schüttelte belustigt den Kopf. »Nein, ich kann da kostenlos ins Internet. Du weißt doch – Fred arbeitet da, und deshalb …« Er hob die Hände und ließ sie wieder fallen.

Fred. Um Himmels willen. Fred war der mißratenste Schüler gewesen, den Marga je gehabt hatte. Aber ausgerechnet an ihn hatte sie ihre ganze Freundlichkeit und Güte verschwendet, an den nichtsnutzigen kleinen Dreckskerl, der heutzutage im Bahnhofsviertel seinen halblegalen Geschäften nachging.

Du machst dich lächerlich, dachte Will. Aber immerhin wußte er jetzt, wieso sein Vater so geübt mit einem PC umgehen konnte. »Und was willst du im Internet?« Er dachte nicht daran, sich seine Erleichterung anmerken zu lassen.

»Geht dich das was an, Willi?« Der Alte wurde ironisch.

»Natürlich nicht. Aber …«

»Dann frag auch nicht.«

Karl drehte sich um und schloß die Tür hinter sich. Nach einer Weile hörte Will den Fernseher, voll aufgedreht. Langsam fragte er sich, ob die kleinen Pestilenzen aus der Etage über Veras Wohnung nicht doch vorzuziehen waren. Er schob seine Lieblingsscheibe von Queen in den CD-Spieler und drehte voll auf. Aber was bei den Blagen nichts genützt hatte, half auch nicht gegen seinen Vater.

Ohne Inspiration ging er an sein Notebook. Irgendwann ließ sich nicht mehr leugnen, daß ihn neben Dalia die Frage unangemessen stark beschäftigte, was sein Vater im Internet trieb. Schließlich rief er Firefox auf und klickte sich dort ein, wo die letzten aufgerufenen Netzadressen gespeichert waren.

Sieh an, dachte er. Ebay. Rubrik Sammeln & Seltenes, Unterabteilung Militaria. Unterabteilung 1918–1945. Unterpunkt Technik. Er klickte die Seite an. Morsegeräte, Volksgasmaske, Fliegersirene, Feldtelefon. »Leica Fotoapperrat Bakkelit«. Funkgerät Deutsche Wehrmacht Berta, von 1941.

Will schloß das Fenster. Sein Vater interessierte sich offenbar noch immer für die glorreichen Zeiten bei der Schimmernden Wehr. Ein bißchen hundsnormale Netz-Pornographie wäre ihm plötzlich lieber gewesen.

Aber was wußte er schon von seinem Vater? Karl war ein Kind der Nazizeit – 1924 geboren, da kannte man nicht viel mehr als den Führer. Wurde mit 19 eingezogen, 1943, zur Marineartillerie. Erlebte die Invasion in der Normandie hautnah – er war in Lorient stationiert. Geriet ohne große Kampfhandlungen in französische Gefangenschaft, aus der er 1947 entlassen wurde. Verlor Marga aus den Augen, heiratete sie 1953, kurz nach dem Wiedersehen.

Plötzlich beneidete Will den Alten – nicht gerade um Krieg und Gefangenschaft. Aber er war geliebt worden. Was will man mehr vom Leben, dachte Will und erhob sich. Es war Zeit für einen gemeinsamen Rotwein und für eine Zigarette auf dem Balkon. Er ging hinüber.

Der Alte saß in seinem Sessel vor dem Fernseher, das Kinn auf der Brust. Als Will sich leise wieder zurückziehen wollte, kam Karls Kopf hoch. Er runzelte die Augenbrauen, während er seinen Sohn ansah.

»Und?« brummte er schließlich.

»Zigarette?« Will zog die Schachtel aus der Brusttasche seines Hemdes.

»Schon so spät?« Karl gähnte und sah auf seine Armbanduhr.

»Jedenfalls nicht zu früh für ein Glas.«

Will ging voraus zum Balkon, goß Rotwein in die Gläser, hielt Karl, als er schließlich herbeigeschlurft kam, die Zigarettenschachtel hin und gab ihm Feuer.

Sie rauchten und schwiegen. Aus der Wohnung gegenüber schimpfte ein Papagei. Karl und Will hatten sich vor Tagen darauf geeinigt, daß das gelehrige Tier »Saubär!« rief. Der Abendhimmel rötete sich sanft, der Turm des Commerzbankhochhauses färbte sich grünlichgelb. Die Fee reckte den rotweißen Zauberstab.

»Tut mir leid«, sagte Will schließlich und wußte selbst nicht genau, was er damit meinte.

Sein Vater nahm einen tiefen Zug aus der Zigarette. »Mir auch«, brummte er schließlich.

Diesmal ging Will zuerst ins Bett, aber er konnte trotz des Rotweins nicht einschlafen. Der Alte schnarchte, man hörte es durch die ganze Wohnung. Beneidenswert. Denn ihn verfolgten seine Gedanken – und alle kreisten entweder um Leo. Um damals.

Oder um Dalia.

12

1981

Sie hieß Frau Sommer. Ausgerechnet. Und sie stand trotz dieser lausigen Kälte jeden Abend vor dem Haus, in einem vom Schnee freigekratzten, mit grauen Betonplatten gepflasterten Hof.

Beim ersten Mal hatte er noch gehofft, sie würde weggehen. Oder ihn wenigstens nicht zur Kenntnis nehmen, wie er da stand und sich fehl am Platz fühlte. Schmiere stehen! So etwas Kindisches konnte nur Leo einfallen.

»Fällt das nicht auf? Bei der Kälte ist doch außer uns niemand auf der Straße!«

Leo hatte den Einwand gutgelaunt entkräftet. »Um so besser! Die Elemente sind auf unserer Seite! Wir organisieren die Sache im Schutz des Winters!«

Doch keiner von ihnen hatte mit Frau Sommer gerechnet. Als Will sie das erste Mal sah, wie sie da stand in einer dicken, wattierten Jacke, mit Kopftuch, Handschuhen und einer Schale in der Hand, aus der ein weißes Wölkchen aufstieg, fühlte er sich alles andere als konspirativ. Er war auffällig wie ein bunter Hund.

»Stehen Sie nicht da rum!«

Will drehte sich um und kam sich unendlich idiotisch vor.

»Wenn Sie da stehen, kommen sie nicht!« Die Frau stellte das Schälchen auf den Boden. Will schielte hinüber. Sah aus wie heißes Wasser. »Das friert nicht sofort ein«, sagte die Frau, als sie seinen Blick bemerkte. »Und kühl wird's schnell genug.«

Und dann bemerkte er sie.

Ein getigerter Kater saß auf der Mülltonne und äugte zu ihnen hinüber. Neben ihm eine schwarze Katze, die nur noch ein Auge zu haben schien, und die ihre Ohren angelegt hatte. Die Frau holte eine geöffnete Dose Katzenfutter aus einem Plastikbeutel, bückte sich und schaufelte Futter in drei bereitstehende Näpfe. Dabei machte sie kluckende Laute. Die beiden Tiere auf der Mülltonne bewegten sich blitzschnell, gefolgt von anderen, die nur auf diesen Moment gewartet zu haben schienen. Kleine Schatten sprangen von allen Seiten herbei und stürzten sich auf die Näpfe. Man hörte das Schmatzen der Tiere bis zur Straße, auf der Will stand und sich nicht rührte.

»Sie schon wieder!« sagte die Frau am nächsten Abend, als er wieder vor dem Grundstück stand, aber sie klang diesmal freundlicher. Die Katzen waren schon da, einige linsten mißtrauisch zu ihm herüber, aber die anderen ließen sich nicht im geringsten stören. Hinter ihm reckte sich das Skelett des Rohbaus der Deutschen Bank in die schneegrieselgraue Nacht, für dessen Fundament Wills Vater Wagen um Wagen mit Transportbeton hatte anfahren lassen, Morgen für Morgen, wochenlang.

Das Bürohaus, vor dem sich Frau Sommers Wohnhaus duckte, war dunkel. Rechter Hand grenzte ihr Haus an die Senckenberg-Anlage, eine normalerweise stark befahrene Straße, auf der sich in den letzten Stunden eine dicke Schneeschicht gebildet hatte, weshalb sich auf ihr nichts mehr bewegte.

»Vermissen Sie auch eine?«

»Einen roten Kater«, sagte Will. Er hatte sich die Geschichte auf dem Weg hierher ausgedacht, sie würde erklären, warum er heute Abend schon zum zweiten Mal hier stand.

»Er heißt Tigger. Er ist schon öfter auf Trebe gegangen. Vielleicht kommt er ja vorbei.«

»Einen Roten? Vor einer Woche war einer da. Ein schönes Tier. Wohl nicht kastriert?« Sie guckte ihn mit zusammengezogenen Augenbrauen an. Will wußte nicht, was er sagen sollte. War ein unkastrierter Kater nun gut oder schlecht?

Frau Sommer löffelte Nachschub in die Katzennäpfe. Die meisten Tiere ließen sie nicht näher als ein, zwei Meter herankommen, dann zogen sie sich zurück, ohne die Augen von Dose und Napf zu lassen.

»Am liebsten würde ich sie alle wegfangen und sterilisieren lassen. Sie leben in den Kellern der Abrißhäuser und vermehren sich wie die Karnickel.«

Dank Frau Sommer, dachte Will, die sie füttert. Und was konnte schöner sein für ein Katzenrudel als die vielen alten, heruntergekommenen Westendvillen, in denen höchstens noch eine dickköpfige alte Frau lebte – oder eine Studenten-WG? »Aber soll man sie verhungern lassen«, sagte die Frau, als ob sie sich gegen einen schon oft vernommenen Vorwurf zur Wehr setzen müsse.

Die Tiere scharten sich wieder um die Näpfe. Der getigerte Kater hob den schweren Kopf und prüfte die Luft. Er senkte ihn wieder und fraß weiter – und mit ihm all die anderen spitz- und knickohrigen Katzenköpfe.

Am nächsten Abend gab Will ihr die Hand, als er ans Hoftor getreten war. »Sommer«, sagte sie. Fast hätte er sich als »Winter« vorgestellt. Sie schwiegen einvernehmlich, während die Tiere zwei große Dosen Futter verdrückten.

Als eine Sirene ertönte, zuckte Will zusammen und sah sich hastig um. Der Sirenenton fräste sich in seine Ohren. Frau Sommer blieb gelassen. »Die Bank. Fehlalarm. Ich kenn das schon. Einmal die Woche mindestens.«

Als der Mann um die Ecke gelaufen kam, war es mit dem Frieden vorbei. Wieder hob der Kater den Kopf. Und wie auf Befehl stoben sie alle davon, mit langgestreckten Schweifen, kleine Teufel auf dem direkten Weg zur Hölle.

Der Mann trug eine dunkle Uniform, hatte eine Pistole in der Hand und einen unruhigen Schäferhund an der Leine.

»Na, dann können wir die Katzen für heute vergessen«, sagte Frau Sommer leise.

Der Uniformierte grüßte und ging über den Hof zu einer verschlossenen Tür, an der er prüfend ruckelte. Der Schäferhund lief nervös hinter ihm her, den Schwanz zwischen die Beine geklemmt. Dann kam der Wachmann zurück, noch immer die Pistole in der Hand.

Will trat ein paar Schritte zurück. Er mißtraute Menschen mit Waffen, die losgehen und Unbeteiligte wie ihn treffen konnten.

»Angst?« sagte die Frau spöttisch. »Ihr jungen Leute vertragt aber auch gar nichts mehr. Ich hab' viel Schlimmeres erlebt im Krieg.«

»Der übliche Blödsinn«, sagte der Wachmann und kratzte sich am Hals.

»Fehlalarm.« Frau Sommer lächelte zufrieden. »Sagte ich doch.«

Am nächsten Tag war alles vorbei.

Wieder stand Will bei Frau Sommer und den Katzen und ließ sich von ihr erzählen, wie Frankfurt im Winter 1946 ausgesehen hatte. »Die Stadt war wie ausgeglüht. Wir haben Ratten gegessen, wenn noch Brennholz zum Kochen da war.« Er mußte sie zweifelnd angesehen haben, weshalb sie weitererzählte. Über den Hunger und das ewige Frieren in ungeheizten Wohnungen, über Egoismus und Neid und überraschende Hilfsbereitschaft. Über den Versuch, im Frühjahr Gemüse anzubauen im Grüneburgpark.

Und wieder schrillte der Alarm. Der Wachmann kam mit seinem Hund, die Pistole in der ausgestreckten Hand. Zwei Gestalten rannten atemlos um die Ecke, direkt auf Will und Frau Sommer zu. Und dann ...

Es ging alles so schnell. Leo fuchtelte mit der Signalpistole, der Schäferhund bellte, der Wachmann hob ebenfalls die Knarre, Frau Sommer sagte irgend etwas, dann knallte es, ein heller Blitz stieg auf in den Nachthimmel, dann knallte es ein zweites Mal. Will hörte Leo »Lauf!« flüstern. »Lauf doch endlich!« Und dann rannte er los.

Was wirklich passiert war, erfuhren sie erst am nächsten Tag aus der Zeitung. Aber Will wußte in dem Moment, in dem er zu laufen begann, daß es etwas Schreckliches war.

13

Die erleuchteten Hochhäuser am Horizont ließen die schmale Mondsichel noch blasser erscheinen. Will lag auf dem Rücken, die Bettdecke unters Kinn gezogen, und schaute durchs Fenster. Schlaflos in Mainhattan. Das hatte er schon lange nicht mehr gehabt. Aber der Film war nicht mehr anzuhalten.

Ihm stand die Szene vor Augen, als ob es gestern gewesen wäre. Er und Michel waren zur Gerichtsverhandlung gegangen, das, fanden sie, gehörte sich so. Leo würdigte sie keines Blickes, obwohl Will verstohlen zu ihm hinüberwinkte.

Die Angelegenheit war atemberaubend schnell vorbei. Die Tatsachen waren unbestritten: Leo hatte einen Schuß aus der Signalpistole abgegeben. Die Lichtpatrone traf den Wachmann ins linke Auge. Der Wachmann hatte ebenfalls geschossen. Die Kugel traf Frau Sommer – tödlich. Alles eine Verkettung unglücklicher Umstände, behauptete der Verteidiger und forderte Freispruch. Der Staatsanwalt betrachtete die Sache politisch und forderte sieben Jahre – zumal gegen Leo eine Vorstrafe wegen Widerstands gegen die Staatsgewalt sprach.

1981 war nicht das Jahr, in dem man jungen, langhaarigen Männern, die Waffen bei sich trugen, lautere Absichten unterstellte – selbst wenn es sich um so etwas relativ harmloses wie eine Signalpistole handelte. 1981 war das Jahr gewalttätiger Auseinandersetzungen mit der Hausbesetzerszene in Berlin und Frankfurt. Es war das Jahr der Anschläge – auf den amerikanischen Präsidenten und den Papst, auf den hessischen Wirtschaftsminister und den ägyptischen Staatspräsidenten. Es war das Jahr der Demonstrationen. 100 000 Kernkraftgegner zogen im Februar gen Brokdorf, 300 000 demonstrierten im Oktober gegen den Nato-Doppelbeschluß im Bonner Hofgarten. Und im November war die Lage an der Startbahn West eskaliert, einem bewaldeten Areal bei Frankfurt, das der Flughafen für seinen Ausbau beanspruchte, seit Jahren ein symbolträchtiger Ort für friedliche Hüttendorfbewohner und rauflustige Gewalttäter.

Der Staat demonstrierte sein Gewaltmonopol.

Doch der Richter schloß sich dem Staatsanwalt nicht an. Leo habe zwar dem Wachmann einen unersetzbaren Schaden zugefügt. Und die Sache mit der Vorstrafe sei ernst. Aber eine Strafe von fünf Jahren Haft genüge zur Verteidigung der Rechtsordnung.

Will setzte sich auf und knipste die Nachttischlampe an. Es war erst ein Uhr, eigentlich viel zu früh zum Schlafen, dachte er, und liebäugelte mit einem weiteren Glas Rotwein. Er hatte Leo damals zum letzten Mal gesehen. Das Gerichtstheater war ihm völlig unwirklich vorgekommen: Richter und Beisitzer erhoben sich, ebenso der Staatsanwalt. Die paar Zuhörer im Sitzungsraum standen ebenfalls auf, Will und Michel, mit einer Spur von Trotz, als letzte. Der Verteidiger blätterte noch in den Akten, verpaßte den Moment und wurde gerügt. Dann begründete der Vorsitzende Richter sein Urteil. Der Staatsanwalt verzichtete auf Rechtsmittel. Und Leo …

Sein Verteidiger schüttelte den Kopf. Will konnte sehen, daß der Mann empört war. Aber Leo legte ihm die Hand auf den Arm und flüsterte ihm etwas zu.

»Ich nehme das Urteil an«, sagte er dann.

Will und Michel waren in diesem Moment wahrscheinlich die einzigen gewesen, die verstanden hatten, warum Leo auf Rechtsmittel gegen den Urteilsspruch verzichtete. »Er tut Buße«, hatte Michel ihm zugeflüstert. Er macht sich zum Märtyrer, hatte Will gedacht.

Er tappte in die Küche und goß sich ein Glas ein, die Hälfte trank er im Stehen, bevor er nachschenkte.

Damals trafen sie sich zum vorerst letzten Mal im »Dionysos«. Will und Michel erzählten von der Verhandlung. Julius war sichtlich erleichtert, daß es niemanden groß interessiert hatte, woher Leos Signalpistole stammte, von Julius' Vater nämlich. Thomas und Marcus waren selig, daß Leo davon abgesehen hatte, ihnen eine zukünftige Karriere zu verderben – und zugleich verlegen darüber, daß man ihnen das anmerkte. Sie hatten die Bergsteigerausrüstung besorgt. Alle versprachen einander, Kontakt zu Leo zu halten und alles Menschenmögliche für ihn zu tun – »wenn er das überhaupt will«, hatte Michel hinzugefügt.

Leo wollte nicht. Ein Brief Wills kam mit der Aufschrift zurück, daß der Empfänger die Annahme verweigere.

Leos Abwesenheit und das Ende des »Projekts« hatten ihre Freundschaft beendet. Er war ihr Mittelpunkt gewesen. Ohne ihn existierte das Pentakel nicht mehr, und so hatten sie sich längst aus den Augen verloren, als Monate später die Bettelbriefe kamen – von Jenny.

Michel war der erste, der ein weiteres Treffen vorschlug – und Iannis freute sich sichtlich, sie wiederzusehen. Nach Leo fragte der Wirt des »Dionysos« nicht, man wußte ja, was passiert war. Erst waren alle empört über Jennys Briefe – und dann fand sich einer nach dem anderen damit ab. Man konnte es Erpressung nennen, was sie da tat; aber war es nicht auch eine Möglichkeit, das Versprechen einzulösen, das sie

Leo gegeben hatten? Und schließlich half ein bißchen Buße gegen allzu große Schuldgefühle.

Ein Ablaßhandel, dachte Will. Aber er schweißte uns zusammen – für immerhin fünfundzwanzig Jahre. Als ob es nun ihre Abwesenheit gewesen wäre, die Leo und Jenny zum Mittelpunkt machte.

Wieviel Geld Jenny von ihnen eingetrieben hatte, konnte Will nur erahnen. Sie mußte sich immerhin die Mühe gemacht haben, ihre Forderungen den Möglichkeiten der einzelnen anzupassen – ihn schien sie weniger geschröpft zu haben als Julius. Auf jeden Fall hatte es nach der vorzeitigen Haftentlassung für ein Haus auf Gomera gelangt. Leo hatte ihnen sogar gedankt dafür – der Brief triefte vor Ironie, aber immerhin. Und dann hörten sie jahrelang nichts mehr von ihm, bis über Jenny eine weitere Geldforderung kam. Dann wieder nichts. Und nun …

War Leo wirklich zurückgekommen? Oder gab es einen ganz anderen Zusammenhang? Einen, in dessen Zentrum Dalia stand?

14

Wotan zog, und sie stolperte ihm nach. Dalia lief durch den Grüneburgpark, als ob jemand hinter ihr her wäre, dabei scheuchte sie nur das leidenschaftliche Interesse eines reinrassigen Bulldogs an einer frisch geschorenen Pudeldame, die gelangweilt neben ihrem älteren Frauchen entlangzuckelte.

Die Begegnung der beiden Tiere verlief undramatisch. Wotans Stummelschwanz bewegte sich wie ein Propeller beim Schnauzengruß der beiden, aber er schien bald zu merken, daß er nicht auf Gegenliebe stieß.

Dalia ließ zwei Jogger an sich vorbeiziehen und wich einem Hundehaufen aus. Es war warm geworden, und alle möglichen Sträucher blühten, deren Namen sie nicht kannte. Als sie den Mann sah, zog sie die Leine so scharf an, daß Wotan beleidigt japste.

»Du kleines Miststück, du.« Sie hörte die Stimme in ihrem Ohr, diese heisere Stimme, die immer klang, als ob sie brüllte, selbst wenn sie flüsterte. »Wenn ich dich erwische.«

Der Mann auf der Bank im Grüneburgpark setzte die Flasche an und ließ sich das Bier in die Kehle gurgeln. Er hatte ein kariertes Hemd an, dessen oberste Knöpfe fehlten; die Kordhose, die er trug, war an den Knien abgewetzt. Er rülpste, als er die Flasche wieder absetzte.

»Was guckst du so?«

Die Stimme. Dalia erstarrte. Wotan schmiegte sich an ihre Beine und machte sich stocksteif. Vielleicht spürte er, was sie fühlte: Ekel. Der Mann sah nicht nur so aus, er klang auch wie ihr Vater.

»Ich schlag dich windelweich, hörst du.«

Mutter hatte dabeigestanden und »Laß sie doch, Vati« gesagt. »Sie kann doch nichts dafür. Sie ist doch noch klein.«

»Wenn ich dich krieg.«

Krieg mich doch, hatte sie gedacht und war um den Tisch herumgelaufen. Um den Küchentisch, auf dem noch die Salatgurke und Tomaten lagen, die Mama hatte aufschneiden wollen, fürs Abendessen. Krieg mich doch.

Er war hinter ihr hergelaufen, das Gesicht rot. Er atmete immer schwerer und schneller, er roch nach Bier und Schnaps und sauren Rülpsern.

»Guck nicht so blöd!« quengelte der Penner vor ihr auf der Parkbank. Sie versuchte, ihn nicht mehr anzusehen, versuchte, die Luft anzuhalten, hätte am liebsten die Augen zugemacht. Dann setzte sie sich in Bewegung, war an ihm vorbei, Wotan neben sich, der strikt bei Fuß ging, als ob er begriffen hätte, daß er sie beschützen mußte.

Sie hatte gequietscht, als sie um den Tisch herumgelaufen war, gequietscht vor Angst und aus – Spaß, daran erinnerte sie sich noch genau. Sie hatte Angst gehabt, daß er sie erwischte und sie schlug, so wie immer, wenn sie »Widerworte« gab, wie er das nannte. Und sie hatte Spaß daran gehabt, ihm wegzulaufen, zu spüren, wie er immer unbeholfener wurde hinter ihr. Du kriegst mich nicht, hatte es in ihr gesungen. Nie holst du mich ein.

»Fang mich doch«, hatte sie gerufen, als ob alles ein Spiel wäre.

»Dalia! Jetzt kommst du her!« Sie wußte damals wie heute nicht, ob ihre Mutter Angst vor dem brodelnden Zorn des Mannes hatte – oder ob sie ihm die Tochter überlassen wollte, wie so oft. Um des lieben Friedens willen. Für die gerechte Strafe. »Weil man seinem Vater nicht widerspricht, hörst du?«

Sie lief um den Küchentisch herum, quietschend. Sie hörte ihre Mutter weinen und schimpfen. Und dann fühlte sie seine Hand in ihrem Haar. Sie spürte seinen Atem, die Hitze seines Körpers, hörte ihn schnaufen. Und dann wurde sie an den Haaren nach hinten gerissen. Hörte einen Schlag, einen Aufprall, ein Stöhnen. Spürte einen Luftzug. Hörte ein Geräusch, wie von einem Apfel, der auf den Boden prallt und in Stücke zerspringt.

Der Griff um ihr Haar lockerte sich.

Mama schluchzte auf. Dann hörte sie das Geräusch noch einmal. Diesmal klang es, als ob der Apfel schon Mus geworden sei. Sie rappelte sich auf. Ihre Mutter hatte die Pfanne in der Hand, in der sie die Bratkartoffeln zubereitete – es war eine ganz besondere Pfanne, eine aus schwarzem Eisen, eine schwere Pfanne, an die Dalia nicht rangehen durfte, »das ist zu gefährlich, Schatz«.

Um den Kopf ihres Vaters hatte sich eine Blutlache gebildet. Mama ging auf die Knie und schluchzte und schlug die Hände vor den Mund. Und dann sagte sie: »Hol den Putzeimer, Dalia.«

Das kriegt man nur von Hand weg.

Sie hatten die halbe Nacht in der Küche auf den Knien gelegen und gewischt und gewienert und geweint. Genützt hatte es nichts. Natürlich nicht.

Wotan zog wieder an der Leine. »Ruhig«, sagte sie und fuhr sich mit dem Handrücken über die Augen. »Bei Fuß, Wotan.«

Er drehte sich zu ihr um, wedelte fragend mit dem Schwanz und ließ die Zunge aus dem Maul hängen, als ob er lachte.

Ruhig, Dalia, dachte sie. Es ist vorbei. Alles ist vorbei. Alles ist sauber.

Das, was auf dem Küchenboden lag und nach Schnaps stank und Kotze und Pisse und sich nicht rührte.

Alles weggeputzt.

Wie bei Marcus Saitz. Sie hatte vollautomatisch weitergeputzt, als sie ihn tot in seinem Büro fand, neben dem umgestürzten Ledersessel. Aber das konnte sie niemandem erklären, vor allem nicht der Polizei. Und es gab erst recht keine Erklärung dafür, daß sie ein mögliches Beweismittel hatte mitgehen lassen – das Amulett, das Will Pentakel nannte.

Und wie sollte sie begründen, daß sie sich mehr und mehr vor Johanna Maurer fürchtete? Sicher, die Maurer war immer zur Stelle gewesen, wenn Dalia einen Toten gefunden hatte. Vielleicht hatte sie sogar dafür gesorgt, daß Dalia über die Toten stolperte. Sie hat mich zum Sündenbock machen wollen, dachte Dalia.

Sie merkte, wie sich Wut über ihre Angst legte. Ich bin weder ein Kaninchen noch ein Sündenbock, dachte sie trotzig.

Und mußte man gleich hirnlos werden, nur weil ein Mann schöne graublaue Augen hat? Welche Rolle spielte Will Bastian in diesem Scheißspiel? Und was sollten die Amulette neben den Toten? »Das Pentakel« hatte Will sie genannt. Will Bastian, der Johanna Maurer umarmt hatte, als wären sie gute, ja allerbeste Freunde. Sie hatte die beiden beobachtet, wie sie sich an der Ampel trafen, vorgestern abend, als sie noch gehofft hatte, er würde auf sie warten. Aus die Maus, dachte sie. Wer Johanna Maurer in die Arme fällt, ist nicht mein Freund. Und dann waren die beiden untergehakt davongegangen. Die Erinnerung daran gab ihr einen Stich. Aber Sentimentalität war verboten.

Wotan jaulte leise und zog an der Leine. Dalia blickte auf. Sie stand mitten auf dem Weg und starrte Löcher in den Frühlingshimmel.

Sie mußte zur Polizei gehen. Es gab keine andere Wahl.

15

Will machte sich Vorwürfe. Er würde sich immer Vorwürfe machen. Er hätte schneller reagieren, es schneller merken müssen. Aber er hatte sich nichts dabei gedacht, als Karl auch um zehn Uhr noch nicht zum Frühstück erschienen war.

Um ehrlich zu sein: Will Bastian genoß es, ungestört die Zeitung zu lesen und sie mit niemandem zu teilen, bei dem man fürchten mußte, daß er auch noch daraus vorlas. Und seit er wußte, daß Max nicht ermordet worden war, entspannte er sich langsam. Das Treffen mit Leo würde alles aufklären. Sie waren einer Schimäre aufgesessen. Der Tod von Marcus und Thomas hatte andere Gründe.

Später rief Vera an und weinte sich bei ihm aus. Es schmeichelte ihm, daß sie ihn zurückhaben wollte, egal, wie. So sagte sie das nicht, natürlich nicht – aber die Botschaft war deutlich: lieber ihn als gar keinen. Er tröstete sie, voller schlechten Gewissens, weil er ihr auf die eigentliche Frage keine Antwort gab. Und weil er an Dalia dachte.

Erst um halb zwölf fiel ihm auf, daß Karl sich noch immer nicht hatte blicken lassen. Er klopfte, bevor er das Schlafzimmer seines Vaters betrat. Der lag im Bett und atmete wie ein Lungenkrebskandidat.

Also tot ist er nicht, dachte Will erleichtert. »Aufwachen! Oder schläfst du deinen Rausch aus?«

Sie hatten gestern lange zusammengesessen und über Marga gesprochen. Über die Liebe und den Krieg. Plötzlich hatte er geglaubt, seinen Vater zu verstehen, nach der zweiten Flasche Rotwein. Er hatte ihn angelächelt. Karl hatte mit zusammengezogenen Brauen mißtrauisch zurückgeguckt und dann das Lächeln erwidert, vage, so, als ob er noch üben müßte.

Der Alte öffnete das rechte Auge und gab einen Laut von sich, der wie ein Schluchzen klang und auch ein Stöhnen sein konnte. Seine Hand zuckte über die Bettdecke. Dann öffnete er den Mund und lallte etwas, das Will nicht verstand. Aber er verstand das Gefühl, das ihm in den Magen fuhr.

Angst.

»Vater? Was ist los?« Er kniete sich neben das Bett, faßte die Hand des alten Mannes, die knochige knotige weiße Hand, die sich kalt und klamm anfühlte. Der Alte öffnete den Mund. Will sah auf den blassen, zahnlosen Gaumen und das Zäpfchen, das sich bewegte, als sein Vater zu sprechen versuchte. Er brachte ein langgedehntes »Aaaaah« heraus. Und dann endlich geriet Will in Bewegung.

Der Krankenwagen war zehn Minuten später da. »Schlaganfall«, murmelte der Notarzt. »Hätten Sie mal früher angerufen!«

Will spürte, wie seine Kehle eng wurde. Und dann sah er Karls Augen, als sie ihn auf der Bahre vorbeitrugen. Wie ein gefangenes Tier. Und wieder öffnete sich der Mund des alten Mannes. Und wieder kam kein Wort heraus, nur eine Speichelspur. Will griff nach der Hand seines Vaters und sagte: »Ich pack dir ein paar Sachen und komme gleich nach, okay?«

Karl versuchte zu nicken. Das war das allerschlimmste. Als die Sanitäter aus der Tür heraus waren, setzte Will sich auf einen Küchenstuhl und fing hemmungslos an zu schluchzen.

Die Schwestern waren alle jung und hübsch und aus Osteuropa. Will hielt sich an die erste, die ihm entgegenlief. »Keine Ahnung. Fragen Sie lieber ...« Sie machte eine vage Handbewegung in eine unbestimmte Richtung. Die nächste, die ihm auf dem Flur begegnete, verwies ihn ans Schwesternzimmer. Dort standen drei der jungen Frauen um einen älteren Patienten herum, der ihnen anklagend seinen Arm hinhielt, in dem eine Kanüle steckte.

Als er endlich nach seinem Vater fragen konnte und auf die Tasche zeigte, in der er Wäsche für Karl mitgebracht hatte, lächelte ihn eine der drei breit an und sagte: »Einen Moment!«

Aus dem Moment wurden zehn Minuten. Dann trabte ein Pulk von Männern und Frauen in weißen Kitteln durch den Flur, an seiner Spitze eine Art Dr. Brinkmann, der seinem Troß Befehle und Belehrungen zuteil werden ließ. Will hatte sich schon halb erhoben, aber der Halbgott in Weiß wirkte nicht wie jemand, der sich von einem Esel wie ihm in seinem Lauf aufhalten ließ.

Will lehnte sich resigniert in einen der orangefarbenen Plastikstühle auf dem Flur und wartete auf den richtigen Moment.

Etwa eine halbe Stunde später geleitete ihn Schwester Benja auf die Intensivstation. Karl sah winzig aus inmitten der Schläuche und Drähte und Monitore, sein Atem klang gespenstisch laut in dem klinisch weißen Raum, trotz der Pieptöne, die seinen Herzschlag hörbar machten.

»Wie steht's?« fragte Will.

Benja lächelte und hob die Schultern.

»Aphasie«, sagte eine Stimme hinter ihm. Will fuhr herum. Ein junger Mann im weißen Kittel streckte ihm die Hand hin und sagte: »Sie sind ...?«

»Der Sohn.«

»Ihr Vater leidet nach einem Schlaganfall an halbseitiger Lähmung. Das wird wieder. Aber das dauert.«

Der Arzt lächelte und verschwand so lautlos, wie er gekommen war.

Benja half ihm, die Sachen auszupacken, strich seinem Vater über den bleichen Schädel und empfahl Will, morgen früh wiederzukommen.

Will ging zu Fuß durch die kühle Nachtluft nach Hause. Die Vorstellung, daß sein Vater nicht zurückkommen könnte, bedrückte ihn. Was aber, wenn er zurückkam – im Rollstuhl?

Wenn Karl nicht mehr allein essen konnte? Wenn man ihn anziehen mußte, wenn er nicht mehr allein aufs Klo gehen konnte? Was, wenn man ihm den Hintern abwischen, ihn windeln und füttern mußte wie ein kleines Kind?

Bislang war die Vorstellung rein theoretisch gewesen, für den Alten zu sorgen, wenn er hinfällig würde. Nun war der Fall über Nacht eingetreten, und Will fühlte sich mitnichten vorbereitet auf die Situation, von der er großmäulig geredet hatte, den Freunden gegenüber.

Den Gedanken an Liebesnächte mit wem auch immer konnte er ebenso streichen wie alles andere, was er sich noch glaubte vornehmen zu dürfen im Leben. Gut möglich, daß Karl auch als Pflegefall uralt wurde. Sicher, man konnte von seinen Bezügen leben zu zweit. Aber wo blieb die Lebensqualität?

Das Haus in der Hansaallee lag schon jetzt da wie ein Altersheim – in keiner der Wohnungen brannte noch Licht, obwohl es erst 22 Uhr war. Man geht eben früh ins Bett im höheren Alter, dachte Will und schloß die Haustür auf.

Aus Trotz illuminierte er die ganze Wohnung, als ein Lebenszeichen an alle, die noch wach waren. Und dabei entdeckte er seines Vaters kleines Geheimnis.

In einer Kammer, die nur von seinem Schlafzimmer aus zu erreichen war, hatte Karl eine Art Werkstatt eingerichtet. Auf einem Türblatt, das auf zwei Holzböcken ruhte, lagen allerhand Röhren und andere Gegenstände, die Will unbekannt waren. In der Mitte stand ein dunkelgrün lackierter Kasten, an seiner Vorderfront befanden sich Knöpfe und Hebel, das Ganze erinnerte an ein Radio. Dann sah Will einen Stempel in der rechten Ecke der Vorderfront, der einen Adler zeigte, ein Hakenkreuz in den Klauen. Neben dem Kasten lagen ein Schreibblock und ein Kuli, Will erkannte die akkurate Handschrift seines Vaters. Die Überschrift zu seinen Notizen hatte er besonders schwungvoll gemalt:

»Das deutsche Funksystem im Zweiten Weltkrieg am Beispiel des Mittelwelleempfängers Cäsar (M.w.E.c.).«

Das kleine c zerfloß, als eine Träne darauf tropfte. Du weinst verdammt häufig in letzter Zeit, dachte Will.

16

Deitmer und Gieseking waren zu spät gekommen. Julius Wechsler war zwar in seinem Büro, aber er lag neben dem Schreibtisch, zwar nicht tot, aber ziemlich nahe dran. Jemand hatte ihm mit einem schweren Aschenbecher den Schädel eingeschlagen.

Karen Stark verfluchte die beiden – und ihre eigenen Eingebungen, die ihr viel zu spät gekommen waren. Aus dem Krankenhaus verlautete, Wechsler liege im Koma. Der Anschlag auf ihn mußte am Abend zuvor erfolgt sein, als er allein war im Büro. Niemand hatte eine verdächtige oder fremde Person kommen oder gehen sehen. Neben dem halbtoten Wechsler hatte eine Art Amulett gelegen, ein Pentakel, wie Karen sich von einem Beamten der Spurensicherung belehren ließ. Es sah aus wie eine Art verkürzter Davidstern in einem Ring. Niemand konnte etwas damit anfangen.

Julius Wechsler war nicht gewürgt, er war wütend attakkiert worden. Nichts war elegant an seinen Verletzungen, er mußte sich heftig gewehrt haben. Höchstwahrscheinlich fand die Spurensicherung jede Menge Hinweise auf den Täter. Dennoch hoffte Karen, daß der Mann bald wieder erwachte. Am einfachsten war es, wenn Wechsler selbst sagen konnte, wer ihn angegriffen hatte.

Drei Tote, ein Verletzter. Karen sah außer der Freundschaft zwischen den Männern noch immer keinen zwingenden Zusammenhang, zumal Max Winter eines natürlichen Todes gestorben war.

Ihr graute vor der Pressekonferenz. Julius Wechsler war ein Fall für die Öffentlichkeit – und wenn Niels Keller da war, womit man rechnen mußte, würde er die Verbindung zwischen den Toten ansprechen. Was sollte sie dazu sagen? Daß sie keine sah, obwohl sie selbst lange genug an einen Zusammenhang geglaubt hatte?

»Das ist doch wieder nur die halbe Wahrheit, die Sie uns hier erzählen!« Niels Keller hatte sich halb aufgerichtet und fuchtelte mit dem Zeigefinger.

Manfred Wenzel lächelte begütigend. Karen guckte ihn von der Seite an. Als Pressesprecher der Frankfurter Staatsanwaltschaft brauchte man genau die Mischung aus Eleganz, Diskretion und Jovialität, die Wenzel an den Tag legte. Zumal dann, wenn es um die eher seltenen Fälle geht, die das Publikum gleichwohl am meisten bewegte: Gewaltkriminalität. Und – wenn Niels Keller im Publikum saß.

Der Gerichtsreporter der »Umschau« galt bei der Frankfurter Staatsanwaltschaft als Landplage. Bei der Polizei war er nicht weniger unbeliebt. Er ging grundsätzlich davon aus, daß die ermittelnden Organe der Staatsgewalt dumm, unfähig, faul bzw. verlogen und verschworen waren. Er sah sich als Anwalt der mißhandelten Wahrheit, jeder seiner Auftritte machte die Szene zum Tribunal. Und seine Gerichtsreportagen lasen sich wie Anklageschriften vor dem Jüngsten Gericht.

»Wie viele Menschen müssen noch sterben, damit Sie endlich Ihre Pflicht tun?« Keller stand jetzt zwischen den Stuhlreihen, die Arme dramatisch ausgebreitet.

»Wie ich schon erläuterte«, sagte Wenzel ruhig, »liegt Julius Wechsler im Koma und ist zur Zeit nicht vernehmungsfähig.«

»Er wurde ermordet. Wie Marcus Saitz, Ihr Kollege Czernowitz und Max Winter auch!«

»Julius Wechsler lebt, und Max Winter ist an einem Herzinfarkt gestorben. Es gibt keinen Anlaß für Aufregung.«

»Aber das hängt doch alles zusammen! Das sieht doch jeder Idiot!«

Karen Stark verzog den Mund. Sie konnte Kellers Stimme nur schwer ertragen.

»Julius Wechsler erlitt einen Schädelbruch mit Gehirntrauma. Ich sehe nicht, wo da der Zusammenhang liegen soll, Herr Keller.«

»Das ist ein Serienmord! Das geht uns alle an! Was sagt die ermittelnde Staatsanwältin?«

Wenzel nickte Karen zu. Sie nickte zurück, lehnte sich in ihren Sessel und räusperte sich.

»Rund 90 Prozent aller Tötungsdelikte sind Beziehungstaten, das heißt Opfer und Täter stehen in Beziehung zueinander.«

»Weiß ich.« Keller stand noch immer und war mittlerweile rot im Gesicht.

»Anzeichen für einen Serienmord, lieber Herr Keller, liegen dann vor, wenn es ...« – sie hob die rechte Hand und spreizte Daumen, Zeige- und Mittelfinger – »mindestens drei Todesfälle gibt und Täter und Opfer keine Beziehung zueinander aufweisen.«

»Das ist bekannt!«

»Wir haben zwei Mordfälle, die die gleiche Handschrift aufweisen. Darüber hinaus läßt nichts auf einen pathologischen Täter schließen, der seine Opfer wahllos aussucht. Der bzw. die Täter sind im Zweifelsfall im Umkreis der Getöteten zu finden und keine allgemeine Gefahr für die Öffentlichkeit.«

»Sie weichen mir aus. Tatsache ist doch ...«

»Thomas Czernowitz saß an einer brisanten Wirtschaftssache ...«

Na ja – brisant: Daß ein Beamter, der unter Bestechungsverdacht steht, ausgerechnet den ermittelnden Staatsanwalt erwürgt, war eher unwahrscheinlich.

»... und Julius Wechsler steckte mitten in einem umstrittenen Immobiliendeal.«

Eine seiner Firmen hatte angeblich durch Aufnahme von sogenannten asozialen Elementen einen ganzen Wohnblock entmieten wollen.

»Und Marcus Saitz?« fragte eine junge Journalistin, die Karen noch nicht kannte.

»Marcus Saitz hat mit fremdem Geld spekuliert. Gut möglich, daß ein Kunde Rache nehmen wollte. Sie sehen – wir sind nach allen Seiten offen.«

Sie lehnte sich zurück und blinzelte Manfred Wenzel zu, der die Konferenz beendete. Als auch Niels Keller endlich gegangen war, kam die Abteilungssekretärin in den Sitzungssaal und flüsterte ihm etwas ins Ohr. Karen sah ihn fragend an. Manfred Wenzel nickte.

17

1981

Ihn faszinierte das Licht. Julius Wechsler nahm die Brille ab, auf der Nieselregen einen schlierigen Film hinterlassen hatte, und blinzelte in den blauen Lichtblitz. Wenn man die Augen zusammenkniff, konnte man den halbrunden Reflektor erkennen, der sich um die Glühlampe in der Mitte des Gehäuses drehte. Blaulicht auf dem Wasserwerfer. Wawe 4, Baujahr 1974, 156 PS, 4000-Liter-Wassertank, Zusatztank für Reizgas, 2 Strahlrohre in Drehtürmen, 2 Zielscheinwerfer. Blaulicht auf dem rundum vergitterten grünen Einsatzwagen, auf dessen Dach ein Paar tulpenförmige Lautsprecher hockten.

Die Polizisten, die sich um Wawe 4 scharten, vor dessen vergitterten Scheinwerfern Regentropfen durchs Licht tanzten, hatten ihre Helme aufgezogen. Die Schilde standen an den Wasserwerfer gelehnt.

Das Funkgerät des Einsatzleiters krachte und krächzte, noch klangen die Stimmen der Polizisten ruhig und gelassen, aber Julius wartete auf den Moment, in dem sie sich überschlugen und dabei doch nicht so schnell waren wie die Ereignisse. So war es gestern gewesen, und er hatte jede Sekunde genossen: die Sprechchöre der Demonstranten, die bemalten Gesichter der Hausbesetzer, das Geräusch, mit dem die Polizisten die Schilde aufnahmen. Der Duft der von den starken Scheinwerfern erhitzten Luft, der Geruch nach Diesel. Der Moment, in dem Bewegung ins Bild kam: Die Polizisten stürmten, die Demonstranten rannten, die Hausbesetzer hoben den Arm und warfen – Steine, Molotowcocktails. Julius hatte eine Flasche nicht weit entfernt auf dem Bürgersteig zerplatzen sehen, aber es scherte ihn nicht, daß er in die Wurfbahn hätte geraten können.

Was heute auf ihn zukommen würde? Julius wippte auf den Fußballen auf und ab und lächelte in sich hinein. Abwarten.

Das Haus in der Schumannstraße sah im zuckenden blauen Licht und den hellen Scheinwerfern der Einsatzfahrzeuge wie eine Filmkulisse aus »Jack the Ripper« aus. Jedes Detail, all die Stürze und Voluten, die Pilaster und Friese, die Nischen und Erker, verdoppelte sich durch die tiefen Schatten, die es warf, und das kreisende Blaulicht setzte die Gründerzeitfassade in Bewegung, als ob sie aus Leinwand wäre, durch die der Wind fährt. Das Häuflein von Hausbesetzern hatte sich hinter der Sandsteinbalustrade des großen Balkons aufgestellt, der im 1. Stock des Hauses fast über seine ganze Breite ging, man lachte, trank Bier aus der Flasche, winkte zu den Polizisten hinunter und machte obszöne Gesten. Außerhalb der hellerleuchteten Arena vor dem besetzten Haus sammelten sich die Sympathisanten. Julius spürte ihre Anwesenheit wie den zunehmenden Druck beim Landen eines Flugzeugs.

Erst als ein Mann an ihm vorbeilief, der sein Gesicht hinter einem schwarzweißen Palästinensertuch versteckt hielt – Julius roch beißenden Schweiß, billigen Rotwein, abgestandenen Zigarettenrauch und Benzin –, löste er sich von seinem Beobachtungsposten, denn drei junge Polizisten nahmen die Verfolgung auf, und er hatte keine Sehnsucht nach einem Polizeiknüppel auf dem Kopf oder, wie er es gestern gesehen hatte, zwischen die Beine. Der getroffene Student hatte gequiekt wie ein Schwein und sich dann, an den Armen zwischen zwei Polizisten hängend, erbrochen.

Sprechchöre ertönten aus der Dunkelheit. Es mußten in

der letzten Stunde mehr hinzugekommen sein, als er vermutet hätte. Er hörte nicht, was gerufen wurde. Er spürte dem Sound nach, dieser Mischung aus Kriegsgebrüll und Beschwörung, in der Angst mitschwang, aber auch Stärke, die aus dem Gefühl der Masse kam. Wir sind viele, wir sind gefährlich. Ihn faszinierte das Primitive dieses Schauspiels, und er wartete insgeheim darauf, daß auch die Polizisten eine Art Kriegstanz aufführten, bevor sie angriffen.

Und dann kam der Einsatzbefehl. Die Visiere der Helme gingen wie in einer einzigen Bewegung hinunter. Julius hörte es klacken, als sie über dem Kinnbügel aufsetzten.

Er war fasziniert vom Einklang der Körper, die sich jetzt zielstrebig auf die Eingangstür des besetzten Hauses zubewegten. Er sah das Beil blitzen, mit dem einer der Bullen das Brett wegschlug, das man vor die Tür genagelt hatte.

Von oben johlte es. Die Sympathisanten in der Dunkelheit, die näher gerückt zu sein schienen, johlten ebenfalls. Die Blaulichter auf dem Wasserwerfer kreisten und kreisten, und die Fotografen hatten sich herangepirscht und fotografierten in einem Blitzlichtgewitter die Eingangstür, die jetzt offenstand. Man ahnte das Treppenhaus, aber Julius sah nur einen schwarzen Schlund.

Jetzt rückte eine zweite Polizistengruppe vor. Die Männer rissen die Schilde hoch, die sie in der linken Hand trugen, rechts reckten sie einen Holzknüppel. Wie die alten Griechen, dachte Julius, der in Latein nur dann aufgepaßt hatte, wenn es wieder mal um eine ordentliche kleine Prügelei irgendwo auf dem Peloponnes gegangen war.

Aus dem Haus hörte man Lärm – brechendes Holz, wütende Rufe. Dann ein Geräusch, das wie eine platzende und zersplitternde Bierflasche klang. Es zischte. Silvesterraketen, dachte Julius. Durch das Fenster rechts vom Balkon war ein

Lichtschein zu erkennen. Und dann rauschte eine Flamme hoch, mit einem Geknatter wie ein sich im Wind blähendes Segel.

Jetzt der Befehl des Einsatzleiters: »Wasser Marsch!« Die beiden Drehtürme des Wasserwerfers bewegten sich. Der Laut, mit dem die Strahlrohre ihr Spritzwasser unter hohem Druck aufs Ziel lenkten, nahm ihm die Luft. Julius Wechsler war nicht der Typ, der sich freiwillig dem Experiment ausgesetzt hätte, die Wirkung eines Wasserwerfers am eigenen Leib zu überprüfen, aber vor einigen Monaten, bei der Räumung eines besetzten Hauses in der Myliusstraße, war er nicht vorsichtig genug gewesen. Der volle Strahl eines Wasserwerfers hatte ihn erwischt, die Wassersäule hatte seinen Rücken gerammt, rechts von der Lendengegend, ihn nach vorne katapultiert, zu Boden geschleudert zu den anderen armseligen, durchnäßten Gestalten. Er erinnerte sich ungern an das Gefühl der Ohnmacht in einer unwürdigen Situation: Jedes Mal, wenn er versucht hatte, sich aufzurichten, ach was: wenigstens auf die Knie zu kommen, hatte sich der Mann in einem der beiden Drehtürme den Spaß gemacht, ihn wieder abzuschießen und in seinem Anzug weiterkrabbeln zu lassen inmitten der Parka- und Jeansträger. Er hatte bei dem Getümmel seine Brille verloren und war halbblind nach Hause gestolpert. Wenn sie nah genug an ihm vorbeiglitten, hatte er Mitleid, Spott und Verachtung auf den Gesichtern der Passanten registriert, die sich wahrscheinlich nicht vorzustellen vermochten, wie ein leicht übergewichtiger, gutgekleideter junger Mann dazu kam, klatschnaß durch die Stadt zu laufen und bei jedem Schritt eine Pfütze und ein Geräusch zu hinterlassen, das wie das Schmatzen eines Ochsenfrosches klang. Wenigstens seine geliebten Budapester hatten das Desaster halbwegs gut überstanden.

»Eins, zwei, drei, laßt die Leute frei«, erklang es aus der Zuschauermenge. Ein Hausbesetzer nach dem anderen wurde aus der Eingangstür geschleppt. Jetzt war das Spektakel bald vorbei. Auf die Scharmützel, die einer Räumung meist folgten, konnte er verzichten. Für ihn war das nichts. Er war Brillenträger.

Auf dem Weg in die Klüberstraße kalkulierte Julius Wechsler noch einmal alles durch.

Der Wert einiger der leergeräumten Westendvillen war rapide gesunken, seit den Investoren klargeworden war, daß es um jedes dieser Häuser einen erbitterten Kampf geben würde. Das verunsicherte die Anleger und gefährdete den eigenen Ruf. Er, Julius Wechsler, hatte keinen Ruf zu verlieren. Er würde noch eine Weile abwarten und dann die Hälfte seines Erbes in zwei gut erhaltene Häuser stecken, für deren Besetzung er selbst sorgen würde. Einigen der Besetzer würde er Monate später einen Mietvertrag anbieten, das war der erste Schritt zur Zähmung. Und die gezähmten Wölfe würden nichts Eiligeres zu tun haben, als im eigenen Interesse potentielle Störenfriede auszusortieren. Und dann …

Julius grinste in sich hinein. Es war ausgerechnet Leo gewesen, Leos Projekt, das ihn auf die richtige Idee gebracht hatte. Leo würde das nicht verstehen. Er verstand vieles nicht, vor allem nicht sich selbst.

Julius lächelte nicht mehr. Er wünschte, Leo würde endlich begreifen, daß Jenny Gift war. Daß Frauen Gift waren. Daß alles anders sein könnte.

Ich kauf dir ein Schloß, Prinz Eisenherz, dachte er. Komm mit mir.

Aber er wußte, daß Leo den Mut dafür nicht haben würde.

UND WENN DANN
DER KOPF FÄLLT, SAGE ICH:
HOPPLA!

1

Warum sind Krankenhausbetten weiß bezogen, fragte sich Will. Nicht zum ersten Mal: Jeder Mensch sieht unter weißen Laken halbtot aus. Also auch Karl Bastian. Aber das heißt nichts, redete er sich ein, während er den Alten betrachtete, der mit halbgeöffnetem Mund in den Kissen lag. Wenigstens überwachen sie ihn nicht mehr auf der Intensivstation, wo man angesichts all der Schläuche, Kabel und Monitore an nichts anderes als die Unmittelbarkeit des Todes denkt.

Will rückte den Stuhl näher ans Bett, setzte sich und streichelte die Hand, die auf der Bettdecke lag. In der altersfleckigen Haut steckte eine Kanüle. Die Haut fühlte sich dünn und trocken an. Sein Vater schien die Berührung nicht zu spüren, kein Muskel bewegte sich in seinem Gesicht. Halbseitige Lähmung, hatte der Arzt gesagt. Schwere Sprachstörungen. »Aber wenn es ihn nicht gleich noch einmal erwischt, hat er gute Chancen, wieder halbwegs sprechen und essen zu lernen.« Und – gehen? hatte Will gefragt. Der junge Arzt hatte die Hände in die Kitteltaschen gesteckt und mit den Schultern gezuckt.

Karls Lider zitterten. Dann öffnete er die Augen, starrte an die Decke und schloß sie wieder. »Wach auf«, sagte Will. »Wach doch auf, Vater.«

Der Alte versuchte, die Hand zu heben. Sein Mund öffnete sich, als ob er sprechen wollte. Dann ließ er die Hand wieder sinken.

Panisch vor Angst begann Will zu reden.

Über Marga. Wie sie noch abends unter der Schreibtischlampe saß und Schulhefte korrigierte – die blonden Haare, die sie aufgesteckt trug, lösten sich bereits und fielen ihr in feinen Locken auf die Schultern. Wie sie beim Abendessen geduldig zuhörte, wenn Karl endlos aus dem Betrieb erzählte und vom Beton – »Kommt drauf an, was man draus macht«. Wie sie den Sohn gegen den Vater verteidigte und den Vater gegen den Sohn und nicht ein einziges Mal ungeduldig wurde, weder mit dem einen noch dem anderen.

Und schließlich erzählte er seinem Vater von der Erfindung der Liebe. Davon, daß ein Augenblick entscheidet über den Rest des Lebens. Als ob Karl Bastian das nicht besser wüßte als sein Sohn.

Aber Will sah in die Augen von Dalia. Und obzwar er nicht wußte, was er dort sah, Verbündete oder Gegnerin, würde er immer wieder hineinsehen wollen. Und wenn sie mein Todesengel wäre, dachte er.

Als er kurz davor war, seinem Vater von der Putzfrau mit den Katzenaugen zu erzählen, die so klein war wie eine Elfenprinzessin, und die mit einem weißen Bullterrier durch die Stadt schwebte, der Wotan hieß und blaue Augen hatte – als er bereit war, sich völlig lächerlich zu machen, kamen zwei junge Krankenschwestern ins Zimmer gestürmt, nannten seinen Vater Papachen und scheuchten Will aus dem Zimmer, während sie den Alten »fertigmachten«, wie die eine sagte.

Als er zurückkam, lehnte Karl in den Kissen und hatte die Augen geöffnet. Er sah ihn an und sagte etwas, es klang, glaubte Will, wie »Marga«. Sein linker Mundwinkel hing herab, gelähmt wie nach einer Betäubung beim Zahnarzt, nur nicht ebenso vorübergehend. Will griff nach einem der Papiertücher, die auf dem Tisch neben dem Bett lagen und tupfte seinem Vater den Speichelfaden vom Kinn. Wenn Karl noch der alte gewesen wäre, hätte er sich diese Intimität verbeten. Aber jetzt sah er seinen Sohn an, als ob Krimkrieg sei und Will Florence Nightingale.

Wieder versuchte er zu sprechen, gequält, die Augen weit aufgerissen, flehend fast. Will spürte, wie ihm die Tränen in die Augen stiegen. »Ich hab' dich doch noch so viel zu fragen«, sagte er leise. Karl Bastian schloß die Augen, legte den Kopf nach hinten und stieß einen Laut aus, der wie das leise Heulen eines verlassenen Hundes klang.

Will nahm die Hand seines Vaters, lehnte sich in den Stuhl und schloß die Augen. Er sah Dalia vor sich, versank in ihren Augen, spürte ihre unendlich weichen Lippen, legte ihr die Hände um den Nacken, hörte ihren Atem schneller werden.

Nach einer Weile schreckte er auf. Irgend etwas hatte sich verändert im Zimmer. Es war dunkel geworden draußen, das auch. Aber das war nicht alles. Will suchte nach dem Schalter fürs Licht, den er am Bettrahmen fand, dort, wo eine Greisenhand ihn leicht ertasten konnte. Im kalten Licht der Leuchtröhre sah Karl Bastians Gesicht wie eine Totenmaske aus. Und wieder schnürte es Will die Kehle zu – der Alte war noch gestern putzmunter und gutgelaunt gewesen, kein Vergleich mit dem menschlichen Wrack in diesem gräßlich weißen Krankenhausbett, dessen Mund erschlafft war und halb offen stand. Karl atmete aus mit einem tiefen, dumpfen Stöhnen. Dann – nichts. Wills Hand verkrampfte sich um die des Alten. Der holte mühsam Luft und atmete wieder aus, mit diesem Stöhnen, das noch tiefer geworden zu sein schien. Will kannte den Sound. Marga hatte so geatmet in ihren letzten Minuten.

Sein erster Impuls ließ ihn nach der Klingel greifen, die

an einer Schnur an der Lichtleiste über dem Bett hing. Die Schwestern. Ein Arzt. Hilfe.

Aber dann dachte er an die Schläuche und Kabel und Monitore und an ein Leben, das einen friedlichen Tod verdient hatte. Er strich seinem Vater über die Stirn, die trocken und kühl war, und hielt ihm die Hand. Die Abstände zwischen den Atemzügen wurden länger.

Will murmelte beruhigende Worte, aber es war nicht Karl, den er beruhigen wollte, er wollte sich selbst trösten, wie ein Kind, das sich im Dunkeln Gutenachtgeschichten erzählt.

Er begann, Karls Atemzüge zu zählen. Der dreiundzwanzigste war der letzte. Der Körper des Alten spannte sich unter der Bettdecke, er schien sich noch einmal zu strecken bis in die Fußspitzen hinein, und dann hielt Will seines Vaters Hand, wie er schon die seiner Mutter gehalten hatte. Es war seltsam, wie fremd eine Hand sich anfühlt, in der es keine Spannung, keinen Widerstand mehr gibt. Will legte sie behutsam auf die Bettdecke.

Dann hielt er die Totenwache, bis die Nachtschwester kam.

Zu Hause wartete die alte Frau Köhler schon auf ihn. Sie mußte gleich hinter der Wohnungstür auf ihn gelauert haben, denn sie kam herausgeschossen, kaum, daß er den dritten Stock erreicht hatte.

»Herr Bastian, die Polizei war da und hat nach Ihnen gefragt!«

Sie guckte ihn erwartungsvoll an. Sie hat noch nicht einmal den Anstand, nach Karl zu fragen, dachte Will und ging wortlos an ihr vorbei.

»Aber Herr Bastian – ich habe gesagt, Sie sind im Krankenhaus – wie geht es überhaupt Ihrem Vater?« rief sie ihm mit dünner Stimme hinterher.

Zu spät, dachte Will. Und was die Polizei von mir will, interessiert mich gleich gar nicht.

Die Wohnung war viel zu groß und viel zu leer. Will tappte durch die Räume wie ein verlorengegangenes Kind. »Ich hatte dich noch so viel zu fragen, du alter Idiot«, flüsterte er beim Anblick der halbleeren Rotweinflasche und der Zigarettenschachtel auf dem Balkon. Er drehte den Schraubverschluß von der Flasche und setzte sie an die Lippen. Dann grüßte er hinüber zur Hochhaussilhouette am Horizont.

»Beton.«

Er nahm noch einen Schluck.

»Kommt drauf an, was man draus macht.«

2

Karen Stark lächelte und lächelte und lächelte. Dabei tobte sie innerlich vor Wut. Nichts war gräßlicher als das Bewußtsein, sich lächerlich gemacht zu haben. In aller Öffentlichkeit. Vor solchen Idioten wie Niels Keller. Denn offenkundig hatte er recht gehabt, der edle Ritter, nicht sie oder Manfred Wenzel.

»Dem Pförtner ist nichts Außergewöhnliches aufgefallen.« Deitmer hatte sich erst mal dumm gestellt, wie immer.

Karen versuchte ruhig zu bleiben. »Wir suchen nicht nach irgend etwas Außergewöhnlichem. Wir suchen nach etwas, das so normal ist, daß es dem Pförtner schon gar nicht mehr auffällt. Verstehen Sie? Wir suchen nach dem Postboten, dem Hausmeister, der Putzfrau und dem Gärtner!«

Gieseking hatte in seinem Notizbuch geblättert. »Um 17 Uhr wurde die Post abgeholt, um 17 Uhr 32 ging die Sekretärin von Julius Wechsler, um 19 Uhr 20 kam der Putzdienst, um 20 Uhr 10 die Kontrolle …«

»Welcher Putzdienst? Welche Kontrolle?«

Gieseking blätterte. Karen redete sich gut zu.

»Drei Mitarbeiterinnen von der Pollux Facility Management GmbH. Kontrolliert von der Chefin.«

Also von Johanna Maurer. »Die Namen der drei Mitarbeiterinnen?«

Gieseking hob die Schultern und ließ sie wieder fallen.

Natürlich. Wer interessiert sich schon für Putzfrauen. Aber sie waren das fehlende Glied in der Kette. Und jetzt wußte sie, daß ihre ursprüngliche Eingebung völlig richtig gewesen war: Die Morde an Marcus Saitz, Thomas Czernowitz und Julius Wechsler hatten etwas miteinander zu tun, über ihre Freundschaftsbeziehung hinaus. Bei allen dreien waren zur Tatzeit Mitarbeiter der Pollux Facility Management GmbH in der Nähe gewesen.

»Bringen Sie mir Johanna Maurer. Und Dalia Sonnenschein. In mein Zimmer. Noch gestern.«

Gieseking guckte Deitmer an. Karen merkte, wie sich ihr Lächeln verkrampfte. Jetzt keinen Fehler machen und ausrasten, dachte sie. Deitmer schloß die Augenlider und öffnete sie wieder, langsam.

»Ohhh – kay«, sagte Gieseking.

»Und kümmern Sie sich um Will Bastian. Er könnte der nächste sei.«

»Schon geschehen.« Deitmer versuchte gelangweilt zu gucken.

»Und?«

»Er war nicht da.«

Karen umklammerte die Armstützen ihres Schreibtischstuhls, bis ihre Finger weiß waren. »Dann suchen Sie ihn, lieber Herr Deitmer. Suchen Sie ihn. Und kümmern Sie sich um einen Mann namens Michel Debus. Der gehört auch zu diesem seltsamen Freundeskreis und dürfte ebenfalls gefährdet sein.«

Oder er war der Täter. Denn auch das war immerhin möglich: daß einer der beiden übriggebliebenen Freunde der Täter war. Zwei potentielle Täter oder zwei potentielle Opfer. Die Lage war nicht sonderlich überschaubar.

Karen vertrieb sich die Zeit mit einer zärtlichen SMS an Gunter, der zu einem Vortrag nach Berlin gefahren war, das hatte er jedenfalls behauptet. Sie blätterte lustlos in der neuen »Brigitte«, ging viel zu oft aufs Klo und wartete ungeduldig auf eine Antwort von Gunter. Oder auf irgendeine andere Erlösung.

Endlich kam der Anruf. Die ausführenden Organe der Staatsgewalt hatten Johanna Maurer aufgetrieben. Wenigstens etwas. Karen sah auf die Uhr. Die Dame mußte gleich hier sein. In diesem Moment klopfte es schon.

Als sich die Tür öffnete, hatte Karen für den Bruchteil einer Sekunde das Gefühl, ins Leere zu blicken. Doch da war jemand, eine Frau, so klein, daß Karen zuerst über sie hinweggesehen hatte, ihr zu Füßen ein weißer Hund mit blauen Augen. Man mußte ihr die Verwirrung angesehen haben, denn die Person lächelte sie fast spitzbübisch an, als sie ins Zimmer kam und ihr die Hand gab.

»Dalia Sonnenschein«, sagte sie. Und dann redete sie.

Nach einer halben Stunde fielen die fehlenden Teile des Puzzles wie von selbst an ihren Platz. Karen Stark griff zum Telefon. »Fahndung nach Johanna Maurer und Will Bastian. Und das vorgestern.« Wenn Dalia Sonnenschein recht hatte, war der nächste Tote nur eine Frage der Zeit.

Sie schaute die Frau an. »Wir sollten Sie für eine Weile aus dem Verkehr ziehen«, sagte sie schließlich.

»Ich... der Hund ...« Dalia Sonnenschein wirkte zum ersten Mal verunsichert.

Karen griff wieder zum Telefon. Paul Bremer müßte eigentlich zurück sein aus dem Honeymoon.

»Ich weiß da was«, sagte sie.

Wozu hatte man einen guten Freund weit weg vom Schußfeld, auf dem tiefsten Land, in der göttlichsten Provinz, in Klein-Roda?

3

Die Falkstraße liegt parallel zur Leipziger. Aber während auf der Bockenheimer Einkaufsmeile Enge herrschte, weil sich auf der schmalen Straße Menschen und Autos und Fahrradfahrer drängten, wirkte die Falkstraße trotz ihrer Leere eng und dunkel und die Häuser grau.

Will Bastian störte das nicht, im Gegenteil. Wenn es nach ihm ginge, wäre auch der Himmel so grau wie die Häuser und nicht derartig blau, daß es schmerzte, wenn man aus Versehen hinguckte. Der Anruf Jennys heute morgen hatte ihn überrascht, er hatte nicht mehr damit gerechnet.

»Willst du Leo sehen?«

Doch, aber es war ihm nicht mehr wichtig.

»Nun sag schon!«

Nichts war mehr wichtig. Nicht Leo, nicht Jenny, noch nicht einmal Dalia. Und schon gar nicht sein eigenes Leben. »Ja«, sagte er schließlich. Meinetwegen.

Er hätte nie geglaubt, daß ihn Karls Tod so mitnehmen würde. Der Tod seines Vaters machte ihn fast noch trauriger als damals der Tod der Mutter. Vielleicht, weil er mehr Zeit gehabt hatte, sich auf Margas Tod einzustellen? Karl war noch so lebendig gewesen, so – mitten im Leben. Andererseits: Was konnte einem Besseres passieren? Wenn schon sterben, dann so, dachte Will. Mitten im Leben.

»Bist wohl lebensmüde, Alter! Man guckt, bevor man über die Straße rennt!« Will blieb auf der Straße stehen und sah dem Jungen auf dem Mountainbike hinterher, der ihn fast umgefahren hätte. Auch das wäre ihm egal gewesen.

Die Haustür der Nummer 7 ließ sich aufdrücken, das Flurlicht funktionierte nicht. Im dunklen Hausflur roch es nach Bratkartoffeln und Katzenkot. Im dritten Stock, hatte Jenny gesagt. Die Wohnung rechts. Will stieg die ausgetretene Treppe hoch.

Kein Schild an der Wohnung. Noch nicht einmal eine Klingel. Aber die Tür war nur angelehnt. Will zog sie hinter sich zu, als er hineinging, durch einen dunklen Flur zu einem Zimmer am Ende des Schlauchs.

Leo saß in einem Sessel am Fenster. Die Scheiben schienen lange nicht geputzt worden zu sein, aber das Licht, das von draußen hereinfiel, enthüllte immer noch genug. Will blieb im Türrahmen stehen und versuchte, sich seine Gefühle nicht anmerken zu lassen. Unter der Decke, die über seinen Knien lag, zeichneten sich knochige Beine ab. Leos schmale Schultern waren nach vorne gesunken, und auf dem zerbrechlichen Hals saß ein Kopf, der Will an eine Indianermumie erinnerte. Die einst so ausdrucksvollen blauen Augen waren verblaßt, die schwarzen Haare dünn und grau geworden.

»Will Bastian«, sagte Leo und versuchte ein freundliches Lächeln. Will sah mit Erschrecken, daß der alte Freund noch nicht einmal mehr Geld für den Zahnarzt gehabt haben mußte. Wo ist die ganze Kohle geblieben, die Jenny von uns erpreßt hat? hätte er am liebsten gefragt. Wahrscheinlich bei Jenny, dachte er nüchtern. Und vielleicht hätten wir uns das denken können.

Mit einer fahrigen Handbewegung lud Leo ihn ein, hereinzukommen und sich zu setzen. Will sah sie erst, als er im Zimmer stand. Jenny. Sie hockte breit lächelnd auf dem Sofa gegenüber Leos Sessel und nickte ihm zu.

»Hier ist er, vor dem ihr euch so gefürchtet habt. Leo. Eure Nemesis.«

Leo lächelte wieder, ein schrecklich lückenhaftes Lächeln. »Schön dich zu sehen, Will. Wie geht es dir? Was machen die anderen?«

Will horchte der zittrigen Stimme hinterher. Verglichen mit Leo war Karl ein Ausbund von Jugendlichkeit – gewesen, dachte er und schluckte. Bis gestern.

»Die anderen?« Er sah von Leo zu Jenny.

»Beruhigungsmittel. Schmerzmittel. Er kriegt nicht mehr viel mit.« Jenny machte ein Gesicht, als ob sie über ein Kleinkind redete.

Leo reagierte auf ihre Bemerkung nicht. Er lächelte verträumt. »Ach, Will. Wir haben uns nicht mehr gesehen seit diesem idiotischen Abend. Als es passierte.«

Will nickte. Der Film spulte bereitwillig vor seinem inneren Auge ab. Er und Michel waren vor Leo angekommen in der Kneipe, in der die anderen bereits saßen, die Hände um die Biergläser gelegt, als ob sie sich wärmen wollten. Als Leo zu ihnen stieß, war er blaß.

»Die Sache ist schiefgegangen«, sagte er, als die anderen fragend guckten. »Ich hab' die Knarre in einen Baucontainer geworfen, vor dem Abrißhaus in der Guiollettstraße.«

Wenigstens Julius hatte erleichtert ausgesehen.

Leo zupfte an der Decke, die auf seinen Beinen lag. »Wie geht's den anderen?« fragte er übergangslos.

Will schluckte.

»Prostatakrebs, Endstadium«, sagte Jenny emotionslos. »Das ist der Mann, der euch angst gemacht hat, ihr Hosenscheißer.«

Wieder sah Will sie alle vor sich, an diesem kalten Winterabend am Tisch bei »Dr. Flotte«, mitten unter ihnen Leo, der den Stuhl zurückschob, das Bierglas vom Tisch fegte und das Ende des Projekts verkündete.

Und plötzlich wurde der Erinnerungsfilm blaß. Wechselte in die Zeitlupe. Und endlich sah Will, was er all die Zeit nicht gesehen hatte.

»Stimmt es, was Jenny sagt? Marcus ist tot? Und Thomas? Max?« Leo lächelte wieder sein trostloses Lächeln.

»Marcus und Thomas sind ermordet worden«, sagte Will. Von jemandem, der noch genug Kraft in den Fingern hatte, um sie zu erwürgen. Leo hätte keine Chance gehabt, gegen keinen von ihnen.

Er sah auf und sah Jenny lächeln. Und wieder legte sich der Film der Erinnerung über die Gegenwart und Jennys Gesicht. Sie hatte damals im Wirtshaus nicht gelächelt, als Leo ging. Sie war blaß gewesen. Nein, weiß. Weiß vor Wut.

»Es stimmt also.« Leos Stimme hatte sich verändert, war fester geworden. Und dann sah er Jenny an. »Sie sind tot. Warum?«

»Aber Herzblatt!«

Jennys Augen blitzten, als sie sich langsam erhob.

»Warum sollen sie leben, wenn du sterben mußt?«

Will spannte die Muskeln an. Sie ist verrückt, dachte er. Noch verrückter, als sie damals schon war. Sie beugte sich über Leo, um ihm die Decke zurechtzuziehen. Dann ging sie ein paar Schritte zurück.

»Warum, Jenny?«

»Sie haben dich verpfiffen, damals, weißt du das nicht mehr?« Jenny warf ihre blonden Haare in den Nacken. »Weißt du das alles nicht mehr, Leo? Erinnerst du dich an gar nichts, mein Ärmster?«

Will umklammerte mit beiden Händen den Sitz des Stuhls. Er mußte den richtigen Moment abpassen. Wenn er sie packen wollte, durfte er nicht zu hastig sein, aber auch nicht zögern. Er spürte, wie ihm der Schweiß ausbrach auf der Stirn und an den Handflächen.

»Aber Jenny.« Leo blieb ruhig. »Ich habe doch immer gewußt, wer mich verpfiffen hat. Es kam doch nur eine in Frage. Nur eine, die mich so gehaßt hat.«

»Gehaßt? Ich habe dich geliebt!«

»Ich habe dich auch geliebt.« Will sah, wie Leos Hand unter der Decke verschwand und nach etwas tastete.

»Du? Noch nicht einmal das hast du dich getraut. Und jetzt...« Jenny streckte die Hände vor und bewegte die schlanken Finger, als ob sie ihre Geschmeidigkeit testen wollte.

Will spannte die Muskeln an. Bevor er aufspringen konnte, kam Leos Hand unter der Decke hervor. Eine knotige, ausgemergelte Hand, die eine Pistole hielt. Sie war auf Jenny gerichtet. Leos Hand zitterte nicht.

In diesem Moment brach das Pandämonium los. Es klopfte an die Wohnungstür, laut, anhaltend.

»Machen Sie auf, Polizei!« rief eine Männerstimme.

»Schade um dich«, sagte Leo leise.

»Schieß doch. Du traust dich ja doch nicht.« Jennys Gesicht verzerrte sich. Sie lachte, als ob sie schreien wollte.

Jemand trat gegen die Tür.

Hell hath no fury like a woman scorn'd, dachte Will.

Die Wohnungstür flog auf. Leo drückte ab. Nicht einmal. Zweimal.

4

Erst hatte er nein gesagt, als der Arzt ihm eine Beruhigungsspritze geben wollte. Aber jetzt war Will Bastian dankbar für das chemisch herbeigeführte Scheißegalgefühl; es ließ ihn die leere Wohnung leichter ertragen. Und die Stille nach dem Schuß.

Nachdem er eine Weile unschlüssig im Zimmer seines Vaters gestanden hatte, drehte er das Radio auf mit Karls Lieblingssender. Und ganz kurz dachte er daran, den Staubsauger aus der Abstellkammer zu holen und einzuschalten.

Die Vernehmung in Jennys Wohnung war kurz gewesen, die Details könne man ja nachtragen. »Sie haben ein bißchen viel hinter sich, oder?« hatte die rothaarige Staatsanwältin gefragt und ihn so milde angelächelt, daß ihm fast wieder die Tränen gekommen wären.

Laß das nicht zur Gewohnheit werden, Alter, dachte Will. Aber es stieg ihm schon wieder heiß die Kehle hoch.

Es gab keine Zweifel am Tathergang: Leo hatte Jenny erschossen und dann sich selbst. Will sah sein Gesicht vor sich, das kaum noch erinnerte an den Mann, den sie geliebt hatten, damals, in diesen unvorstellbar fernen Zeiten, die ihm heute paradiesisch vorkamen. Nur im Paradies konnte man sich so weit von der Wirklichkeit entfernen, wie sie es damals getan hatten. Nur auf einer Insel herrschten andere Gesetze als im Rest der Welt.

Und Leo, mit seiner von den Präraffaeliten geborgten Schönheit, war der Inselkönig gewesen. Der Traumprinz.

Und für einen winzigen Augenblick hatte sein Gesicht daran erinnert – als er lächelte, bevor er sich den Lauf der Pistole in den Mund steckte und abdrückte.

Er hat gelächelt, dachte Will. Er hat mich angelächelt. Der kühle Lufthauch, der durchs Zimmer wehte, machte ihm eine Gänsehaut.

Er ging durch die Wohnung und dachte an Schränke, die er nicht ausräumen und Vermächtnisse, von denen er nichts wissen wollte. Er würde die Wohnung vollständig renovieren müssen, damit ihn nichts mehr erinnerte an Marga und Karl Bastian. Aber auch das hielt er eigentlich für unmöglich. Solange er vom Balkon aus auf Maintower und Commerzbank gucken konnte, würde er an ihn denken, an Karl Bastian, der sie gebaut hat, diese Stadt.

Als man aus dem Krankenhaus anrief, war er fast erleichtert. Sein Vater mußte abgeholt und beerdigt werden. Und nicht nur sein Vater: Wenn die Polizei mit Leo und Jenny fertig war, würden Michel und er auch diese beiden zu Grabe tragen.

Wer, wenn nicht wir, dachte er. Den nächsten Wein trinken wir nicht im »Dionysos«, sondern auf dem Hauptfriedhof. Da liegt sie, die Freundschaft von fünfundzwanzig Jahren. Endlich wieder ein Pentakel – fünf Männer und eine Frau. Im Tode vereint. Wie passend.

Nach drei Stunden hatte er das Allernötigste veranlaßt. Nach fünf Stunden hatte er die zweite Flasche Rotwein intus und keine Zigaretten mehr. Als er gegen Mitternacht aufwachte, saß er noch immer auf dem Balkon, ein halbvolles Glas in der Hand, im Blick die beiden Feen, um deren rotweiße Zauberstäbe sich Wolkenfetzen gewickelt hatten.

Und plötzlich sah er etwas, das Leo sich vorgestellt haben mochte, damals, als er ihnen das erste Mal von seinem Projekt erzählte, vom Großen Plan, vom Signal, dem Zeichen, das er setzen wollte gegen alle Übel der Welt, gegen Gewalt und Ideologien, gegen Dummheit und Arroganz.

Er sah auf dem Maintower unterhalb der weißroten Antennenstange zwei Gestalten auftauchen, die erst nebeneinander standen und sich dann langsam voneinander entfernten. Zwischen ihnen flatterte etwas, etwas weißes. Je weiter die beiden Gestalten voneinander weggingen, desto klarer erkannte man, daß sie eine Art Transparent entfalteten, auf dem in roter Schrift etwas stand.

Und dann erhob sich ein weißer Lichtkegel über den beiden Gestalten und dem Transparent. Der nächste Schuß aus der Signalpistole setzte dem weißen ein rotes Licht auf.

Jetzt stand das Transparent und man konnte die Worte darauf lesen.

»Haltet die Welt an.«

Leos Zauberspruch. Ein Zauberspruch gegen den Wahnsinn der Welt und gegen die Dummheit der Menschen.

Will legte den Kopf in den Nacken und schloß die Augen. Was für eine wunderbare, schöne, absurde, kindische Idee. Hätten sie es doch bei der Idee belassen. Sie hatte ja in jenem eisigkalten Winter längst ihre Funktion erfüllt. Leos Projekt hatte sie alle abgelenkt – von Trauer, von Sehnsucht, von unerfüllter Liebe. Es hatte ihnen Halt gegeben, wie es jede Idee, jede Aufgabe tut. Es hatte sie bewahrt vor dem anderen Kraftzentrum des verschwörerischen Zirkels – von seinem negativen Pol: vor Jenny.

Das Projekt hatte sie alle in einer prekären Balance gehalten, hatte verhindert, daß der Zirkel zerbrach, der gewaltsam auseinanderzutreiben drohte, seit Jenny die Phantasie beschäftigte – aller, sogar manchmal die von Will. Nur

Julius träumte anders, aber nicht weniger gefährlich. Er träumte von Leo.

Am Tag nach der Katastrophe wäre es soweit gewesen. Leo und Michel wollten den Rohbau der Deutschen Bank besteigen, den linken der beiden Türme. Mit Transparent, Bergsteigerausrüstung und Signalpistole. Was für eine kindische Idee.

Aber sie war noch immer auf eine verrückte Weise schön.

5

Sie fuhr entschieden zu schnell. Außerdem mochte Will keine Kabrios, vor allem nicht auf der Autobahn, egal, ob es Frühling war oder nicht. Aber Karen Stark ignorierte ihn, summte ein Liedchen und gab Gas.

Als sie am Bad Homburger Kreuz ankamen, drehte er sich um. Von hier aus hatte man einen phantastischen Blick auf die Stadt in den Wolken mit ihren hochragenden Türmen, die das milchige Sonnenlicht verschleierte. Der Messeturm sah von ferne aus wie die Heimat von Batman. Und dahinter entdeckte Will die vertrauten weißroten Antennen von Commerzbank und Maintower. Die Sehnsucht nach Karl packte ihn mit einer Wucht, die ihm die Luft abdrückte. Meine Skyline, hörte er den Alten sagen. Mein Frankfurt. Das habe ich gebaut.

Und du? flüsterte es in ihm.

Ich habe mein Leben in den Sand gesetzt, dachte Will und drehte sich entschlossen nach vorn.

»Alles in Ordnung?« Die Frau mit den roten Haaren war auf die A 5 nach Norden gewechselt und sah ihn von der Seite an. Prüfend. Er hätte sie am liebsten gebeten, sich auf den Autoverkehr zu konzentrieren und ihn unbeobachtet gerührt sein zu lassen.

»Tut mir leid wegen Ihres Vaters«, sagte sie.

Mir auch, dachte Will.

»Aber ich kann Ihnen ein paar unangenehme Fragen nicht ersparen.«

»Fragen Sie nur.« Die Staatsanwältin war ihm lieber als die beiden Kripobeamten, die ihn damals zu Hause behelligt hatten. Vielleicht hätte er Karen Stark schon damals alles erzählt. Und vielleicht hätte das Schlimmeres verhindert.

»Sind Sie sich eigentlich im klaren darüber, daß Sie Julius Wechsler auf dem Gewissen haben?«

Das meinte sie also mit »unangenehm«.

»Ja«, sagte Will. Und die Erkenntnis tat nicht weniger weh wie die Trauer um Karl und die Sehnsucht nach Dalia.

»Sie haben Beweismaterial unterschlagen, Sie und Frau Sonnenschein, als Sie die Amulette eingesteckt haben, die Sie bei Marcus Saitz und Thomas Czernowitz gefunden haben. Und wenn Sie mal den Mund aufgemacht und uns aufgeklärt hätten über diesen seltsamen Männerbund von damals, dann wären wir noch vor Max Winters Tod auf der richtigen Spur gewesen.«

»Ich denke, er hatte einen Herzinfarkt?«

»Richtig. Aber was machte das Pentakel neben seiner Leiche?« Die Staatsanwältin drängelte einen Kleinwagen von der Überholspur. »Wenn Sie sich nicht eingemischt hätten, wären wir früher auf die Verbindung zu Saitz und Czernowitz gestoßen. Aber ohne diese Verbindung gab es keinen Grund, mit einem weiteren Mord zu rechnen.«

»Und – Dalia Sonnenschein ...«

»Dalia Sonnenschein hat Ihnen das Leben gerettet.«

»Ich habe sie mit Jenny reden sehen, vor ein paar Tagen.«

Die Staatsanwältin schüttelte energisch die roten Haare. »Sie hat mit ihrer Chefin geredet, mit Johanna Maurer, der Eigentümerin der Pollux Facility Management GmbH. Johanna Maurer, geborene Willard.«

»Also Jenny.«

»Genau. Also eine Frau, die alle wichtigen Informationen

in der Hand hatte, um Ihre Freunde einen nach dem anderen umzubringen. Sie ließ nicht nur im Bankhaus Löwe, sondern auch in der Staatsanwaltschaft und im Gebäude putzen, in dem Julius Wechsler sein Büro hatte. Sie wußte, wie lange ihre Opfer im Büro waren, wann man sie am ehesten ungestört antraf und was sie sonst noch für Eigenheiten hatten. Perfekt.«

»Aber warum hat niemand von uns sie gesehen?«

»Das liegt doch auf der Hand. Es gehört zur Geschäftspolitik von Putzunternehmen, unsichtbar zu sein.«

»Und Dalia?«

»Sie war von Johanna Maurer offenbar dazu ausersehen worden, den Sündenbock zu spielen, jedenfalls hat sie versucht, die ersten beiden Morde so zu plazieren, daß Dalia am Tatort war.«

Will atmete tief ein und wieder aus. Alles hatte plötzlich eine Ordnung. Und Dalia war nicht die Verbündete, sondern ein weiteres Opfer von Jenny.

Und sie alle hatten wie die Besessenen an Leo gedacht, an Leo, der Rache übte. Nur, weil Jenny die Pentakel an den Tatorten hinterlassen hatte. Das hatte genügt, um all die Ängste und Schuldgefühle wieder hochsteigen zu lassen, die sie jahrelang verdrängt hatten. Dabei war es Jenny gewesen, in der der Haß gewachsen war, all die Jahre über. Der Haß auf Leo.

»Johanna Maurer nutzte den Vorteil, daß Marcus Saitz und Thomas Czernowitz sie wiedererkannten. So kam sie an ihre Opfer nahe genug ran. Nur Julius Wechsler hatte sie offenbar durchschaut.«

Will stellte sich vor, wie Jenny auf Marcus zutrat und ihn umarmte. Und ihm dann die Finger um den Hals legte.

»Er hat sich gewehrt, und sie mußte zuschlagen. So was verdirbt die Handschrift.« Karen Stark wechselte am Gambacher Kreuz auf die Autobahn Richtung Kassel. »Die DNS-Spuren, die wir gesichert haben, passen zur Maurer.«

Will spürte, wie er unruhig wurde auf dem Beifahrersitz. Er brauchte eine Zigarette. Ein Glas Wein. Irgendwas.

»Aber was mich am meisten interessiert…« Die Staatsanwältin jagte einen BMW. Will zog den Kopf ein. »Was hatte die Frau gegen Sie?«

Nichts Besonderes, dachte Will. »Sie hatte was gegen Leo.«

»Sagten Sie nicht, sie hätte ihn geliebt?«

»Erst ja.« Und dann hat sie ihn verachtet. Weil er ein Feigling war. Oder?

Will sah Leos Gesicht, sah ihn lächeln, bevor er sich den Lauf der Pistole in den Mund schob und abdrückte.

Nein, er war kein Feigling. Aber er hatte aufgehört zu leuchten an jenem Abend, an dem er in der Wirklichkeit angekommen war. In der Nacht, in der Frau Sommer starb.

»Und was mich auch interessiert: Was haben Sie eigentlich damals im Winter auf der Straße zu suchen gehabt? Und wieso lief Ihr Leo mit einer Signalpistole herum?« Karen Stark sah ihn von der Seite an.

Will antwortete nicht. Er würde diese Geschichte niemandem erzählen. Niemals.

Ehrenwort, Leo.

6

Vor dem verwunschenen Haus lag ein weißer Bullterrier in der Sonne und beobachtete eine Katze, die sich genüßlich im Staub wälzte. Als Karen und Will auf ihn zugingen, hob er seinen kantigen Schädel und zog die Lefzen hoch, als ob er sich an einem Begrüßungslächeln versuchte. Dann erhob er sich, schüttelte sich und ging ihnen mit steifen Beinen entgegen.

»Hallo Wotan. Hast du dich mit den Katzen vertragen?« Karen blieb stehen.

Will ließ das Tier auf sich zukommen. Er machte keine Anstalten, sich zu dem Hund hinabzubeugen und ihn zu streicheln. Statt dessen hielt er ihm in gebührendem Abstand die Hand hin. Der weiße Hund streckte den Hals, sofern das bei seiner Statur möglich war, berührte mit der Nasenspitze Wills Knöchel und ließ sich dann zufrieden schnaufend zu seinen Füßen nieder.

»Wotan!« Dalias Stimme klang nachsichtig. »Er scheint dich zu mögen.«

Sie trug die dunklen Haare offen, und er sah sie das erste Mal nicht in Jeans, sondern in einem Kleid. Sie sah wirklich aus wie Schneewittchen.

»Tut mir leid«, sagte Will und fühlte sich unbeholfen.

»Mir auch«, sagte Dalia.

»Sie haben sich beide völlig unnötige Sorgen gemacht. Und wenn Sie's wissen wollen, Herr Bastian: Dalia Sonnenschein hat Sie ebenfalls gesehen, wie sie mit Johanna Maurer Arm in Arm die Zeil hinuntergingen. Auch sie hat sich ihren

Reim darauf gemacht«, sagte die Staatsanwältin und ging auf das Haus zu.

Das Gartentor öffnete sich, ein Mann mit drahtiger Figur und kurzen weißen Haaren umarmte Karen Stark. »Paul!« Sie küßte ihn auf die Wangen.

Zwei Katzen sprangen auf den Küchentisch, als sie ins Haus traten, und beäugten Wotan, der so tat, als ob er sich für sie nicht interessierte. Will war sich sicher, daß er wie ein Blitz hinter ihnen her sein würde, sollten sie auf die Idee kommen, in seine Reichweite zu gelangen oder gar wegzulaufen.

Paul Bremer – »ein alter Freund«, stellte Karen Stark ihn vor – hatte gekocht. Das kleine Haus roch nach Rosmarin und Thymian und Lorbeer und nach Lammfleisch.

»Was für ein bösartiges Weib, diese Johanna Maurer«, sagte Karen, als sie um den großen Küchentisch herumsaßen und Paul Bremer das Essen auftrug. »Sie wollte sich offenbar an ihrem alten Liebhaber rächen, indem sie dessen Freundeskreis umbrachte, einen nach dem anderen.«

»Um ihm die Morde in die Schuhe zu schieben«, sagte Will. »Deshalb bei jeder Leiche ein Pentakel.« Oder um uns angst zu machen. Das jedenfalls ist ihr gelungen.

»Dann verstehe ich erst recht nicht, warum Sie nicht zu uns gekommen sind, als Sie die Rache des Leo fürchteten. Weil Sie den alten Freund nicht verraten wollten? Ist das nicht ziemlich absurd, wenn man bedenkt, daß Sie der nächste hätten sein können?«

Karen Stark runzelte die Augenbrauen und hielt die Gabel in der Faust wie eine Fackel.

Will Bastian nahm einen tiefen Schluck aus dem Rotweinglas und fühlte sich schon von der ersten Mundvoll betrunken. Er war nichts Gutes mehr gewohnt.

»Wir haben uns geschämt«, sagte er nach einer Weile. »Und …«

Karen Stark sah ihn aufmerksam an. Dalia redete auf Wotan ein, der auf dem Bauch über den Boden kroch, dahin, wo eine der Katzen mit einem Weinkorken spielte. Und Paul Bremer kam mit einer zweiten Flasche Rotwein aus der Küche.

Dalia schaute hoch. »Es war Liebe«, sagte sie. »Sie macht die seltsamsten Dinge mit den Menschen.«

Beim Abschied nahm Will Dalia in die Arme und küßte sie auf den Mund. Für einen Moment gab sie nach. Dann löste sie sich aus der Umarmung.

»Ich gehe fort«, sagte sie. »Ich muß.«

Will lächelte sie an. Er würde sie finden, wenn es Zeit war.

Auf der Rückfahrt schloß er die Augen und öffnete sie erst wieder, als Karen Stark am Homburger Kreuz langsamer fuhr. Vor ihm schälte sie sich aus der Dunkelheit, die ferne Stadt in den Wolken mit ihren erleuchteten Türmen, um die der Nebel trieb. Wie eine Insel aus dem Meer wuchs ihnen die Skyline entgegen.

Will dachte an seinen Vater, legte den Kopf in den Nacken und schickte einen Gedanken nach oben, dorthin, wo er dessen Geist vermutete, den er sich als eine opake Wetterfahne vorstellte, die vom Fernsehmast des Maintowers flatterte.

Beton, dachte er. Kommt drauf an, was man draus macht.

Dasselbe galt für sein Leben. Will Bastian beschloß, es zu ändern. Morgen. Nein – sofort.

7

1981

Die Welt hielt an und drehte sich dann in einem neuen Rhythmus weiter. Ob es das gibt, Liebe auf den ersten Blick? Bestimmt, dachte Jenny. Ich weiß es. Es war so.

Er saß unter der Birke wie der Messias, umgeben von seinen Jüngern. Das schwarze Haar sein roter Mund die weiße Haut. Sie ging vorbei und sie kehrte zurück und sie blieb. Und seit diesem Abend hieß das, was sie wollte, Leo. Leo immer, Leo mein Atem, Leo meine Seele, Leo meine Leidenschaft. Leo meine Wunde, Leo mein unerfülltes Begehren. Leo wo du da ich.

Jenny setzte sich neben ihn und blieb. Der Tag war heiß, der Abend war lau, der Rotwein warm, niemand sagte etwas, Leo schwieg, und sie fühlte sich das erste Mal eins mit der Welt.

Eins. Er und ich. Eins.

Und später, als beide müde wurden …

Die anderen schliefen schon. Jenny ließ sich gegen Leo sinken. Legte den Kopf in seinen Schoß. Schaute zu ihm auf, in die dunklen Augen, auf die roten Lippen, die weiß aussahen in der sternklaren Nacht. Sie streckte ihre Hand nach ihm aus, streichelte seine Wange, versuchte, seinen Kopf hinunterzuziehen.

Er stand auf. Er zog sie zu sich hoch. Er lief mit ihr um den See, die halbe Nacht lang. Er berührte sie nicht ein einziges Mal.

Am nächsten Tag kamen die Worte. Er redete und hörte nicht auf zu reden. Er redete und redete, während Jenny verdorrte, weil es das einzige war, was seine Lippen ihr anboten: Worteworteworte.

Wenn sie nur begriffen hätte, worauf das alles hinauslief.

Das Projekt. Für das sie Liegestütze machten und um den See herumliefen, die Männer, Leo an der Spitze. Kein Sex, kein Alkohol, nur Sport und Askese.

Jenny wich nicht von seiner Seite und sagte nichts. Nur dann, wenn die Jünger nicht spurten, wurde sie sein Sprachrohr. Verwies auf das Projekt und die Idee und das Signal und das Symbol.

Bis sie endlich begriff, daß die ganze Idee nur auf eines abzielte: Venus zu bannen. Er wollte sie, aber sie sollte ihn nicht kriegen.

8

Die Magnolien blühten. Ohne auch nur eine braune Stelle, denn es hatte seit Tagen nicht geregnet. Karen berauschte sich am Anblick der weißen tulpenförmigen Blüten mit dem hellroten Saum. Die ganze Stadt blühte und duftete, und alle, die ihnen entgegenkamen, lächelten. Die Jogger, die Frau mit dem Hund, die Fahrradfahrer, der alte Herr, der hinter seinem Rollator herschlurfte.

Selbst der Polizist, der vor der Synagoge mit der Maschinenpistole Wache schob, sah ihnen entspannt entgegen. Wirken wir so glücklich? fragte sich Karen. Oder so unausgeschlafen?

Gunter hatte seinen Arm um sie gelegt, sie spürte Wärme und Zärtlichkeit. Er hatte seine Schritte den ihren angepaßt, sie waren im Gleichklang, und nichts konnte sie trennen. Vor allem muß ich auf keine SMS warten, dachte Karen und verkniff sich das Grinsen.

Nur der Fall Johanna Maurer saß ihr noch in den Knochen, im Hirn und im Herzen. Das mußte mit der Erklärung zu tun haben, die Dalia Sonnenschein versucht hatte.

Karen blieb stehen. »Liebe«, sagte sie. »Was ist das?«

Gunter drehte sich zu ihr hin und küßte sie. »Nichts Schlimmes«, sagte er. »Kommt drauf an, was man draus macht.«

Dieses Buch gehört Reinhard Jahn, dem Fels in der Brandung, dem immer, auch in unmöglichen Lagen und zu unmöglichen Zeiten, ein Ausweg einfiel.

Dank gebührt:
Udo Scheu, der mich als ehemaliger hessischer Polizeipräsident in das Wesen von Polizei und Staatsanwaltschaft einführte und hoffentlich vor den schlimmsten Fehlern bewahrte.
Claus Wisser und den Mitarbeitern der WISAG für Einblicke in das moderne Putzwesen.
Winfried Eggers für eine Einführung in die Funktechnik des Zweiten Weltkriegs.
Meinen Eltern Margot und Helmut Stephan für die Erlaubnis, mich von ihrem Briefwechsel zwischen 1937 und 1947 bewegen zu lassen.
Jörg Diener von der Herbertsmühle für stärkenden Input, wie z.B. einen hervorragenden Crottin.
Eva Demski, die mich im Frühstadium ermutigte.
Ebba Drolshagen für ihren klaren, unbestechlichen Blick.
Hartmut Holzapfel für seine Vermittlungstätigkeit.
Hans-Jürgen Linke, der sich im Leben eines sensiblen Musikredakteurs auskennt.
Krizstina Koenen, die mich auf meine verschämte Liebe zu Frankfurt aufmerksam gemacht hat.
Ulrich Wanner-Laufer, der als Anwalt weiß, wie's läuft, und als Freund ein Manuskript auch mal im Schnellverfahren liest.
Der Mailingliste des »Syndikat« für vielfältige Aufklärung und Anregung.
Martina Meuth und Moritz Neuner-Duttenhofer für ihr Rezept für Rosas Apfelkuchen.
Rudolf Westenberger für Geduld und Ermutigung.
Und Antje Kunstmann – deren »So nicht!« mich immer wieder veranlaßt, einen Weg zu finden, der auch sie überzeugt …